W0296378

# MEHR VON TINA FOLSOM

**<u>Scanguards Vampire</u>**
Samsons Sterbliche Geliebte
Amaurys Hitzköpfige Rebellin
Gabriels Gefährtin
Yvettes Verzauberung
Zanes Erlösung
Quinns Unendliche Liebe
Olivers Versuchung
Thomas‘ Entscheidung
Ewiger Biss (Novelle)
Cains Geheimnis
Luthers Rückkehr
Brennender Wunsch (Novelle)
Blakes Versprechen
Schicksalhafter Bund (Novelle)

**<u>Jenseits des Olymps</u>**
Ein Grieche für alle Fälle
Ein Grieche zum Heiraten
Ein Grieche im 7. Himmel
Ein Grieche für immer

**<u>Der Club der ewigen Junggesellen</u>**
Begleiterin für eine Nacht
Begleiterin für tausend Nächte
Begleiterin für alle Zeit
Eine unvergessliche Nacht
Eine langsame Verführung
Eine hemmungslose Berührung

Der Clan der Vampire – Venedig 1 & 2
Der Clan der Vampire – Venedig 3 & 4

Geliebter Unsichtbarer (Hüter der Nacht - Buch 1)
Entfesselter Bodyguard (Hüter der Nacht – Buch 2)

# EIN GRIECHE FÜR IMMER

JENSEITS DES OLYMPS – BUCH 4

TINA FOLSOM

Der Verkauf dieses Buches ohne Buchumschlag ist nicht autorisiert. Wenn Sie dieses Buch ohne Buchumschlag finden, wurde es dem Verleger als ‚unverkauft und vernichtet' berichtet und weder der Autor noch der Verleger wurde dafür bezahlt.

*Ein Grieche für immer* ist ein fiktives Werk. Namen, Charaktere, Orte und Geschehnisse wurden erfunden. Jegliche Ähnlichkeit mit wirklichen Orten, Ereignissen, oder Personen, lebend oder verstorben, sind zufällig.

2017 Tina Folsom

Copyright © 2017 Tina Folsom

Alle Rechte vorbehalten.

Deutsche Erstausgabe
Die Amerikanische Originalausgabe erschien 2016 unter dem Titel *A Hush of Greek*

Cover design: Leah Kaye Suttle
Cover Fotos: Shutterstock/ASInc
Autorenfoto: ©Marti Corn Photography

FÜR MARK

# 1

*Liebe. Der größte Betrug aller Zeiten!*

Eros schnaubte und wanderte ziellos die King Street im Zentrum von Charleston entlang. Ein Baldachin aus funkelnden Sternen überzog den Nachthimmel und sorgte für eine romantische Kulisse für die gemütlichen Restaurants, die die Straße säumten. Sie hatten ihre Fenster und Schiebetüren geöffnet, um an diesem ungewöhnlich warmen Valentinstag den Gästen ein Dinner unter dem Sternenhimmel bieten zu können. Doch lag keine Romantik in der Luft.

Trotz vieler verlockender Angebote wie Mehrgänge-Menüs zum halben Preis gab es nur wenige Kunden. Keine jungen Liebenden gingen Hand in Hand, um ihre Beziehung zu feiern, keine Heiratsanträge wurden heute Abend gemacht. Und das alles wegen Eros.

Pure Ironie! Er hatte den Valentinstag immer geliebt, denn es war der Tag, an dem er die Früchte seiner Arbeit in all ihrer Pracht hatte bewundern können. Erste Liebe, Verlobungen, glückliche Paare. Dafür hatte er gelebt, solange er zurückdenken konnte. Der Gott der Liebe zu sein, war ihm immer wie der beste Job auf Erden vorgekommen. Pfeile zu verschießen und dafür zu sorgen, dass die Menschen sich verliebten, war ihm nie eine Mühsal gewesen. Er war stolz darauf gewesen und sein Herz hatte sich jedes Mal erwärmt, wenn er zusah, wie ein weiteres Paar sich verliebte und ein gemeinsames Leben begann.

Doch *ihm* war dieses Glück, das er so vielen Sterblichen schenkte, nicht beschert worden. Nein, er, der Gott der Liebe, hatte so schmerzlichen Kummer erlitten, dass dies seinen Glauben an die Liebe völlig zerstört hatte. Er wusste jetzt, dass Liebe nur eine Illusion war. Sie war nicht echt. War es nie gewesen. Wie konnte er also guten Gewissens dafür sorgen, dass die Menschen sich verliebten, wo er doch wusste, dass alles nur eine Lüge war? Wozu, wenn Verliebtsein doch nur mit Schmerz und Kummer enden würde, mit Tränen und gebrochenen Herzen? Nein, so grausam konnte er nicht sein.

Also hatte er das Einzige getan, was er tun konnte, um den Menschen zu ersparen, was er durchgemacht hatte: Er hatte aufgehört, seine Pfeile zu verschießen. Aus unerklärlichen Gründen verliebten sich zwar immer noch einige Sterbliche, jedoch machten diese nur einen winzigen Bruchteil der Erdbevölkerung aus. Der Rest brauchte den kleinen Schubs, für den seine Pfeile sorgten. Und den er ihnen jetzt vorenthielt.

Als er weiterging, versuchten die Restaurantbesitzer, ihn zu betören einzutreten, doch er lehnte ab und wanderte weiter auf seinem ziellosen Pfad. Er kam an einem Geschäft namens *In Vino Veritas*, einem Weinladen, vorbei, der der Frau seines Freundes, des Gottes Dionysos, gehörte. Dio hatte vor einigen Jahren mit einer Sterblichen die wahre Liebe gefunden. Aber wie lange würde diese Beziehung andauern? Was, wenn Ariadne Dionysos eines Tages verließ, obwohl sie ihm im ersten Ehejahr einen Sohn geschenkt hatte? Wie konnte sich irgendjemand jemals sicher sein, dass ihre Liebe andauern würde? Wie sollten sie ihre Leben mit der Ungewissheit führen, dass die Liebe von einem auf den anderen Augenblick enden könnte?

Ein Blitz spaltete plötzlich, gefolgt von ohrenbetäubendem Donner, den Himmel. Eros blickte hinauf zu dem wolkenlosen Firmament, hob seine Hand und streckte den Mittelfinger aus.

„Leck mich, Zeus!“, zischte er leise.

Eros wusste nur zu gut, dass er gerufen wurde, doch er hatte nicht die Absicht, Zeus’ Einladung zum Olymp zu folgen. Offensichtlich war Zeus nicht erfreut darüber, da ein paar Augenblicke später weitere Blitze die Nacht erhellten und das Donnern bedrohlicher wurde.

„Ich habe dich schon beim ersten Mal gehört, alter Mann“, knurrte Eros. „Verstehst du keine Anspielung?“

Plötzlich spürte er eine Kraft seinen Körper ergreifen, und ihm wurde klar, dass er wegteleportiert wurde.

„Nein, und du offenbar auch nicht“, hörte Eros Zeus sagen, als er wieder festen Boden unter den Füßen verspürte.

Er musste sich nicht umsehen, um zu wissen, wo er sich befand – in Zeus’ Arbeitszimmer in dessen Palast auf dem Olymp. Hier war es frühmorgens. Große Glastüren führten hinaus auf eine Terrasse, von der aus man die sterbliche Welt Griechenlands überblicken konnte. Eine große, runde, spiegelartige Scheibe im Boden verschaffte Zeus einen Blick auf jeden anderen Ort der Welt: sein allsehendes Auge. Der Raum war opulent ausgestattet, so wie sich die Sterblichen den Palast eines Gottes vorstellen würden: Überall gab es weißen Marmor, Säulen, Wandmalereien und Deckenfenster. Doch Eros nahm sich nicht einmal eine Sekunde Zeit, die Schönheit mit einem Blick zu würdigen. Genauso wenig wie er sich Zeit nahm, seinen Großvater zu begrüßen, ein gut aussehender Mann in seinen besten Jahren. Wie immer war dieser vorzüglich in Designerklamotten gekleidet, die ihn aussehen ließen, als wäre er gerade von einem Fotoshooting für ein Männermagazin gekommen.

„Was willst du?“, bellte Eros.

„Ein wenig Respekt wäre ein guter Anfang, Junge.“

„Ich bin nicht dein Junge!“

„Warum benimmst du dich dann wie einer? Du vernachlässigst deine Pflichten.“

Eros kniff die Augen zusammen. „Lass mich in Ruhe." Er versuchte, sich umzudrehen und wegzuteleportieren, verspürte jedoch eine seltsame Kraft, die seine Füße an den Boden fesselte und ihn unbeweglich machte.

„Du gehst nirgendwo hin. Also kannst du dir genauso gut anhören, was ich zu sagen habe."

„Das wird ja viel bringen", knurrte Eros leise.

„Da du anscheinend lieber woanders wärst, werde ich es kurz machen", sagte Zeus mit angenehmer Stimme.

Doch Eros kannte seinen Großvater gut genug, um zu wissen, was sich unter dem scheinbar ruhigen Äußeren des anderen Mannes zusammenbraute. Oft genug hatte er eine von Zeus' Schimpftiraden über sich ergehen lassen müssen und wusste daher, was jetzt kommen würde. Er hatte keine Angst. Es gab nichts, was der alte Mann tun oder sagen konnte, um ihn umzustimmen. Er hatte seine Entscheidung getroffen: Auf der Erde würde es keine romantische Liebe mehr geben.

„Hast du eine Ahnung, was für Probleme deine Untätigkeit verursacht hat?", donnerte Zeus, dessen Gesicht plötzlich nur noch Zentimeter von Eros' entfernt war, obwohl er nicht gesehen hatte, wie der Gott der Götter sich bewegt hatte.

Verdammt! Er hasste es, wenn Zeus das machte. Es verschaffte ihm unwillkürliches Herzrasen und er hatte geschworen, sich von Zeus nie aus dem Konzept bringen zu lassen. Instinktiv ballte er seine Hände zu Fäusten. Er hatte seinen Großvater noch nie geschlagen, aber für alles gab es ein erstes Mal.

„Du redest also nicht, wie, Junge?"

Das hasste er ebenfalls, die Art, wie Zeus ihn Junge nannte, als wäre er ein Diener und nicht ein Gott wie er. Doch verdammt nochmal, er würde nicht zulassen, dass der alte Mann ihn zu einer Reaktion anstachelte.

„Dann lass mich es dir bildlich darlegen, da du deine eigenen Fehler offensichtlich nicht sehen kannst." Er zeigte auf das allsehende Auge auf dem Boden. „Ganze Unternehmenszweige schließen wegen dir: Floristen, Hochzeitsplaner, Hotels, Hochzeitskapellen, Brautboutiquen. Es herrscht Wohnungsmangel, da niemand mehr mit jemand anderem zusammenzieht. Die Restaurants sind leer. Niemand verabredet sich mehr zu Dates. Hebammen wechseln ihren Beruf. Kapierst du es jetzt?"

Eros verkrampfte seine Schultern. „Bist du fertig?"

„Nein, ich bin nicht fertig! Ich bin erst fertig, wenn du wieder anfängst, deinen Job zu erledigen! Du bist der Gott der Liebe, verdammt noch mal! Du hast eine Pflicht. Und wie lange faulenzt du jetzt schon? Ein Jahr? Achtzehn Monate?"

Eros füllte seine Lunge mit Luft, unfähig, seine Antwort zurückzuhalten. „Ein Jahr, zwei Monate und dreizehn Tage, wenn du es genau wissen willst." Als hätte er je den Tag vergessen können, an dem er betrogen worden war.

„Reiß dich zusammen. Ich habe dir Zeit gegeben, Junge. Ich bin nachsichtig gewesen, aber die Sache ist außer Kontrolle geraten. Aphrodite ist über dein Verhalten entsetzt."

„Lassen wir meine Mutter da raus."

„Nein, lassen wir nicht." Einer von Zeus' Mundwinkel zog sich leicht nach oben. Er wusste, dass Eros seine Mutter bedingungslos liebte, und würde das ausnutzen, wenn es ihm ins Konzept passte.

„Das ist ein Tiefschlag, Zeus, selbst für dich."

„Wäre es dir lieber, wenn wir deinen Vater da hineinziehen?"

Eros dachte einen Augenblick lang über die Worte seines Großvaters nach. Zeus stritt sich ständig mit Ares, dem Gott des Krieges, und hatte alles getan, um dessen Beziehung zu Aphrodite zu zerstören. Vielleicht, weil Zeus Aphrodite für sich selbst hatte haben wollen – geiler alter Sack. Doch Zeus würde gegenüber Ares niemals zugeben, dass er es nicht schaffte, Eros wieder auf Kurs zu bringen. Also ließ er es darauf ankommen.

„Da der gute alte Dad einen guten Krieg liebt, glaube ich, wird er bei diesem kleinen Disput auf meiner Seite stehen." Eros verschränkte die Arme vor der Brust und wartete.

Zeus drückte seinen Zeigefinger in Eros' Brustmuskeln. „Hör zu, Junge. Hol deinen magischen Bogen und deine Pfeile und fang an, sie vierundzwanzig Stunden am Tag abzuschießen."

Eros bewegte sich keinen Zentimeter. „Schieß sie doch selbst."

Zeus hob seine Arme und plötzlich schossen Blitze aus seinen Fingern. Die Blitze verließen den Raum durch die Türen und rollten den Berg hinab. Seine Wut war jetzt greifbar.

„Du weißt genauso gut wie ich, dass du der Einzige bist, der die Pfeile verschießen kann."

Eros war sich dessen bewusst. Sollte ein anderer Gott je einen seiner Pfeile verschießen und jemanden damit treffen, könnte das verheerende Konsequenzen haben. Er erinnerte sich nur zu gut daran, was mit Triton geschehen war, nachdem Orion mit einem von Eros' Pfeilen auf ihn geschossen hatte. Triton, der kurzzeitig seine Gotteskräfte verloren hatte, verliebte sich, obwohl die Pfeile normalerweise keine Wirkung auf einen Gott hatten. Und selbst nachdem er seine Kräfte wiedererlangt hatte, liebte Triton Sophia, die nun seine Frau war, immer noch, obwohl die Wirkung an diesem Punkt bereits hätte verpuffen müssen. Eros konnte nur darüber spekulieren, was passieren würde, wenn ein anderer Gott Menschen mit Eros' magischen Pfeilen beschoss. Es war gut möglich, dass sie dann die entgegengesetzte Wirkung haben könnten.

Nichtsdestotrotz zuckte Eros mit den Schultern, denn es war ihm egal. Er hatte vor einem Jahr, zwei Monaten und dreizehn Tagen aufgehört, an die Liebe zu glauben. „Tja, das ist doof. Also sind wir hier fertig."

„Ich sage, wann wir fertig sind!“, donnerte Zeus noch lauter als zuvor. „Ich werde dich bestrafen! Hörst du mich?“

„Ich höre dich und das tut auch halb Griechenland.“ Eros deutete mit seinem Daumen über die Schulter und zeigte auf die Welt der Sterblichen am Fuße des Berges. „Nur zu. Bestrafe mich! Dann siehst du ja, ob es mir was ausmacht.“

Zu seiner Überraschung stieß Zeus ein lautes Seufzen aus. „Warum, Eros?“

„Wahre Liebe ist eine Lüge. Ich hätte es schon früher erkennen sollen.“ Er starrte seinen Großvater an und hoffte, dass er vielleicht jetzt Verständnis bei ihm finden würde. „Wie kann ich das den Sterblichen antun? Dafür sorgen, dass sie sich verlieben, und dann zusehen, wie ihnen das Herz gebrochen wird? Hab doch Mitgefühl!“

„Wir werden alle gelegentlich enttäuscht“, wich Zeus aus.

„Enttäuscht? Du denkst, ich wurde enttäuscht? Betrogen kommt der Sache schon eher nahe.“ Der Gedanke daran verursachte ihm immer noch einen bitteren Geschmack auf der Zunge.

„Nichts kann so schlimm gewesen sein –“

Eros hob die Hand. „Woher willst du das wissen? Du hast noch nie jemanden geliebt außer dich selbst.“

Zeus zog, offensichtlich überrascht, eine Augenbraue hoch. Langsam schüttelte er den Kopf. „Ich habe viele Frauen geliebt.“

„Du meinst, du hast sie begehrt“, korrigierte Eros ihn. Zeus war bekannt für seine starke Libido, seine Affären und seine vielen unehelichen Kinder, sowohl in der Welt der Götter als auch in der Welt der Sterblichen.

Zeus kniff die Augen zusammen. „Ich kenne den Unterschied zwischen Liebe und Begierde. Aber vielleicht brauchst du eine Lektion.“

„Kein Interesse.“ Selbst das Verlangen hatte ihn verlassen. Über ein Jahr lang hatte er schon keine Frau mehr berührt. Er hatte keinen Drang nach Sex, keinen Appetit, einer Frau nachzusteigen, kein Interesse an wildem Bettsport.

Einen Augenblick lang herrschte Stille in Zeus’ Arbeitszimmer, dann drehte sich der Gott der Götter abrupt um und schritt zu seinem Schreibtisch. Er setzte sich und blickte dann zu Eros hoch. „Mein Blut läuft durch deine Adern. Bilde dir nicht ein, dass du dich so sehr von mir unterscheidest. Du brauchst die Liebe genauso wie der Rest von uns. Und das werde ich dir beweisen.“

„Ja, viel Glück damit“, spottete Eros. „Sind wir fertig?“

„Für heute.“

Eros machte kehrt.

„Und Eros, ich glaube nicht, dass du weißt, was Liebe ist. Zumindest noch nicht“, behauptete Zeus.

„Wenn das der Fall ist, werde ich es von dir ganz sicher nicht lernen.“ Ohne auf Zeus’ Antwort zu warten, teleportierte Eros davon.

# 2

Dionysos hatte das Wochenende mit seiner Frau Ariadne und seinem Sohn Thoas auf seinem Weingut in Napa verbracht und hatte sie alle am frühen Morgen wieder zurück in ihr Haus in Charleston teleportiert. Nachdem er Ari im *In Vino Veritas*, ihrer Weinhandlung, abgesetzt hatte, hatte er geplant, mit seinem Sohn an der Hafenpromenade spazieren zu gehen. Er liebte es, Zeit mit ihm zu verbringen, besonders jetzt, da Thoas angefangen hatte, zu laufen und munter zu plappern. Der Junge hatte dichtes, dunkles Haar und sah aus wie eine Miniaturversion von Dio. Dieser hätte nicht glücklicher darüber sein können, dass Ari ihm einen Sohn geschenkt hatte.

Wenn er auf den Abschnitt seines Lebens zurückblickte, bevor er Ariadne kennengelernt hatte, als er ein unverbesserlicher Schürzenjäger und Trunkenbold gewesen war, hätte er sich nie vorstellen können, wie sehr er es lieben würde, eine Familie zu haben und der Liebe seines Lebens treu zu sein. Vielleicht sollte er Zeus bitten, den Job als Gott des Weines und der Ekstase jemand anderem zu geben – obwohl er Wein immer noch mochte und Ekstase mit Ari eine häufige Begebenheit und besser als je zuvor war.

Sein Spaziergang mit Thoas wurde durch eine SMS des Gottes der Seefahrer und Matrosen, seines besten Freundes Triton, unterbrochen.

*Dringend*, lautete es in der Nachricht. *Beweg deinen Hintern hierher, pronto.*

*Hierher* war Tritons Haus in der Battery Street, eine riesige alte Villa, die seine sterbliche Frau Sophia geerbt und in ein Bed and Breakfast verwandelt hatte, das *Olympus Inn*.

Dio sah sich um. Viele Leute schlenderten umher, waren auf dem Weg zur Arbeit oder zur Schule. Er hob seinen Sohn in seine Arme.

„Wir werden Onkel Triton besuchen", verkündete er dem Jungen.

Thoas stieß ein gurgelndes Lachen aus. „Triton, zip-zip!" Er klatschte aufgeregt in die Hände.

„Sorry, Thoas, heute kein zip-zip." Es waren einfach zu viele Menschen in der Nähe, die hätten sehen können, wie er teleportierte – eine Handlung, die Thoas wegen der Geschwindigkeit der Reise zip-zip nannte. Thoas liebte es und Dio versuchte ständig, ihm einzubläuen, wie wichtig es war, diese Sache geheim zu halten, in der Hoffnung, dass sein Sohn bald verstehen würde, wann Teleportieren akzeptabel war und wann es vermieden werden musste. „Wir wollen nicht erwischt werden, erinnerst du dich?"

Thoas warf ihm einen enttäuschten Blick zu. „Kein zip-zip?"

„Vielleicht später, okay?“ Als er den traurigen Blick seines Sohnes bemerkte, fügte Dio hinzu: „Willst du auf meinen Schultern reiten?“

„Ja!“

Er hob den Jungen auf seine Schultern und machte sich auf den Weg zum Bed and Breakfast, wobei er Thoas an den Händen festhielt, damit er nicht nach hinten fallen konnte. An der Tür, die während der Öffnungszeiten immer offen stand, hob er Thoas herunter, trug ihn die Treppe hinauf und stellte ihn dort wieder auf die Füße.

„Sollen wir Onkel Triton suchen?“, fragte er den Jungen und beugte sich zu ihm hinab. Triton war natürlich nicht Thoas’ Onkel sondern Dios Cousin, aber der Junge war noch nicht alt genug, um den Unterschied zu kennen und sowohl Sophia als auch Triton behandelten Dios Sohn wie ihren Neffen.

Es stellte sich heraus, dass eine lange Suche unnötig war. Sophia, Tritons liebliche Frau, kam aus dem Esszimmer und lächelte ihn an. „Morgen, Dio. Er ist in seinem Arbeitszimmer.“

„Morgen, Sophia.“

Sie näherte sich Thoas. Er rannte auf sie zu und warf sich in ihre ausgebreiteten Arme, darauf vertrauend, dass sie ihn auffangen würde. Sie knuddelte ihn kurz und blickte dann hoch. „Soll ich auf ihn aufpassen, während du mit Triton redest?“

Dio wollte gerade das Angebot annehmen, als Thoas sich aus ihren Armen wand und wieder auf ihn zurannte. „Onkel Triton“, brabbelte er.

Dio lächelte Sophia an. „Ich glaube, er will bei den Jungs bleiben.“ Er nahm seine Hand. „Weißt du, was so dringend ist?“

Sophia zuckte mit den Schultern. „Bin mir nicht sicher. Hermes ist vor ein paar Minuten hier aufgetaucht. Er sagte, Zeus wolle eine Unterredung.“

„Na, das ist ja einfach großartig. Hoffentlich kommt mir mein Frühstück nicht wieder hoch.“ Zeus zu sehen stand nicht sehr weit oben auf der Liste seiner Lieblingsaktivitäten. Normalerweise brauchte er ein paar Drinks, bevor er seinen Erzeuger ertragen konnte.

„Ich dachte, dass ihr euch zur Zeit besser vertragt“, sagte Sophia.

Dio zwang sich zu lächeln. „Weil wir uns weniger sehen.“

Sophia kicherte. „Ah, also gab es einen Grund ...“ Sie wandte sich zur Treppe. „Wir sehen uns später.“

„Bis dann.“ Er sah ihr nach, wie sie die Treppe in den zweiten Stock hochstieg und beugte sich dann zu seinem Sohn hinab. „Sieht so aus, als würdest du heute Opa sehen.“ Und glücklicherweise war Zeus ganz vernarrt in seinen Enkel. Vielleicht würde das den Druck von Dio nehmen, denn immer wenn Zeus unangekündigt auftauchte oder nach einem Gespräch verlangte, bedeutete das schlechte Neuigkeiten. Mit seinem Sohn an der Hand begab sich Dio zu Tritons Arbeitszimmer, das sich am Ende des langen Korridors befand und Ausblick auf den großen gepflegten Garten bot. Dio klopfte kurz, wartete auf das „Herein“ und trat ein.

Triton saß nicht an seinem Schreibtisch, wo er sich normalerweise um die Finanzen und anderen Angelegenheiten des Bed and Breakfasts kümmerte. Stattdessen lehnte er an dessen Kante, während Hermes, der Götterbote – und ein weiterer von Zeus' vielen Söhnen – vor dem Fenster auf und ab wanderte. Aus den Augenwinkeln sah Dio eine Bewegung und drehte den Kopf. Zeus erhob sich aus einem bequemen Sessel.

„Wurde auch Zeit, dass du auftauchst!“, knurrte Zeus offensichtlich schlecht gelaunt.

Dio entschied sich, diese unverschämten Worte nicht mit einer Antwort zu würdigen, ließ Thoas' Hand los und beugte sich zu dem Kind hinunter. „Willst du hi zu Opa sagen?“

„Nein!“, ließ Thoas verlauten und klammerte sich plötzlich verzweifelt an Dios Bein. Das musste er seinem Sohn lassen: Er hatte gute Instinkte. Es war besser, sich dem alten Mann nicht zu nähern, wenn er so schlecht gelaunt war.

Zeus blickte den Jungen nur kurz an, nickte und sagte: „Dann eben später.“ Dann wanderte sein Blick zu Dio, Triton und Hermes und sein Gesichtsausdruck wirkte entschlossen. Dies war kein Familienbesuch. Der Gott der Götter war gekommen, um etwas Geschäftliches zu besprechen.

Dio wechselte einen Blick mit seinen zwei besten Freunden, doch beide schwiegen, offensichtlich ebenso ahnungslos darüber, weswegen Zeus dieses Mal so angepisst war.

„Jetzt, da wir endlich alle versammelt sind, lasst mich zur Sache kommen“, fing Zeus an. Seine Stimme war tief und harsch, fast wie der Donner, der in diesem Teil der Welt oft durch den Himmel rollte. „Eros tanzt aus der Reihe.“

Ein kollektives erleichtertes Seufzen ging durch den Raum. Anscheinend war Dio nicht der Einzige, der angenommen hatte, etwas in seinem Verhalten wäre der Auslöser für Zeus' Verärgerung gewesen.

„Was meinst du mit aus der Reihe?“, wagte Hermes zu fragen.

Schlechter Zug. Zeus drehte sich um, um Dios Halbbruder finster anzublicken. „Er weigert sich, seine Pfeile zu verschießen.“

„Oh“, murmelte Hermes und senkte den Blick auf seine geflügelten Sandalen.

Triton knurrte etwas Unverständliches und Dio hustete, während er das Haar seines Sohnes streichelte. Sie alle wussten nur zu gut, dass ihr Freund in einer Flaute steckte und eine Pause von seiner normalen Tätigkeit machte. Offensichtlich war diese Tatsache Zeus schließlich zu Ohren gekommen.

„Verdammt!“, fluchte Zeus. „Ihr wusstet alle davon? Und keiner hat es für notwendig erachtet, mich früher darüber zu informieren?“

Schulterzucken folgte Zeus' Frage. Was sollten sie auch antworten?

„Er braucht nur eine Pause“, sagte Dio in der Hoffnung, dass Zeus Eros eine Auszeit gönnen würde. Der Kerl hatte viel durchgemacht.

„Ja", stimmte Triton mit ein, „er wird bald wieder so gut wie neu sein."

„Total", fügte Hermes hinzu.

Zeus trat einen Schritt auf Dio zu. „Pause? Er ist ein verdammter Gott! Er bekommt keine Pause. Er braucht eine Lektion, die er nicht vergessen wird. Habt ihr eine Ahnung, was seine Untätigkeit in der Welt auslöst?"

„Ein paar Leute weniger verlieben sich." Dio zuckte mit den Schultern. „Keine große Sache."

„Keine große Sache?" Zeus stand jetzt direkt vor ihm. „Lass mich dir erklären, was für eine verdammt große Sache das ist." Er durchbohrte Triton und Hermes mit finsterem Blick, um zu verdeutlichen, dass die Erklärung für sie alle gemeint war. „Es gibt eine Wohnungsnot, weil junge Leute alleine leben. Sie ziehen nicht mehr zusammen. Sie leben nicht zusammen, verloben sich nicht, heiraten nicht. Geschäfte schließen: Floristen, Hochzeitsplaner. Selbst Restaurants. Niemand hat mehr Dates, niemand kauft mehr Blumen für seine neue Liebe. Hotels beschweren sich über gewaltige Unterbelegungen, besonders an Wochenenden, wenn die Geschäftsreisenden wieder zuhause sind. Es gibt keine jungen Paare mehr, die zusammen verreisen. Die Geburtenrate sinkt drastisch. Krankenhäuser stellen Hebammen und Krankenpfleger aus."

Dio räusperte sich. „Sicherlich haben die Leute immer noch Sex. Ich meine –"

„Ja, sie haben immer noch Sex", unterbrach Zeus ihn, zog sein Handy aus seiner Tasche und zeigte darauf. „Das ist alles, was sie haben. Sie benutzen irgendeine App, um eine Affäre zu haben. Tinger oder so."

„Tinder?", fragte Hermes.

Zeus blickte den Götterboten mit zusammengekniffenen Augen an.

Hermes hob schnell seine Hände in einer Abwehrhaltung. „Ich muss vor kurzem einen Artikel gelesen haben. Ich habe sie selbst nie benutzt. Penny und ich, wir sind sehr glücklich."

Dio konnte das bestätigen. Das Paar konnte die Finger nicht voneinander lassen und der Anblick dieser Turteltauben war kaum zu ertragen.

„Ja, was auch immer. Das Einzige, was in dieser Wirtschaft noch hoch ist, sind die Downloads dieser Tinder-App und Kondomverkäufe. Alles, was die Leute machen, ist Sex haben. Es gibt keine emotionale Verbindung. Kein Interesse an einer Beziehung. Sie sehen keine Zukunft. Die Welt ist wegen Eros zum Scheitern verdammt. Nur weil ihm von irgendeinem Flittchen das Herz gebrochen wurde."

„Es war eine schwere Trennung", verteidigte Triton seinen Freund. „Er hat sie geliebt."

Zeus machte eine abfällige Handbewegung. „Bullshit! Dieser Junge hat noch nie eine Frau wirklich geliebt. Er hat keine Ahnung, was wahre Liebe ist. Sonst würde er Millionen von Sterblichen nicht ihr Glück verwehren."

Dio seufzte. „Warum versuchst du nicht, mit ihm zu reden? Ich bin sicher, er wird sich wieder fangen, wenn du ihm deine Argumente vorlegst.“

„Was zum Teufel denkt ihr, habe ich gestern gemacht?“, knurrte Zeus. „Ich habe ihn zu mir gerufen. Und was macht er? Er spuckt mir praktisch ins Gesicht und sagt mir, ich solle ihn am Arsch lecken.“

Dio blickte seine zwei Freunde an. Beide verzogen das Gesicht. Ja, was Zeus beschrieb, klang sehr nach etwas, was Eros tun würde.

„Und er weigert sich strikt, seine Pfeile weiterhin zu verschießen“, fuhr Zeus fort.

Dio hob resignierend seine Hand. „Dann weiß ich nicht genau, was du von uns willst. Alles, was wir tun können, ist ihm da durchzuhelfen, damit er irgendwann sein altes Ich wiederfindet.“

Ein hinterhältiges Grinsen formte sich auf Zeus’ Lippen. „Und damit liegst du falsch. Damit liegt ihr alle falsch.“ Er zeigte auf alle drei. „Ihr werdet dafür sorgen, dass er seine Pfeile wieder verschießt. Ihr habt einen Monat.“

„Was?“, würgte Hermes heraus.

„Aber wie?“, grummelte Triton.

Dio schüttelte den Kopf. „Er braucht Zeit, damit seine Wunden heilen.“

„Bullshit! Er muss seinen Kopf aus seinem Arsch ziehen und seine Pflicht tun. Und ihr drei werdet dafür sorgen, dass er genau das macht.“

„Wir können da nichts machen“, sagte Dio schwer seufzend. „Man kann so was nicht erzwingen.“

Zeus kniff die Augen zusammen und neigte seinen Kopf leicht zur Seite. „Ich wette, ihr werdet es euch anders überlegen, wenn ihr herausfindet, was für euch auf dem Spiel steht.“

Dio schluckte. Ihm gefiel Zeus’ Tonfall nicht; immer wenn er diese Stimmlage verwendete, waren schlechte Nachrichten vorprogrammiert. „Was für uns auf dem Spiel steht?“

„Ihr habt einen Monat, um Eros wieder ins Bogenschützengeschäft zu bringen. Oder ich werde euch alle aus der Welt der Sterblichen verbannen und ins Exil in den Olymp sperren.“ Er machte eine dramaturgische Pause. „Ohne eure Frauen.“ Er blickte hinab, wo Thoas immer noch an Dios Bein hing. „Oder eure Kinder.“

Dios Herz blieb stehen. Instinktiv zog er seinen Sohn in seine Arme hinauf, presste ihn an seine Brust und hielt ihn fest. „Das ist absolute Scheiße. Das kannst du nicht machen.“

„Kann ich und werde ich.“

Als die Drohung durch den Raum hallte, konnte Dio spüren, dass es Triton und Hermes genauso ging wie ihm. Keiner von ihnen wollte seine Familie verlieren. Beide hatten aus wahrer Liebe geheiratet und waren bereit, für die Frauen, denen ihre Herzen gehörten, alles zu riskieren.

Ernüchtert fragte Dio: „Was erwartest du von uns?“

„Sorgt dafür, dass er wieder an die Liebe glaubt.“

„Aber wie?“

„Das ist eure Sache. Aber macht schnell. Meine Geduld geht zur Neige.“

Bevor jemand noch etwas sagen konnte, verschwand Zeus vor ihren Augen.

Thoas deutete mit dem Arm auf die Stelle, wo sein Großvater nur Augenblicke zuvor noch gestanden hatte, und sagte: „Zip-zip, Bullshit.“

Dio wollte fluchen. „Thoas!“ Zeus hatte ihnen nicht nur eine unmögliche Aufgabe gestellt, sondern seinem zweijährigen Sohn auch noch ein Schimpfwort beigebracht. „Ari wird mich umbringen.“

Eine schwere Hand landete auf seiner Schulter. Er drehte den Kopf und sah, wie Hermes ihn stirnrunzelnd anblickte. „Das ist gerade das Geringste unserer Probleme. Außerdem bist du unsterblich. Sie wird dich wahrscheinlich nur ein paar Wochen mit Sexentzug strafen. Du wirst schon wieder. Das hast du schon einmal überlebt.“

Der Seitenhieb entging Dio nicht. Vor seiner Ehe hatte Ari ihn mit Abstinenz gestraft, um sich für sein schreckliches Benehmen ihr gegenüber zu rächen. „Danke, dass du mich erinnerst.“

„Wofür sind Freunde denn da?“

„Können wir uns wieder auf das aktuelle Problem konzentrieren?“, unterbrach Triton.

Hermes nickte und Dio tat es ihm gleich.

„Wir müssen uns mit Eros zusammensetzen und ihm sagen, was auf dem Spiel steht. Ich bin sicher, dann wird er wieder vernünftig und es renkt sich wieder alles ein“, behauptete Hermes.

Dio schüttelte den Kopf. „Er ist zu stur und ehrlich gesagt bemitleidet er sich ein wenig zu sehr. Er wird nicht nachgeben. Er hat bereits Zeus’ Zorn riskiert. Er hat nichts zu verlieren.“

Triton drückte sich vom Tisch weg. „Ich stimme Dio zu. Wir sagen Eros nichts von Zeus’ Forderung. Es würde ihn nur dazu bringen, sich noch mehr zu sträuben.“

„Aber wenn er wüsste, was für uns auf dem Spiel steht“, fügte Hermes hinzu, doch Triton stoppte ihn.

„Er darf nichts davon wissen oder er wird einen offenen Krieg mit Zeus anzetteln. Liebe wird dann das Letzte sein, woran er denkt.“

Hermes hob kapitulierend die Hände. „Was schlägst du dann vor? Warten, dass er verdammt nochmal darüber hinwegkommt und wieder Pfeile schießt?“

Dio packte ihn am Arm. „Hermes, nicht vor meinem Sohn.“

„Was?“

„Du hast verdammt gesagt.“

„Oh, sorry.“ Hermes zuckte mit den Schultern. „Aber jetzt hast du es auch gesagt.“

Dio seufzte.

„Ich habe eine Idee. Will sie jemand hören?“, fragte Triton zwanglos.

Köpfe drehten sich zu ihm. „Schieß los“, sagte Dio.

„Als er und Gloria schlussgemacht haben, hat er seinen Glauben an die wahre Liebe verloren. Ergo müssen wir dafür sorgen, dass er wieder an die Liebe glaubt. Simpel.“

„Und wie sollen wir das deiner Meinung nach machen?“, fragte Hermes, die Arme vor der Brust verschränkt.

„Einfach: dafür sorgen, dass er sich verliebt.“

„Aber –“

„Götter brauchen die Hilfe von Eros’ Pfeilen nicht, um sich zu verlieben. Wir müssen nur die richtige Frau für ihn finden und sicherstellen, dass die Umstände stimmen, damit er sein Herz öffnet. Es ist ein bisschen manipulativ, aber sobald wir sie zusammenbringen und die Chemie stimmt, müssen wir nur abwarten.“

„Darf ich dich daran erinnern, dass wir nur einen Monat haben?“, sagte Dio. Er streichelte das weiche Haar seines Sohnes. „Und ich werde Ari und meinen Sohn nicht verlassen.“

„Das wirst du auch nicht müssen“, versicherte ihm Triton. „Nicht, wenn wir zusammenarbeiten und die richtige Frau finden. Wir wissen alle, worauf Eros in Bezug auf Aussehen und Persönlichkeit steht. Das sollte nicht zu schwierig sein.“

„Und die Frau? Was, wenn sie nicht empfänglich ist?“, fragte Hermes mit zweifelnder Stimme.

„Bist du schon jemals einer Frau begegnet, die Eros widerstehen konnte, wenn er seinen Charme anwarf?“, fragte Triton.

Dio fing an zu grinsen und Hermes schloss sich an. Eros hatte eine besondere Ausstrahlung auf die Damen. Widerstand war zwecklos, sobald er jemanden im Auge hatte.

„Gut“, meinte Triton. „Dann machen wir uns an die Arbeit. Suchen wir eine Frau, von der er nicht die Finger lassen kann.“

„Abgemacht. Machen wir’s.“ Dio blickte Thoas an. „Stimmt’s, Sohn?“

Sein Sohn schenkte ihm ein zahnloses Grinsen, als hätte er jedes Wort verstanden, das die Männer gesagt hatten.

„Okay“, sagte Triton wie ein Geschäftsmann. „Wen kennen wir?“

# 3

Psyche hievte die Blumenerde von der Ladefläche ihres Pickup-Trucks und warf sie über ihre Schulter. Ihre Gartengeräte hatte sie bereits in den Garten des Olympus Inn, einem Bed and Breakfast, für das sie sich um die Blumenarrangements kümmerte, getragen. Gärtnerarbeiten vor Ort gehörten für gewöhnlich nicht zu ihren Dienstleistungen, aber nachdem viele ihrer regelmäßigen Aufträge – nämlich Blumen für Verlobungen und Hochzeiten zu liefern – ausgeblieben waren, hatte sie Sophia, die Besitzerin der Pension, gefragt, ob sie ihren Garten auf Vordermann gebracht haben wolle.

Sie hatte Glück gehabt. Sophia, eine nette Frau im selben Alter wie Psyche, hatte gesagt, dass sie sowieso nach einem Gärtner suchte, da sie und ihr Mann Triton diese Arbeit nicht länger selbst erledigen konnten. Keiner der beiden habe einen grünen Daumen, hatte sie behauptet. Ob das stimmte, oder ob Sophia irgendwie die ernste Lage, in der Psyche sich befand, gespürt hatte und helfen wollte, war nicht wichtig. Es war ein Auftrag und Psyche war dankbar dafür. Ihr kleiner Blumenladen war in finanziellen Schwierigkeiten. Vor zwei Monaten hatte sie ihre Assistentin entlassen müssen, weil sie den Lohn nicht mehr hatte bezahlen können. Doch trotz gravierender Kürzungen bei ihren Fixkosten war sie sich nicht sicher, ob ihr Geschäft überleben würde.

Seltsamerweise war ihr Blumengeschäft nicht das einzige, dem es so schlecht ging. Sie hatte bemerkt, dass überall in Charleston kleinere Floristen geschlossen hatten. Nur die größeren und die, die gewerbliche Aufträge bekamen, wie etwa Gartenarbeiten in Firmen und öffentlichen Gärten, überlebten. Psyche war entschlossen, dass ihr Geschäft eins davon sein würde und dass ihr Traum, einen eigenen Laden zu haben, nicht sterben würde, selbst wenn das bedeutete, dass sie sich bei anderen Dingen einschränken musste.

Psyche trug den schweren Sack Erde in den Garten und ließ ihn neben ihren Werkzeugen fallen. Der Garten war eine wunderschöne Oase mit farbenprächtigen Blumen, Büschen und kleinen Bäumen und einem beschaulichen Brunnen in der Mitte – auch wenn viele der Pflanzen gestutzt werden mussten. Der Zugang von der riesigen Villa aus war durch Glastüren in den Räumen im Erdgeschoss gegeben sowie über eine hölzerne Treppe, die mit dem großen Balkon im zweiten Stock des Hauses verbunden war. Auch dort führten Glastüren auf den Balkon. Einige waren offen und Psyche konnte die Stimmen mehrerer Männer hören.

Sie schaute einen Augenblick nach oben. Die Stimmen kamen aus Tritons Büro. Seit einem Jahr besuchte sie nun schon fast jede Woche die Pension und wenn sie sich um die Blumenarrangements im Haus kümmerte, holte sie sich dort im Büro ihre Schecks ab. Sie hatte sich in dem Moment in das Haus verliebt, in dem sie es das erste Mal betreten hatte. In dessen Garten zu arbeiten sah sie als ein Privileg an.

Eine ganze Weile später wischte sie sich den Schweiß von der Augenbraue und bewunderte die neue Reihe mehrjähriger Pflanzen, die sie angelegt hatte. Sie setzte sich auf ihre Fersen zurück und nahm einen Schluck aus ihrer Wasserflasche. Es war ziemlich warm, obwohl es erst Mitte Februar war. Der Fünfzehnte, um genau zu sein. Und der einzige Grund, warum sie das Datum wusste, war, weil am Vortag Valentinstag gewesen war. Als sie gestern Abend den Laden geschlossen hatte, hatte ihr Umsatz nicht einmal ein Viertel der Einnahmen des vorhergehenden Valentinstags ausgemacht. Und selbst im Jahr zuvor war der Valentinstag nicht umwerfend gewesen. Sie seufzte. Aber es war sinnlos, sich darüber Gedanken zu machen.

„Ist alles in Ordnung, Psyche?“

Psyche drehte den Kopf und sah, wie Sophia die Treppe vom Balkon herunterkam.

Sie stand auf und lächelte ihre Kundin an. „Alles in Ordnung. Ich hoffe, dir gefallen die Farben.“ Sie deutete auf die neu angepflanzte Blumenreihe. „Ich dachte, ihr könntet etwas Abwechslung brauchen.“

Sophia, die eine eng geschnittene marineblaue Caprihose und eine locker sitzende cremefarbene Bluse trug, gesellte sich zu ihr auf den Rasen. Ihr langes dunkles Haar streichelte ihre Schultern und sie sah aus, als wäre sie frisch aus einem teuren Haarsalon gekommen. Psyche konnte sich nur vorstellen, wie sie im Gegenzug aussehen musste. Wahrscheinlich wie eine Vogelscheuche, mit Haarsträhnen, die ihr aus dem Pferdeschwanz hingen, und Schmutzflecken auf ihrer zerrissenen Jeans und dem babyblauen Top.

Mit einem Blick auf die Blumen sagte Sophia: „Sie sind wunderschön! Ich bin so froh, dass du das machst. Triton und ich haben einfach nicht die Zeit dafür. Mit den Gästen ist zu viel zu tun im Haus, weißt du.“

„Ich bin wirklich dankbar für den Job. Und es ist ein wunderschönes Grundstück. Ich habe euren Garten immer bewundert. Er hat so viel Potenzial.“ In dem Moment, als sie es sagte, wollte sie es auch schon wieder zurücknehmen. „Ich meine, ich will nicht sagen, dass er in schlechtem Zustand ist oder so –“

Mit einer Hand auf Psyches Unterarm unterbrach Sophia sie. „Du darfst es ruhig sagen. Wir haben ihn verkommen lassen und hätten dich schon vor langer Zeit anstellen sollen. Leider mussten in der Zwischenzeit viele Pflanzen sterben.“ Sie verzog das Gesicht und lachte dann. „Aber ich sehe, dass er jetzt in guten Händen ist.“

Psyche erwiderte das Lächeln einfach, da sie nicht wusste, wie sie auf das Kompliment antworten sollte.

„Oh, bevor ich es vergesse“, fügte Sophia hinzu, „meinst du, wir könnten deine Arbeiten an den Blumenarrangements im Haus von Mittwoch auf Donnerstag verlegen? Es ist nur so, dass die meisten unserer Lieferungen mittwochs kommen und da schwirren einfach zu viele Leute im Haus herum.“

„Das ist kein Problem. Ich komme gerne donnerstags. Es ist ja nicht so, als ginge es im Laden zurzeit sehr zu.“

Sophia warf ihr einen mitleidigen Blick zu. „Nicht viele Hochzeiten, wie?“

Psyche schüttelte den Kopf. „Selbst wenn man bedenkt, wie viele Floristen bereits geschlossen haben, ist immer noch nicht genügend Arbeit für alle da.“ Sie zuckte mit den Schultern. „Ich komme schon zurecht.“ Sie versuchte zu lachen. „Zumindest gibt mir das genügend Zeit, um mich mit meiner Versicherungsgesellschaft zu streiten.“

Sophia runzelte die Stirn. „Willst du damit sagen, dass sie immer noch nicht bezahlt haben?“

„Nein. Keinen Cent.“ Sie und Sophia hatten in den letzten paar Wochen immer wieder über den Wasserschaden in ihrer kleinen Eigentumswohnung gesprochen. „Sie behaupten, der Zustand hätte schon vorher bestanden.“

„Das ist doch lächerlich“, schnaubte Sophia.

„Das habe ich ihnen auch gesagt, aber sie meinten, dass der vorherige Besitzer das hätte offenlegen müssen, als ich die Wohnung gekauft habe, oder dass zumindest die Wohnungsinspektion das hätte aufzeigen müssen. Sie sagen, dass ich den vorherigen Besitzer verklagen soll.“

Sophia schüttelte angewidert den Kopf. „Ist das nicht wieder mal typisch? Sobald eine Versicherung etwas zahlen soll, geben sie jemand anderem die Schuld. Und was machst du jetzt?“

Psyche zog in einer hilflosen Geste eine Schulter hoch. „Ich habe ihnen den Bericht meines Klempners geschickt. Seine professionelle Meinung ist, dass der Schaden durch normalen Verschleiß verursacht wurde und der vorherige Besitzer das nicht hatte wissen können. Also sollte die Versicherung das decken. Aber um seinen Bericht anzufertigen, musste er noch einen größeren Teil der Wand freilegen, damit er wirklich sehen konnte, was los war. Meine Wohnung ist jetzt praktisch unbewohnbar.“

„Oh mein Gott! Dann wohnst du gerade in einem Hotel?“

Psyche schüttelte den Kopf. „Ich wünschte, dem wäre so! Aber da die Versicherung sich weigert, für den Schaden aufzukommen, weigern sie sich auch, für eine alternative Unterbringung zu zahlen. Ich schlafe zurzeit im Büro meines Ladens. Und ich dusche mich im Fitnessstudio.“

„Das tut mir so leid, Psyche“, sagte Sophia sanft. „Ich wünschte, ich könnte dir helfen. Aber wir sind momentan wegen der Mystery Writers Convention, die in der Stadt ist, ausgebucht. Und die Woche danach ist eine große –“

Psyche winkte ab und unterbrach sie schnell. „Keine Sorge deswegen. Das könnte ich sowieso nie annehmen. Aber danke für das Angebot; das ist wirklich lieb von dir. Ich komme schon zurecht. Und wer weiß, vielleicht wird der Bericht des Klempners die Versicherungsgesellschaft endlich überzeugen.“

Sie zweifelte daran. Trotzdem war es nicht Sophias Problem, dass Psyche auf einer durchgesessenen Couch in ihrem Büro schlief, weil sie sich nicht leisten konnte, sich ein anderes Apartment zu mieten. In ihrem Budget war kein Platz dafür, nicht nachdem sie den Klempner bezahlt hatte und noch ihren Kredit sowie die Miete für den Laden zahlen musste.

Sie lächelte Sophia an und scherzte: „Manchmal bedauere ich es, keine Beziehung zu haben. Momentan wäre ein Freund mit einer Wohnung wirklich praktisch.“

Sophia kicherte. „Die sind auch noch für andere Dinge gut, weißt du.“

„Das sagt man. Aber ich bin schon seit einiger Zeit an niemandem mehr interessiert. Das kann man nicht erzwingen, stimmt’s?“ Auch wenn sie ein paar Männer kennengelernt hatte, hatte es einfach nicht gefunkt und sie hatte das Daten aufgegeben.

„Es passiert immer, wenn man es am wenigsten erwartet. So war es bei Triton und mir. Und ich weiß nicht, was ich ohne ihn tun würde“, sinnierte Sophia. „Er ist mein Ein und Alles.“

„Ihr könnt euch glücklich schätzen, euch gefunden zu haben.“

„Du könntest auch jemanden finden.“

Psyche wischte sich ein paar Tropfen Schweiß von der Augenbraue. „So einfach ist das nicht. Und um ehrlich zu sein, bin ich alleine glücklich.“ Sie zeigte auf die Blumenbeete. „Ich sollte mich wieder an die Arbeit machen.“

Sophia nickte. „Wenn du später etwas Kühles zu trinken möchtest, komm einfach in der Küche vorbei. Alice gibt dir etwas.“

„Danke, Sophia.“

Sophia ging zurück ins Haus und Psyche kniete sich wieder ins Gras. Sie hob ihr Werkzeug auf und wandte ihre Aufmerksamkeit wieder den Pflanzen vor ihr zu, während sie die Stimmen, die aus Tritons Büro drangen, ignorierte. Sie blendete sie so gut wie möglich aus, doch obwohl sie keine genauen Worte heraushören konnte, wusste sie dennoch, dass die Männer aufgewühlt waren.

Sie seufzte und schüttelte den Kopf. Sie diskutierten wahrscheinlich über irgendetwas Triviales wie zum Beispiel das letzte Football- oder Baseball-Spiel. Nicht dass sie überhaupt wusste, ob gerade Football- oder Baseball-Saison war. Noch ein Vorteil, wenn man keinen Freund hatte: Sie musste sich keine Sportsendungen im Fernsehen anschauen.

Als Psyche mit dem Bepflanzen fertig war, stand die Sonne schon hoch am Himmel. Was war nur los mit dem Wetter? Es war erst Februar und es war bereits glühend heiß. Schweiß rannte ihren Hals hinab und verschwand unter ihrem Tanktop. Sie fühlte sich klebrig und unbehaglich und wischte sich immer wieder den Nacken und die Stirn mit ihren schmutzigen Händen hab. Sie brauchte etwas Kühles zu trinken und eine Dusche. Aber zuerst brauchten die neuen Pflanzen Wasser, andernfalls würden sie im Handumdrehen verwelken.

Psyche stand auf und streckte sich, dann blickte sie sich nach dem Gartenschlauch um. Sie fand ihn an einem Haken vor einem kleinen Schuppen neben dem Haus hängen. Sie ging hinüber und hob ihn herunter, während sie den Wasserhahn aufdrehte. Doch nichts passierte. Kein Wasser kam aus dem Schlauch. Als sie dem Wasserrohr folgte, das außen am Fundament des Hauses entlanglief, wurde der Grund dafür sofort offensichtlich: Das Rohr führte ins Leere. Es war nicht angeschlossen.

Großartig, jetzt würde sie das Wasser aus dem Haus herausschleppen müssen.

# 4

Eros war gerade auf dem Weg zum Eingang des Olympus Inn, als er bemerkte, dass das Tor zum Garten offen stand. Abkürzungen waren ihm immer willkommen, deshalb marschierte er hinein. Er hörte männliche Stimmen aus Tritons Arbeitszimmer kommen und erkannte nicht nur Tritons, sondern auch Dios und Hermes' Stimmen. Worüber diskutierten sie und warum war er nicht dazu eingeladen worden? Er war immer bereit, mit seinen Freunden zu quatschen, und dass sie sich ohne ihn trafen, verärgerte ihn etwas.

Er versuchte, der Konversation im zweiten Stock zu lauschen, eilte an der Garage vorbei auf die Treppe zu, bog um die Ecke und hob den Fuß auf die erste Stufe. Weiter kam er nicht. Stattdessen stieß er mit etwas zusammen oder besser gesagt mit jemandem, der zwei Eimer Wasser trug. Bevor er sich fangen konnte, taumelte er nach hinten und griff, im verzweifelten Versuch, Halt zu finden, nach einem der Eimer.

Wasser ergoss sich über ihn, als er auf dem Rücken landete, wo das Gras seinen Aufprall etwas dämpfte. Und als wäre das nicht genug, fiel einen Sekundenbruchteil später eine keuchende Frau auf ihn, deren Knie nur knapp seinen Schritt verfehlte, als sie im Anschluss daran vergeblich versuchte aufzustehen.

„Scheiße!", fluchte sie.

„Mist, ich bin klatschnass!"

Sie schaffte es schließlich, von ihm herunterzuklettern. Erst jetzt bekam er einen guten Blick auf sie. Sie war genauso durchnässt wie er und ihr nasses kastanienbraunes, schulterlanges Haar war so zerzaust, dass es aussah, als hätte es schon seit Monaten keinen Kamm mehr gesehen. Ihr Tanktop war durchgeweicht. Unwillkürlich wurden seine Augen auf das gezogen, was darunter lag. Perfekt runde und feste Brüste, deren Nippel vom kalten Wasser hart waren.

Nun, das war ja einfach perfekt! Eine Sirene! Konnte er von diesen lästigen Frauen denn nie seine Ruhe bekommen? Bei Hades, er war zum Scheitern verurteilt!

„Danke für die Dusche", sagte er, bevor sie den Mund öffnen konnte. „Einen Eimer Wasser ins Gesicht zu bekommen, ist genau, was ich heute gebraucht habe."

Ihre Augen weiteten sich. „Was haben Sie denn erwartet? *Sie* haben an dem Eimer gezogen! Ich hatte beide Hände voll. Wie sollte ich da mein Gleichgewicht halten, wenn Sie mich runterziehen?"

Eros schaffte es, sich aufzusetzen, während sie auf die Füße sprang. „Oh, Sie geben mir dafür die Schuld?“ Er erhob sich und stemmte die Hände in seine Hüften. „Typisch Frau!“

„Was soll das denn heißen?“, knurrte sie mit zusammengekniffenen Augen.

Sie hatte hellgrüne Augen, umrandet von langen dunklen Wimpern. Ihre Lippen waren voll und rot, obwohl sie sie gerade sichtlich genervt zusammenpresste. Es waren Schmutzflecken auf ihrem Gesicht, doch diese lenkten nicht von ihrem Aussehen ab. Sie war umwerfend, auf eine *Mädchen-von-Nebenan*-Art. Nicht dass er an ihr Interesse gehabt hätte. Egal wie gut sie diesen Wet-T-Shirt-Look auch präsentierte. Frauen bedeuteten Ärger und er würde sich weit von ihnen fernhalten. Selbst von diesem verlockenden Exemplar.

„Vergessen Sie es!“, knurrte er und drehte sich zur Treppe, versessen darauf, ihrer Gegenwart zu entfliehen.

Doch eine überraschend starke Hand auf seiner Schulter riss ihn zurück und wirbelte ihn herum. „Sie wollen sich nicht einmal entschuldigen?“, fragte sie mit vor Wut geröteten Wangen. „Ich vermute, mir beim Saubermachen zu helfen steht außer Frage.“ In ihren letzten Worten schwang eine gute Dosis Sarkasmus mit und das war etwas, worauf er einfach antworten musste.

Er machte einen Schritt auf sie zu und sah sie von oben bis unten an. „Ich habe kein Interesse daran ...“ – er machte eine dramaturgische Pause – „... Ihnen dabei zu helfen, *sich sauber zu machen.* Aber danke für das Angebot. Ich stehe nicht auf ...“ Er zeigte auf ihr heruntergekommenes Äußeres. „... Frauen.“ *Wie Sie,* wollte er hinzufügen, doch tat es nicht. Vor Gloria hatte er auf sterbliche Frauen gestanden. Bei Hades, er hätte sie umworben, bis er sie ins Bett bekommen hätte. Aber er wusste genau, wozu das führen würde und er hatte keine Lust, sich noch mal das Herz brechen zu lassen. Einmal reichte ihm!

Der Mund der Frau klaffte auf, doch sie blieb nicht lange sprachlos. „Sie, Sie ...“ Sie nahm einen tiefen Atemzug, als würde sie sich darauf vorbereiten, eine Schimpftirade loszulassen, zu der sonst nur die Göttermutter Hera im Stande wäre. „Sie rücksichtsloser, chauvinistischer –“

„Was ist da unten los?“, unterbrach Triton vom Balkon und rettete Eros vor dem Trommelfeuer an Beschimpfungen, das die Frau offensichtlich auf ihn loslassen wollte.

„Sieh mich an!“, antwortete Eros und zeigte auf die Frau. „Und anstatt sich zu entschuldigen, beschimpft sie mich!“

„Sie verdrehen die Wahrheit. Sie haben nach meinem Eimer gegriffen, als Sie über Ihre eigenen Füße gestolpert sind, und mich mit Ihnen nach unten gezogen.“

Von oben auf dem Balkon ertönte lautes Gelächter. Dionysos und Hermes hatten sich zu Triton gesellt und blickten schadenfroh auf Eros und die wütende Schönheit hinab.

„Was gibt's da zu lachen?", knurrte Eros sie an.

„Du siehst aus wie ein begossener Pudel", sagte Hermes.

Dionysos stieß seinem Freund zustimmend mit dem Ellbogen in die Seite. „Nicht gerade ein sehr schmeichelnder Look."

„Das ist nicht meine Schuld", knurrte Eros und blickte die Frau, die für seinen gegenwärtigen Zustand verantwortlich war, finster an. Auch wenn sie nicht viel vorzeigbarer aussah als er.

Sie erwiderte seinen finsteren Blick und schnappte sich ihre Eimer. Mit hoch erhobenem Haupte drehte sie sich abrupt um und stampfte davon. Er sah ihr nicht nach, weil er ihr nicht die Genugtuung geben wollte, dass es ihm auf irgendeine Art wichtig war, was sie machte.

„Eros", mahnte Triton.

Er blickte zu seinen drei Freunden hinauf, die ihn stirnrunzelnd anstarrten.

„Was?", biss er heraus.

„Wo sind deine Manieren?", fragte Triton und zeigte in Richtung der Frau, die gerade verschwunden war. „Geh und entschuldige dich. Psyche ist eine nette Frau und sie arbeitet für mich. Ich lasse es nicht zu, dass du sie verärgerst."

Ihr Name war Psyche? Ungewöhnlich, auch wenn er zu ihr passte. Doch er würde sich nicht von einem schönen Namen und einem noch schöneren Gesicht umstimmen lassen. „Aber –"

„Kein Aber. So bist du nicht. Wir wissen alle, auf wen du wütend bist und das ist ganz bestimmt nicht Psyche."

Eros seufzte. Er wusste, dass sein Freund recht hatte. Aber Triton wusste nicht, wie schlimm alles geworden war. Er wusste nichts von der Konfrontation mit Zeus oder der Tatsache, dass ihn der Mangel an Sex in einen andauernden Zustand der Unruhe versetzte. Der kleinste Vorfall, und er explodierte wie ein Pulverfass.

Doch da Eros wusste, dass er sich wie ein Scheißkerl benommen hatte, wandte er sich um und ließ seine Augen durch den Garten schweifen. Er erblickte Psyche in der Nähe einiger Blumenbeete, wo sie ihr Werkzeug in eine kleine Box packte. Obwohl er es hasste, zu Kreuze zu kriechen, besonders wenn seine drei besten Freunde zusahen, ging er zu ihr. Sein Körper warf einen Schatten über sie und sie verkrampfte sich, drehte sich jedoch nicht um.

„Hören Sie zu, Psyche", fing er an und räusperte sich. Als sie sich immer noch nicht bewegte, fuhr er etwas sanfter fort: „Es tut mir wirklich leid. Das hatte nichts mit Ihnen zu tun."

Sie hob ihre Box mit den Gartenwerkzeugen auf und erhob sich, wobei sie ihn kaum anblickte.

„Ich hatte schlechte Laune und ich habe sie an Ihnen ausgelassen. Das war nicht fair. Ich war ein Arsch."

Das brachte sie dazu, ihn anzusehen. Sie nickte. „Okay."

„Ich hatte Streit mit meiner Familie", fühlte er sich genötigt hinzuzufügen, um sich zu rechtfertigen. „Genauer gesagt mit meinem Großvater. Er akzeptiert meinen ... ähm ... Lebensstil nicht. Ja, so könnte man es nennen."

Ihr Gesichtsausdruck wurde etwas sanfter. „Nun, wir haben alle mal einen schlechten Tag, nicht wahr?"

„Ja, vermutlich." Er zeigte auf ihre feuchte Kleidung. „Kann ich für die Reinigung bezahlen?"

Sie schüttelte den Kopf. „Das ist meine Arbeitskleidung. Und nach der Dusche, die ich vor einer Minute hatte, ist sie sogar sauberer als zuvor."

Er neigte den Kopf zur Seite und sah sie genauer an. „Ist das ein Nein?"

„Sie müssen nicht für die Reinigung zahlen. Es ist schon alles in Ordnung. Aber es gibt da etwas, was Sie für mich tun könnten."

Eros trat näher, erpicht darauf, es wiedergutzumachen. „Ja?"

Psyche deutete mit dem Daumen über ihre Schulter. „Das Wasser war für die zwei Blumenbeete gedacht."

Überrascht, dass ihre Bitte keine persönliche war – auch wenn er nicht wirklich wusste, was er erwartet hatte –, nickte er schnell. „Sicher. Ich kümmere mich darum."

Sie entfernte sich von ihm.

„Ich heiße übrigens Eros", rief er ihr nach.

„Danke, Eros", sagte sie und ging weiter, ohne sich umzublicken.

Augenblicke später beobachtete er, wie sie in einen heruntergekommenen alten Pickup-Truck stieg, der am Straßenrand geparkt war. Der Motor stotterte und machte keinerlei Anstalten, den Wünschen seiner Besitzerin nachzukommen. Eros wollte gerade hinauslaufen und ihr seine Hilfe anbieten, als der Motor endlich zum Leben erwachte und Psyche davonfuhr.

Als sie außer Sichtweite war, machte Eros eine Handbewegung in Richtung der Blumenbeete und benutzte seine göttlichen Kräfte, um die Pflanzen zu bewässern.

„Du bist so faul", sagte Triton hinter ihm.

Eros drehte sich um. „Sie mal an, wer da den Mund aufmacht. Wenn du endlich einen Klempner rufen würdest, um den Wasseranschluss im Garten zu reparieren, wäre das Ganze gar nicht passiert."

„Hast du eine Ahnung, wie schwer es ist, einen anständigen Klempner zu finden?", erwiderte Triton.

„Warum lässt du die Aufgabe dann nicht von den Feen erledigen?" Schließlich waren sie die Diener der Götter und hätten im Handumdrehen gerufen werden können.

„Weil Zeus es nicht schätzt, wenn wir unsere Privilegien nutzen, wenn wir in der Welt der Sterblichen leben. Das weißt du doch."

Eros marschierte auf das Haus zu und Triton folgte ihm. „Reden wir nicht über den alten Mann. Dabei kommt nichts Gutes raus. So, ich habe dich die ganze Woche nicht gesehen. Wir sollten heute Abend etwas unternehmen.“

„Sorry, aber Sophia und ich gehen auf eine Dinnerparty.“

„Hmm“, summte Eros vor sich hin.

Als er den Balkon erreichte, wo Hermes und Dionysos warteten, machte er ihnen dasselbe Angebot. „Wer will heute Abend etwas trinken gehen?“

Dionysos bückte sich und hob Thoas in seine Arme. Eros hatte den Jungen vorher gar nicht bemerkt. „Sorry, kann nicht. Ich passe heute den ganzen Tag auf Thoas auf. Ari gibt einen Kurs in Weinverkostung im Laden.“

Eros zuckte mit den Schultern und zeigte auf Hermes. „Dann bleiben wohl nur wir beide, hm, Kumpel?“

Hermes warf seine Hände hoch und verzog bedauernd das Gesicht. „Ich wünschte, ich könnte, aber am Lehrstuhl ist heute eine Veranstaltung und jetzt, wo Penny eine Festanstellung hat, können wir nicht wirklich fernbleiben. Und Hera passt auf Panos auf.“

Panos, oder kurz Pan, war Hermes’ und Pennys sechs Monate alter Sohn.

„Hera spielt Babysitter? Du verarschst mich wohl.“

Hermes zuckte mit den Schultern. „Sie kann nett sein, wenn sie will.“

„Sie ist nur nett, wenn sie etwas will. Und um Hades’ willen, wann seid ihr alle so langweilig geworden? Ihr seid für keinen Spaß mehr zu haben.“

„Das würde ich nicht sagen“, protestierte Triton grinsend. „Ich habe viel Spaß.“

Hermes grinste verschmitzt und fügte hinzu: „Jede Menge heißen und schweißtreibenden Spaß.“

Dio lachte. „Jop, gilt auch für mich.“

Plötzlich klatschte Thoas in die Hände. „Heiiiißer und schweißtreibender Spaaaaß!“, brabbelte er kichernd in den Armen seines Vaters.

Dio verdrehte die Augen. „Scheiße, Hermes, schau dir an, was du gemacht hast. Dieses Mal wird Ari mich umbringen.“

„Scheiße, Hermes“, wiederholte Thoas.

Eros verdrehte die Augen. Er musste hier raus. Und er wusste genau, wo er ein wenig Ablenkung finden würde, die keine Kinder oder langweiligen Freunde involvierte. „Ich werde Hades einen Besuch abstatten.“

# 5

Nachdem sie sich die halbe Nacht auf der durchgesessenen Couch im Büro ihres Blumenladens herumgewälzt hatte, wachte Psyche wenig ausgeruht auf. Zumindest war das Fitnessstudio nur ein paar Blocks entfernt und sie hatte Glück, niemandem zu begegnen, der sie kannte, bevor sie vorzeigbar aussah. Sie duschte sich, frisierte ihre Haare und holte sich dann einen Kaffee und ein Gebäckstück aus Vivian's Café, einem ihrer Lieblingscafés in der Stadt. Sie wanderte die Main Street hinunter, aß ihr Gebäck und bummelte entlang der Schaufenster der immer noch geschlossenen Geschäfte.

Die Luft war kühl, doch sie liebte Morgen wie diesen. Nur wenige Leute waren schon unterwegs und diejenigen, die sie sah, waren für gewöhnlich in Eile, entweder um in die Arbeit oder zur Schule zu gelangen. Sie schien die Einzige zu sein, die sich die Zeit nahm, sich umzusehen und die gepflegten Fassaden der Läden zu bewundern. Sie liebte diese Stadt, doch wenn es mit ihrem Geschäft nicht bald wieder bergauf ging und wieder Geld in die Kasse kam, würde sie gezwungen sein, nicht nur ihr Geschäft, sondern auch ihre Eigentumswohnung – mit Verlust – zu verkaufen und in eine günstigere Stadt zu ziehen. Das wäre eine Schande. Sie hatte hier einige Freunde und sie genoss das milde Klima und den gelassenen Lebensstil.

Psyche seufzte und nahm einen weiteren Schluck Kaffee, als sie um eine Ecke bog und eine kleine, gepflasterte Gasse entlangging, die nur für Fußgänger und Radfahrer gedacht war. Sie wich einem Fahrradkurier aus, der so schnell an ihr vorbeisauste, dass sie ihren Kaffee verschüttet hätte, wäre kein Deckel auf dem Becher gewesen.

„Ah!", knurrte sie. Doch bevor sie sauer auf ihn sein konnte, war er bereits in die nächste Straße gebogen. „Das ist es nicht wert."

Genauso wie es nicht wert gewesen war, auf Tritons Bekannten mit dem seltsamen Namen vom Vortag sauer zu sein. Sie hätte nicht einmal mit ihm gestritten, hätte er sofort zugegeben, dass es seine Schuld gewesen war. Als er jedoch angefangen hatte, ihr die Schuld zu geben, hatte sie rot gesehen. Das war nur ein weiterer Beweis gewesen für das, was sie schon immer gewusst hatte: gut aussehende Männer waren Arschlöcher. Wegen ihres Aussehens dachten sie, dass sie nicht freundlich sein müssten. Und Eros war gut aussehend. Und ihr war nur allzu bewusst gewesen, wie schrecklich sie im Gegenzug ausgesehen haben musste: dreckig, verschwitzt und, dank Eros, nass. Zumindest hatte er auch im nassen Zustand noch gut ausgesehen – als wäre er ein Model, das im Regen posierte, wobei die perfekt sitzende

Kleidung, die an seinem trainierten Körper klebte, keinen Zweifel daran ließ, wie er nackt aussehen würde.

Psyche fächerte sich Luft zu und warf ihren leeren Kaffeebecher in einen Mülleimer. Seit Ewigkeiten hatte kein Mann mehr solche Gedanken bei ihr ausgelöst. Vielleicht hatte sie einfach schon so lange keinen Sex mehr gehabt, dass selbst jemand so Arrogantes wie Eros anziehend erschien. Was hatten sich seine Eltern dabei gedacht, ihren Sohn nach einem Gott zu benennen? Kein Wunder, dass er eingebildet und egozentrisch geworden war.

„Morgen, Psyche!"

Bei der Begrüßung wandte Psyche den Kopf und winkte über einen niedrigen Zaun hin einer alten Frau zu, die auf der Veranda ihres kleinen Hauses saß. „Morgen, Mrs. Lloyd. Wie geht es Ihnen?"

Der Blick der Frau wanderte zu dem leeren Stuhl neben ihr und sie zwang sich zu lächeln. „Mir geht es gut." Sie zeigte auf einen Teller mit Keksen. „Möchten Sie einen? Heute Morgen frisch gebacken."

Psyche öffnete das Tor und trat ein. „Sie müssen schon lange wach sein."

Mrs. Lloyd reichte ihr den Teller und Psyche nahm sich einen Keks, schwor sich jedoch, ihn für den Nachmittag aufzuheben.

„Wissen Sie, seit Albert nicht mehr da ist, wache ich immer früher auf." Sie zuckte mit den Schultern und schob den traurigen Ausdruck, der über ihr freundliches Gesicht zog, beiseite. „Aber genug von mir. Wie geht es Ihnen?"

Psyche lächelte freundlich. Obwohl Mrs. Lloyds immer noch um ihren geliebten Ehemann trauerte, der zwei Monate zuvor verschieden war, interessierte sie sich immer dafür, wie andere Leute mit ihren Problemen zurechtkamen. Psyche nahm sich ein Beispiel an der alten Dame und sagte fröhlich: „Das Geschäft läuft wieder besser. Und die Arbeiten an meiner Wohnung gehen gut voran." Beide Aussagen waren Notlügen.

„Oh, das sind gute Neuigkeiten. Ich freue mich für Sie." Mrs. Lloyd strahlte und echte Freude über das Glück einer anderen Person erhellte ihr Gesicht.

„Danke, das ist so lieb von Ihnen." Da sie es hasste, gelogen zu haben, aber gleichzeitig froh war, dass dies Mrs. Lloyd fröhlich gemacht hatte, fügte sie hinzu: „Nun, ich gehe besser in den Laden."

„Machen Sie das, Psyche. Oh, und nächste Woche sehe ich Sie auf dem Friedhof, richtig?"

Psyche nickte. „Ja, ich habe es nicht vergessen. Ich kümmere mich um die Pflanzen auf dem Grab."

„Danke, Psyche. Albert liebte Ihre Blumen immer." Tränen standen in den Augen der alten Frau, als sie an ihren Ehemann dachte.

„Nächste Woche dann. Und danke für den Keks."

Als sie ging, konnte sie nicht anders, als Mitleid für Mrs. Lloyd zu empfinden. Sie hatte den Mann verloren, mit dem sie seit über vierzig Jahren zusammen gewesen war, und ihre finanzielle Situation sah nicht besonders gut aus. Obwohl ihr Ehemann eine passable Rente gehabt hatte, war diese nach seinem Tod um die Hälfte reduziert worden. Und außerdem hatte Mrs. Lloyd nun auch noch Ausgaben für die Grabpflege. Und ihr Stolz erlaubte es ihr nicht, das Grab einfach ohne Blumen zu belassen. Sie wollte sicherstellen, dass jeder, besonders ihr verstorbener Ehemann, wusste, wie sehr sie ihn geliebt hatte.

Der Morgen im Laden war ruhig und Psyche beschäftigte sich damit, das Wasser für die Schnittblumen zu wechseln und einige Pflanzen umzutopfen, die zu groß für ihre Töpfe geworden waren. Sie war gerade dabei hinauszulaufen, um sich ein Sandwich im Laden nebenan zu holen, als die Klingel über der Tür einen Kunden ankündigte.

Sie drehte sich um und wischte sich die Hände an ihrer Schürze ab. „Triton?“, fragte sie überrascht. „Gibt es ein Problem mit dem Garten?“

„Nein, nein, der Garten ist perfekt“, sagte er schnell und näherte sich dem Tresen.

Plötzlich fing ihr Herz an zu rasen. War Triton verärgert wegen ihres Benehmens gegenüber seinem Gast am Tag zuvor? War er gekommen, um deshalb mit ihr zu reden?

„Wegen gestern“, fing sie an.

„Ja, das tut mir wirklich leid. Eros ist zurzeit nicht er selbst. Ich hoffe, dass du ihm vergibst.“

„Oh, ähm, ja, sicher.“ Also war Triton nicht gekommen, um sie zu tadeln oder ihr zu sagen, dass sie ihren Job nicht mehr hatte. Erleichtert und neugierig zugleich starrte sie ihn an – schließlich hatte er ihren Laden noch nie zuvor besucht.

„Du hast gestern mit Sophia gesprochen ... über deine aktuelle Wohnungssituation. Sie hat es mir erzählt.“

„Oh. Ja, naja, ich bin mir sicher, das wird wieder. Ich wollte sie damit nicht belasten.“

„Ich bin froh, dass du es getan hast, denn ich habe eine Lösung dafür.“

„Wirklich?“ Unwillkürlich machte sie einen Schritt auf ihn zu.

Triton nickte. „Was würdest du von Housesitting halten?“

„Im Olympus Inn?“, fragte sie ungläubig.

Triton schmunzelte. „Nein, nicht dort. Glaub mir, das wäre mit Arbeit verbunden. Ich dachte an das Haus eines Freundes. Es liegt südlich der Broad Street. Er musste kurzfristig geschäftlich verreisen und hasst es, wenn das Haus während seiner Abwesenheit leer ist. Er hat mich gefragt, ob ich jemanden suchen könnte, der ein paar Wochen dort wohnt und dafür sorgt, dass die Bude nicht abbrennt.“

Psyche presste die Hände auf ihre Brust, wo ihr Herz aufgeregt donnerte. „Ist das dein Ernst? Oh mein Gott! Das würde ich sehr gerne machen. Das würde mir so sehr helfen. Ich weiß nicht, wie ich dir danken soll.“

Triton grinste. „Kein Grund, mir zu danken. Du hilfst mir damit aus.“ Er zeigte auf die Tür. „Ich kann dir das Haus gleich zeigen, wenn du Zeit hast.“

„Was du heute kannst besorgen …“, antwortete sie fröhlich und legte ihre Schürze ab, immer noch unfähig, ihr Glück zu begreifen.

Vielleicht fing endlich alles an, sich zum Besseren zu wenden.

# 6

Eros nahm einen weiteren Schluck Wein und lehnte sich auf der bequemen Chaiselongue zurück, auf der er es sich in Hades' Unterwelt in den letzten zwei Tagen und Nächten gemütlich gemacht hatte. Sein Gastgeber saß ihm gegenüber auf einer Couch, aber er war nicht alleine. Eine Nymphe war heute seine Spielgefährtin.

Hades, der eine schwarze Hose und ein schwarzes, aufgeknöpftes Hemd trug, das seine Brust zur Schau stellte, grinste, während er die Brüste der schönen Nymphe begrapschte. „Eros, bist du sicher, dass du keine Gesellschaft möchtest? Ich habe gehört, dass diese Hübsche hier eine sehr schöne Schwester hat."

Die Frau kicherte und warf ihren Kopf zurück.

Eros griff nach dem Teller mit den Weintrauben auf dem niedrigen Tisch neben ihm. „Welchen Teil von *kein Interesse* hast du nicht verstanden?"

„Jeder hat das Recht, seine Meinung zu ändern", meinte Hades. „Selbst du. Ich dachte nur, dass dich vielleicht ein wenig Wein in Stimmung für weibliche Gesellschaft gebracht hätte."

„Du fängst an, wie meine verheirateten Freunde zu klingen."

Eros sprang auf und ging zu dem großen Fenster. In der Ferne, hinter dem finsteren Wald, konnte er die roten Flammen hinter dem Styx sehen, die die ständige Dunkelheit der Unterwelt erhellten. Es gab nichts Ansprechendes an diesem Ort. Hades' Palast war kitschig und schrie nach schlechtem Geschmack, war jedoch trotz allem der angenehmste Ort in der Unterwelt. Die verzweifelten Seelen, die dazu verdammt waren, die Ewigkeit hier unten zu verbringen, lebten unter erbärmlichen Bedingungen. Schließlich hatten sie Gräueltaten begangen. Sie verdienten nichts Besseres. Trotzdem wünschte sich ein kleiner Teil von Eros, dass dieser Ort nicht existieren würde. Doch das war nicht seine Entscheidung. Dies war Hades' Domäne und dieser sorgte dafür, dass alle wussten, dass er hier unten der Gebieter war.

„Es ist eine Schande, mein lieber Neffe, dass du dir von einer Frau so viel Schmerz bereiten lässt", sagte Hades plötzlich hinter ihm.

Eros wirbelte herum und fand Hades nur wenige Schritte entfernt stehen. „Ich bin nicht dein Neffe", lenkte er ab, damit er nicht auf die Aussage seines Großonkels antworten musste.

Hades machte eine wegwerfende Handbewegung. „Aber wir sind verwandt."

Eros verdrehte die Augen. „Alle Götter sind verwandt."

Hades schmunzelte. „Aber darum geht es ja nicht, oder? Es geht darum, dass du es zugelassen hast, dass diese Frau alles zerstört, woran du einst geglaubt hast."

„Was ist mit dir los? Was ich tue oder nicht tue, hat doch keinen Einfluss auf dein Leben." Eros zeigte auf die knapp bekleidete Nymphe auf dem Sofa. „Du bekommst immer noch so viele Muschis, wie du willst."

„Oh, das ist aber vulgär", behauptete Hades und warf einen lüsternen Blick auf seine Spielgefährtin. Er grinste verschmitzt. „Aber korrekt."

„Also lass mich in Ruhe." Eros ging an ihm vorbei und goss sich ein weiteres Glas Wein ein. „Ich dachte, dass gerade du es verstehen würdest, wenn ein Mann etwas vergessen will."

„Sicher, aber die meisten Männer, die etwas vergessen wollen, tun es, indem sie sich den fleischlichen Gelüsten hingeben. Und ich sehe nicht, dass du das tust, was die Frage aufwirft, warum du überhaupt hier aufgetaucht bist."

„Du meinst, ich darf meinen Onkel nicht einfach besuchen?"

„Oh, *jetzt* bin ich also dein Onkel?" Hades schüttelte den Kopf. „Du bist hergekommen, um dich zu verstecken, weil dies der einzige Ort ist, in den der liebe alte Zeus nicht einfach ohne Einladung hereinmarschieren kann."

Eros zuckte mit den Schultern. „Und?"

„Ich mag es nicht, wenn man mich benutzt."

„Hat Zeus dich dazu angestiftet?"

„Mich wozu angestiftet?"

„Einen Streit mit mir anzuzetteln, damit ich wieder verschwinde?"

Hades grinste würdigend. „Du hast immer noch was auf dem Kasten. Das muss man dir lassen."

„Es ist ja nicht so, als hättest du dich besonders angestrengt."

Hades zeigte auf die Nymphe. „Das liegt daran, dass ich meine Energie auf Wichtigeres verwende. Was du auch tun solltest."

„Danke, aber nein danke." Er erhob sein Weinglas. „Das hier reicht." Doch als Gott war seine Toleranz gegenüber Alkohol hoch und er war kaum angeheitert, geschweige denn betrunken.

„Nun, dann –"

Hades wurde von dem Klingeln eines Handys unterbrochen. Eros blickte auf den Tisch.

„Deines", sagte Hades.

Eros stellte das Weinglas ab, nahm sein Telefon und las, was auf dem Display stand. Mit einem Seufzen nahm er den Anruf an. „Was ist los, Dio?"

„Hey Kumpel, ich habe Licht gesehen, als ich an deinem Haus vorbeigefahren bin, also dachte ich, dass du noch wach bist. Hör zu, Ari und Thoas schlafen und wenn du auf einen Absacker Lust hast, ich wäre dabei", sagte sein Freund.

„Du hast wo Licht gesehen? Ich bin nicht zuhause."

„Sicher bist du das. Ich habe gerade gesehen, wie du hinter den zugezogenen Vorhängen im Wohnzimmer vorbeigegangen bist. Also lüg mich nicht an. Wenn du nichts trinken gehen möchtest, dann sag das einfach“, knurrte Dio.

„Hey, hör zu“, antworte Eros angespannt. „Ich bin verdammt nochmal nicht zuhause. Ich bin bei Hades.“

„Er sagt die Wahrheit“, rief Hades.

„Wer zum Teufel ist dann in deinem Haus?“, fragte Dio und seufzte dann. „Oh Scheiße, Mann, es könnten Einbrecher sein. Du weißt doch, dass es in letzter Zeit einen Anstieg an Einbrüchen in Charleston gegeben hat. Luxuswohnungen werden ausgeräumt.“

„Ach, verdammt!“, fluchte Eros. Das war genau, was er brauchte: dass jemand bei ihm einbrach und ihn ausraubte.

„Ich kann für dich nachsehen. Willst du, dass ich dem Arschloch eine Lektion erteile?“, bot Dio an.

„Nein, das mache ich selbst. Ich bin in ein paar Minuten dort.“ Wenn jemand in sein Haus eingebrochen war, wollte er derjenige sein, der die Bestrafung austeilte. Vielleicht würde er sich dann etwas besser fühlen. „Pass einfach auf das Haus auf und sorge dafür, dass der Einbrecher nicht verschwindet. Ruf mich an, falls er das tut.“

Eros legte auf und schob sein Handy in seine Hosentasche. „Ich muss los.“

Hades nickte. „Viel Spaß.“

Ohne ein weiteres Wort raste Eros den Palast hinaus und durch den dunklen Wald. Normalerweise teleportierte er, wenn er in Eile war, doch im Hades konnte man nicht teleportieren. Hier unten, tief im Bauch der Unterwelt, gab es nur einen Weg nach draußen: mit der Fähre über den Styx. Glücklicherweise hatte Hades den Transport über den Fluss vor kurzem verbessert. Und der neue und sehr effiziente Fährmann war niemand anderer als Hermes’ Schwiegervater, Bert Galloway.

Eros winkte, als er Bert in der Nähe des Anlegeplatzes stehen und das Boot vertäuen sah, während die Neuankömmlinge warteten, um auszusteigen. Keine der Seelen sah besonders glücklich über ihre neue Behausung aus und Bert musste sie wie Vieh zu dem Bereich treiben, wo einige Angestellte sie registrierten. Als alle Seelen endlich das Boot verlassen hatten, winkte Bert Eros zu.

„Bereit, nach Hause zu gehen, Eros?“, fragte Bert.

„Ja, ich muss mich um etwas Dringendes kümmern.“

„Nun, dann hilf mir, uns loszubinden.“

Eros tat, um was Bert ihn gebeten hatte, und folgte ihm dann auf die Brücke. „Wie läuft es so?“

Bert grinste. „Lief noch nie besser.“ Er griff in seine Jackentasche und zog zwei Briefe heraus. „Denkst du, du könntest die meiner Tochter geben? Einer ist für meine Mutter.“

„Sicher. Penny wird froh sein, Neuigkeiten von dir zu bekommen."

Bert lachte leise. „Machen wir uns doch nichts vor. Sie hat alle Hände voll zu tun mit dem Baby, ihrer Arbeit an der Universität und ihrem unersättlichen Ehemann. Da bleibt nicht viel Zeit, an ihren alten Vater zu denken." Er nahm seine Hand kurz vom Steuer. „Aber ich beschwere mich nicht. Sie und Hermes sind eine Woche, nachdem mein Enkel geboren wurde, zu Besuch gekommen, um ihn mir zu zeigen. Das war schön."

„Behandelt Hades dich gut?"

Bert warf ihm einen *du-willst-mich-verscheißern*-Blick zu. „Wann hat Hades je jemanden gut behandelt? Das hier ist schließlich die Hölle, oder hast du das vergessen?"

Das hatte er nicht. Und er hatte auch nicht vergessen, warum Bert die Ewigkeit hier unten verbrachte. Es war Teil des Handels, den Hermes mit Zeus gemacht hatte, sowohl um Berts menschliches Leben zu retten als auch um mit Penny, Berts Tochter, verheiratet bleiben zu können. Es war eine Verbindung gewesen, die Zeus nicht gebilligt hatte, weil Penny Hermes' Sandalen gestohlen hatte, die ihr daraufhin von ihrem Vater gestohlen worden waren, was Chaos in der Welt der Götter verursacht hatte. Am Ende hatte Hermes ausgehandelt, dass Bert den Fährdienst über den Styx übernahm und sich um die Anstauung der Seelen kümmerte, sowie den Bau einer Brücke über den Styx beaufsichtigte. Bert hatte um seiner Tochter willen dem Handel zugestimmt. Schließlich hatte er ihr nur Leid und Kummer verursacht, als er in der Menschenwelt gelebt hatte. Aber hier unten, in Hades' Unterwelt, war er nützlich – und immer noch lebendig, was ihm erlaubte, seine Familie einmal im Jahr zu besuchen, ein Zugeständnis, das Hermes Zeus hatte abringen können.

„Vermutlich ist es anders, wenn man ein Gott ist. Wir können gehen, wann wir wollen, im Gegensatz zu allen anderen." Eros zeigte auf die Seelen an beiden Ufern des Styx, und jene, die sinnloserweise versuchten, ihn schwimmend zu durchqueren. Indem sie versuchten, ihrem höllischen Leben nach dem Tod zu entfliehen, wurden sie in den gefährlichen Strömungen des Styx gefangen und würden wahrscheinlich niemals das andere Ufer erreichen, verdammt dazu, in alle Ewigkeit zu schwimmen.

Bert nickte mit ernstem Gesichtsausdruck. „Ja. Aber ich habe mehr Glück als die. Ich darf einmal im Jahr meine Familie sehen. Dafür muss ich dankbar sein. Es hätte auch schlimmer kommen können."

„Ja, das hätte es."

Bert steuerte die Fähre an den Anlegesteg. „Da sind wir."

„Danke fürs Mitnehmen, Bert!"

Eros winkte zurück und eilte an den wartenden Seelen vorbei, die am Ufer des Flusses Schlange standen, um die Fähre zu betreten. Die Schlange war mehrere Meilen lang und wand sich am Fluss entlang, doch Eros folgte ihr nicht. Stattdessen bog er nach rechts und ging in Richtung einer Feuerwand. Der Geruch von Schwefel war hier genauso stark wie überall im Hades. Als er die Feuerwand erreichte, marschierte er hinein. Das Feuer verbrannte ihn nicht, versengte seine Haut oder sein Haar nicht, denn es war nur eine Illusion, eine Fata Morgana, die Hades errichtet hatte, um die Verdammten zu begrüßen. Auf der anderen Seite war eine solide Betonmauer. Selbst wenn eine der Seelen es wagen würde, die Feuerwand zu durchqueren, würde sie nie im Stande sein, durch die Wand in die Welt der Sterblichen zurückzukehren. Nur Götter hatten diese Macht. Eros benutzte sie, um die Grenze zwischen der Unterwelt und der Welt der Sterblichen zu überschreiten. Er kam in einem Heizungsraum heraus.

Da er keine Zeit mehr vergeuden wollte, teleportierte er sofort zu seinem Haus in Charleston. Er schaute auf sein Handy. Dio hatte nicht noch einmal angerufen, was bedeutete, dass der Einbrecher noch im Haus war. Im Wohnzimmer brannte kein Licht, wie Dio behauptet hatte, doch als Eros seinen Kopf hob, sah er Licht in einem der oberen Schlafzimmer – zufälligerweise in genau dem Schlafzimmer, wo er seinen magischen Bogen aufbewahrte, denjenigen, den er seit seiner Trennung von Gloria nicht mehr benutzt hatte. Und obwohl er ihn nie wieder benutzen würde, konnte er nicht zulassen, dass er in die Hände eines Sterblichen fiel.

„Zeigen wir dir, dass man sich nicht mit einem Gott anlegt!“

Eros betrat leise das Haus. Es war eine große, zweistöckige Villa im mediterranen Stil mit viel zu vielen Schlafzimmern. Er hatte das Haus vor anderthalb Jahren gekauft, als er noch gedacht hatte, sich hier mit seiner sterblichen Liebe, Gloria, niederzulassen. Er hatte ein Haus gewählt, das eine ganze Horde Kinder – Kinder, die er hatte zeugen wollen – beherbergen konnte. Jetzt stand das Haus oft leer, während er in der Welt herumreiste oder Zeit auf dem Olymp verbrachte.

Im Erdgeschoss war es dunkel, doch Eros schaltete kein Licht an, da er den Einbrecher nicht alarmieren wollte. Das einzige Geräusch, das er hörte, kam von oben, wo die Schlafzimmer waren. Er ging die alte hölzerne Treppe hinauf, die mit einem weichen neuen Teppich überzogen war, der jetzt den Klang seiner Schritte absorbierte. Auf dem Treppenabsatz stoppte er kurz. Zu seiner Linken lag sein Schlafzimmer, doch dort war es still. Stattdessen kamen Geräusche aus einem der Gästezimmer am Ende des Korridors. Er näherte sich und legte sein Ohr an die Tür, dann wich er zurück.

War das das Geräusch von fließendem Wasser? Oder täuschten ihn seine Ohren?

Vorsichtig drehte er den Türknauf und drückte die Tür einen Spalt auf, um hineinzublicken. Er konnte das Bett sehen. Die Bettdecke war zurückgeschlagen. Doch es war leer. Er schob die Tür ganz auf, doch der Raum war leer, obwohl das Licht angeschaltet war. Die Tür zum Badezimmer war angelehnt. Er betrat den Raum und konnte es nun deutlich hören: Die

Dusche lief.

*Was zum Teufel?*

Was für ein dreister Einbrecher duschte sich in dem Haus, das er ausraubte? Wie konnte es dieser Kerl wagen, in Eros' Privatsphäre einzudringen? Das war sogar noch schlimmer, als ausgeraubt zu werden!

Angepisst stieß Eros die Tür zum Badezimmer auf und erstarrte. Wie gelähmt stand er auf der Schwelle und starrte auf die unerwartete Szene. Der Eindringling war eine Frau. Eine nackte Frau. Sie stand in der gläsernen Dusche. Wasser perlte von ihrer perfekten Haut. Ihr kastanienbraunes Haar war nass und reichte ihr bis zur Mitte des Rückens, was Eros' Blick weiter nach unten auf ihren herzförmigen Hintern zog, der so perfekt war, dass der Anblick ihm den Atem raubte. Wie eine perfekte Göttin. Er nahm alles an ihr innerhalb von Sekundenbruchteilen auf, bevor die Tür, die er aufgestoßen hatte, gegen die Wand schlug und die Frau herumwirbelte.

Ihre Augen trafen sich und sie stieß einen schrillen Schrei aus und versuchte zu bedecken, was sie mit ihren Händen bedecken konnte, doch sie war nicht schnell genug. Eros hatte bereits alles erfasst, ihre verführerischen Brüste mit ihren festen, rosa Nippeln, ihren flachen Bauch, die ausladenden Hüften und das dunkle Dreieck aus feinsäuberlich getrimmten Haaren am Scheitelpunkt ihrer Schenkel. Sie war von vorne genauso perfekt wie von hinten – mit einer Ausnahme: Er kannte dieses Gesicht.

„Sie?", biss Eros heraus.

Überraschung und Panik zogen über ihr Gesicht, als sie sich verzweifelt umsah und nach etwas suchte. „Sie!", schrie sie zurück und griff am Glas vorbei, um sich ein Badetuch vom Haken zu nehmen, das sie schnell vor sich hielt, um ihre Nacktheit zu bedecken.

Eros blickte sie finster an. „Bei den Göttern! Sie sind in mein Haus eingebrochen? Sind Sie deshalb mit mir zusammengestoßen, um meine Schlüssel zu klauen?"

„Ihr Haus?" Die Worte kamen als fast hilfloses Keuchen heraus.

# 7

Das durfte nicht wahr sein. Sie machte Housesitting für *Eros*? Für den Mann, mit dem sie vor zwei Tagen jene unangenehme Auseinandersetzung gehabt hatte? Und jetzt war er nicht nur plötzlich zurück und beschuldigte sie, seine Schlüssel gestohlen zu haben, er hatte sie auch noch *nackt* gesehen? Wie viel mehr Erniedrigung konnte sie noch aushalten? Und warum war er überhaupt zurück? Hatte Triton nicht gesagt, dass er zwei Wochen lang weg sein würde?

„Sie sollten nicht hier sein", krächzte sie und versuchte, aus der Situation Sinn zu machen.

Ihr Herz schlug wie ein Presslufthammer und ihre Hände zitterten, während sie sich verzweifelt an das Badetuch klammerte und versuchte, sich gegen seinen durchdringenden Blick zu wappnen. Wie lange stand er schon dort und beobachtete sie? Sie wollte im Boden versinken und verschwinden, doch es gab keinen Fluchtweg. Er blockierte den Ausgang.

„Ich wohne hier. Sie andererseits nicht. Also erklären Sie, was hier vor sich geht. Was machen Sie in meinem Haus?" Er verschränkte die Arme vor der Brust, blickte sie erwartungsvoll an und runzelte die Stirn.

„Ich bin Ihr Housesitter", begann sie mit unsicherer Stimme. Normalerweise war sie nicht befangen, doch nackt und nur mit einem Badetuch als Schutz einem wütenden, selbstgefälligen Mann gegenüberzustehen, war nicht gerade eine Situation, in der sie sich wohlfühlte.

„Housesitter? Ich wüsste, wenn ich einen Housesitter angestellt hätte. Versuchen Sie es noch einmal!"

„Aber es ist die Wahrheit. Ich bin –"

„Sie sind ein Eindringling", knurrte er und trat näher.

Unwillkürlich wich sie zurück und trat damit unter die immer noch laufende Dusche. Ihr Handtuch fing an, sich mit Wasser vollzusaugen. „Triton, er hat mir den Schlüssel gegeben. Er sagte –"

Eros blieb stehen. „Triton?"

Sie nickte schnell. „Er sagte, dass Sie einen Housesitter brauchen und er wusste, dass ich eine Übernachtungsmöglichkeit brauchte. Er sagte mir nicht, dass das Ihr Haus ist ..." Wenn er das hätte, hätte sie das Angebot abgelehnt.

„Triton", knurrte Eros, als würde er jetzt mit sich selbst reden. Sein Mund wurde grimmig und er ließ seinen Blick wieder über sie schweifen, als würde er sie untersuchen – zu welchem Zweck wusste sie nicht. „Das erklärt alles."

Psyche spürte, wie das Handtuch vom Wasser schwerer wurde und wusste, dass es an ihrem Körper klebte und ihre Kurven aufzeigte, doch zumindest wurde es nicht durchsichtig. Trotzdem hatte sie das Gefühl, als würden Eros' Augen den nassen Stoff durchdringen können. Warum sonst würde er sie so intensiv anstarren?

„Was hat Ihnen Triton noch gesagt?“

„Was?“ Sie schüttelte den Kopf. „Nichts. Nur dass ich auf das Haus aufpassen soll, während Sie weg sind.“

Eros blies seinen Atem hinaus, was ihr zeigte, dass ihm die Antwort weder gefiel, noch er ihr glaubte. „Hat er Ihnen auch aufgetragen, nackt herumzulaufen? Hat er Ihnen aufgetragen, mich zu verführen?“

„Was?“ Warum hätte Triton sie bitten sollen, Eros zu verführen?

Eros neigte sein Kinn hoch. „Was zahlt er Ihnen?“

„Für die Gartenarbeit?“, fragte sie verwirrt.

Er machte eine ungeduldige Handbewegung. „Nein, verdammt nochmal! Dafür, dass Sie versuchen, mich zu verführen und mich ins Bett zu locken.“

„Sie ins Bett zu locken?“, wiederholte sie ungläubig. „Sind Sie verrückt?“

„Bin ich nicht! Triton offensichtlich aber. Und die anderen auch. Wann geben sie endlich auf?“ Er schlug mit seiner Faust gegen die Wand.

Psyche schüttelte den Kopf und fing an, sich Sorgen zu machen. War der Mann verrückt? Was redete er da? „Was ist los?“

Er riss seinen Kopf zurück in ihre Richtung. „Ist das nicht offensichtlich?“

Sie versuchte, mit den Schultern zu zucken, aber stoppte sich, da sie nicht riskieren wollte, dass sich ihr durchnässtes Badetuch bewegte und möglicherweise noch mehr von ihrer nackten Haut entblößte.

Eros zeigte auf sie und fuchtelte mit seiner Hand hin und her. „Nun, das natürlich!“

„Ich?“

„Ja, Sie! Er hat Sie in mein Haus gebracht! Und dann hat Dio mir eine Falle gestellt, indem er sagte, dass ein Einbrecher da ist, damit ich nach Hause komme und Ihnen begegne. Während Sie sich duschen! Verdammt!“ Er fuhr mit einer Hand durch sein Haar und schnaubte wütend. „Dachte er wirklich, dass das funktionieren würde? Ich habe ihnen schon tausendmal gesagt, dass ich kein Interesse an einer Frau habe. Punkt. Erledigt. Aber sie wollen einfach nicht aufgeben.“ Er zeigte wieder auf sie. „Sie denken, dass wenn sie mir eine nackte Frau in mein Haus legen, ich mit ihr ins Bett steige und alles gut sein wird. So funktioniert das nicht. Sie können mich nicht ändern. Ich will keine Frau!“

Sie ließ die Worte während der Stille, die seinem Ausbruch folgte, einsinken und versuchte, sie zu verstehen. Seine Freunde wollten ihn mit einer Frau verkuppeln. „Und das wollen Sie nicht?“

„Tut mir leid. Sie sind hübsch und –“

„Bitte nicht!“, stoppte sie ihn. „Sie müssen es mir nicht erklären.“ Jetzt war es ihr klar. Er hatte bei ihrem ersten Treffen gesagt, dass er nicht auf Frauen stand, aber sie hatte es abgetan, da sie zu wütend war, weil er sie mit Wasser übergossen hatte. Doch jetzt verstand sie. Triton und seine anderen Freunde versuchten, einen schwulen Mann heterosexuell zu machen, obwohl sie es hätten besser wissen sollen. Heterosexuell oder homosexuell zu sein, war keine Wahl, es war Veranlagung, Natur. Jetzt verstand sie Eros' Wut. Er wollte sein, was er war. „Ich hatte keine Ahnung. Alles, was Triton mir gesagt hatte, ist, dass ich ein paar Wochen hier bleiben könnte, solange Sie weg sind. Ich wusste nichts von seinem Hintergedanken." Sie blickte auf ihre Füße, da sie Eros nicht ansehen wollte.

„Ich glaube Ihnen." Er seufzte. „Aber es tut mir leid. Unter diesen Umständen denke ich nicht, dass es eine gute Idee ist, dass Sie hierbleiben."

Sie nickte schnell. „Natürlich. Das verstehe ich vollkommen. Wenn Sie mir einen Augenblick geben, dann ziehe ich mich an und packe meine Sachen."

Sie sah zu, wie er kehrtmachte, das Badezimmer verließ und die Tür hinter sich schloss. Einen Augenblick lang stand sie einfach da. Das warme Wasser aus dem Duschkopf regnete immer noch auf sie hinab, und immer noch drückte sie das durchnässte Badetuch gegen ihre Vorderseite. Sie atmete ein paarmal zur Beruhigung ein und aus, während in ihr verschiedene Emotionen zusammenstießen.

Als Eros ins Badezimmer gestürmt war, hatte sie um ihre Sicherheit gebangt, da sie dachte, er wäre ein Eindringling, der die Anwesenheit einer nackten Frau ausnutzen wollte. Dass er tatsächlich gedacht hatte, dass *sie* der Eindringling war und er sie weder verletzen noch lüstern begaffen wollte, war eine Erleichterung. Schließlich hatte er kein Interesse an Frauen. Warum sollte ihr also die Tatsache, dass er sie nackt gesehen hatte, peinlich sein? Das sollte sie nicht mehr beunruhigen, als wenn eine Freundin im College sie nach dem Sport in der Dusche nackt sah. Seltsam, dass sie trotzdem das Gefühl hatte, dass er ihren Körper länger als nötig angesehen hatte. Als schwuler Mann hatte er eindeutig kein Interesse an dem Körper einer Frau. Und warum weckte das nun ein Gefühl der Enttäuschung in ihr?

Sie schüttelte den Kopf über ihre dummen Gedanken und trat aus der Dusche. Dann wrang sie das Badetuch aus und hängte es über die Glasabtrennung. Sie griff nach einem frischen Badetuch und trocknete sich ab.

Enttäuschung über Triton stieg nun in ihr auf. Warum hatte er sie so benutzt? Er wusste, wie ihre Wohnungssituation aussah. Warum hatte er ihr diesen Köder, dieses wunderschöne Haus, vor die Nase gehalten, wenn er annehmen musste, dass Eros sie hinauswerfen würde, sobald Tritons List aufgedeckt wurde? Wieder in ihrem Büro zu schlafen, würde jetzt noch viel schwieriger sein, nachdem sie die vorherige Nacht in einem der bequemsten Betten verbracht hatte, in dem sie je geschlafen hatte. Die durchgesessene Couch in ihrem Büro würde sich jetzt nur noch schlimmer anfühlen.

Aber sie wusste, dass sie keine Wahl hatte. Sie konnte es Eros nicht einmal verübeln. Er brauchte keinen Housesitter und er war sauer auf seine Freunde – und infolgedessen auch auf sie –, weil sie ihn zu etwas bringen wollten, was er nicht wollte. Das war Eros gegenüber nicht fair, und ihr gegenüber auch nicht. Sie würde ein ernstes Wort mit Triton reden, selbst wenn das bedeutete, dass er sie feuerte. Prinzipien waren Prinzipien.

# 8

Eros wanderte im Gästezimmer auf und ab, während er darauf wartete, dass Psyche aus dem Badezimmer kam. Er konnte es kaum erwarten, bis sie verschwand. Jetzt, wo er sie nackt gesehen hatte, war er sich nicht sicher, wie lange er seinen Schwanz noch in seiner Hose behalten konnte.

*Scheiße!* Er war noch nie so sauer auf seine besten Freunde gewesen wie jetzt. Ihr Plan, ihm eine absolut heiße Frau in den Weg zu werfen und darauf zu hoffen, dass er anbiss, funktionierte. Bestimmt hatten die drei auch den Vorfall in Tritons Garten in die Wege geleitet.

Sie hätten ihm Psyche auch gleich auf einem silbernen Tablett präsentieren können. Welcher gesunde Mann in seinen besten Jahren konnte so einer köstlichen Versuchung widerstehen? Besonders wenn dieser gesunde Mann absolut ausgehungert nach Sex war.

Aber er hatte nicht die Absicht, der Versuchung nachzugeben und seine Freunde gewinnen zu lassen. Genauso wenig, wie er denselben Fehler zweimal begehen würde – den Fehler, eine Frau in sein Herz zu lassen, damit sie zerstören konnte, was noch davon übrig war. Und das war genau der Grund, warum Psyche gehen musste. Heute Abend. Sofort. Bevor er etwas Dummes anstellte.

„Ich packe schnell meine Tasche."

Beim Klang von Psyches Stimme drehte sich Eros um. Er hatte nicht einmal gehört, dass die Tür sich geöffnet hatte, so vertieft war er in seine Gedanken gewesen.

„Natürlich, sicher, nehmen Sie sich Zeit", murmelte er, unfähig seinen Blick von ihr abzuwenden.

Sie hatte sich die Haare nicht geföhnt, sondern nur gekämmt. Sie trug jetzt eine ausgeblichene Jeans und ein eng anliegendes T-Shirt. Leider hatte sie sich nicht sorgfältig abgetrocknet und einige feuchte Stellen auf ihrer Brust machten den Stoff stellenweise durchsichtig.

Er wollte aufstöhnen. Hatten sich alle Götter gegen ihn verschworen? Hatten sie alle einen Pakt geschlossen, sein Leben mit Verführungen der weiblichen Art zu füllen, damit er seine Pflicht als Gott der Liebe wieder erfüllen würde? Er hätte in Hades' Unterwelt bleiben und sich mit Wein und anderen alkoholischen Getränken betrinken sollen.

„Ich werde mit Triton reden", sagte Psyche, während sie ein paar T-Shirts in eine schwarze Ledertasche warf.

„Triton? Weswegen?"

„Ist das nicht offensichtlich?“ Eine Hose folgte den T-Shirts. „Er versucht, Sie zu etwas zu machen, was Sie nicht sind. Das machen Freunde nicht. Außerdem funktioniert das nie. Die Leute sind, wie sie sind. Man kann sie nicht ändern. Es ist nicht so, als hätten sie sich entschieden, so zu sein. Sie sind es einfach. Das ist die Natur der Dinge.“ Sie quetschte ein Paar Sandalen in die Tasche.

Überrascht, dass sie ihn so gut verstand, nickte Eros ihr zu und kam unwillkürlich näher. „Genau! Ich meine, *Sie* verstehen das. Und Sie kennen mich nicht einmal. Aber meine Freunde, die mich schon seit Ewigkeiten kennen, tun das nicht. Sie denken, dass sie mich ändern können. Ich weiß nicht, wie ich sie dazu bringen soll, mich zu verstehen.“

Psyche öffnete eine Schublade und nahm Unterwäsche heraus und trug sie zur Tasche. Ein BH fiel aus dem Haufen und landete auf dem Bett.

Eros konnte seine Augen nicht abwenden und schluckte schwer. Er konnte sich nur zu lebhaft vorstellen, wie Psyche in diesem Meisterwerk aus schwarzer Spitze aussehen würde. Schweiß fing plötzlich an, seinen Nacken hinabzulaufen und er wurde sich der Hitze im Zimmer bewusst.

„Manchmal muss man sich einfach entblößen“, sagte sie plötzlich.

„Entblößen?“ Alle möglichen Bilder explodierten in seinem Kopf.

„Ja, Sie wissen schon, Sie müssen ihnen sagen, wie Sie sich wirklich fühlen, damit Ihre Freunde verstehen, dass sie Sie verletzen, indem sie Sie ändern wollen.“

Ein nervöses Lachen entkam ihm. Scheiße, sie sprach nicht von Nacktheit, doch sein unanständiges Gehirn war sofort auf diese Schiene aufgesprungen. „Ja, das habe ich versucht. Aber sie geben nicht auf.“

„Das ist eine Schande.“ Sie lächelte ihn mitleidig an und schloss dann den Reißverschluss ihrer Tasche. „Ich habe alles.“

Eros griff nach der Tasche, bevor sie sie vom Bett nehmen konnte. „Lassen Sie mich Ihnen helfen.“

„Danke.“

„Ich kann Sie fahren.“

Sie ging ihm voraus in den Gang. „Mein Truck steht draußen.“

Er folgte ihr schweigend die Treppe hinab, weil er nicht wusste, was er noch sagen sollte. Sie war nett und verständnisvoll gewesen. Das hatte er nicht erwartet, nicht nach der Art und Weise, wie er sie zuerst behandelt hatte. Er wollte sich entschuldigen und ihr danken, aber zum ersten Mal in seinem Leben war er sprachlos.

An der Haustür drehte Psyche sich um. „Tut mir leid wegen der Unordnung im Bad ... ich habe das nasse Badetuch über die Dusche gehängt und ...“

Er nahm ihre Hand und drückte sie. „Ihnen muss nichts leidtun. Es ist nicht Ihre Schuld. Ich entschuldige mich dafür, so ins Zimmer gestürmt zu sein und Sie beschuldigt zu haben. Sie müssen einen schrecklichen Eindruck von mir bekommen haben."

Sie schüttelte den Kopf und griff nach ihrer Tasche. Widerwillig gab er sie ihr. „Nein. Habe ich nicht. Das ist Ihr Haus und Sie haben getan, was jeder Hausbesitzer tun würde. Keine Entschuldigung notwendig." Sie öffnete die Tür.

Er lächelte sie an. „Und lassen Sie mich das mit Triton regeln. Ich will nicht, dass Sie Ihre Geschäftsbeziehung zu ihm und Sophia aufs Spiel setzen. Hierbei geht es nicht um Sie."

„Na gut." Sie begann, die Treppe vor dem Haus hinunterzugehen. „Gute Nacht."

Er folgte ihr. „Wo haben Sie geparkt?"

„Auf der anderen Straßenseite." Sie zeigte auf einen heruntergekommenen Truck. Er erkannte ihn als denselben, den er vor zwei Tagen gesehen hatte.

„Gute Nacht, Psyche", sagte er, als sie die Straße überquerte und in ihren Truck stieg.

Sie winkte ihm, nachdem sie sich auf den Fahrersitz gesetzt hatte, und drehte dann den Schlüssel in der Zündung. Der Motor machte ein arbeitendes Geräusch, doch startete nicht. Sie versuchte es erneut und erneut machte der Motor ein Geräusch, als würde er aus dem letzten Loch pfeifen.

Sichtlich frustriert schlug Psyche ihre Hand gegen das Lenkrad und fluchte. „Komm schon!"

Eros überquerte die Straße. „Das klingt nicht gut."

Sie drehte den Kopf zu ihm und zuckte mit den Schultern. Aber ihr nächster Versuch brachte auch kein besseres Resultat. Der Motor war tot.

Eros öffnete die Autotür. „Kommen Sie schon, ich fahre Sie mit meinem Wagen heim."

„Ich will Ihnen keine Umstände machen. Ich habe Ihnen schon genug Ärger eingebrockt."

„*Triton* hat mir Ärger eingebrockt. Nicht *Sie.*" Er bot ihr seine Hand an. „Jetzt steigen Sie aus dem Truck und lassen Sie mich Sie nach Hause fahren." Es war das Mindeste, was er tun konnte. „Und ich lasse meinen Mechaniker morgen Ihren Motor ansehen. Vielleicht kann er ihn reparieren."

„Aber –"

„Ich bestehe darauf."

Sie seufzte, doch schließlich stieg sie aus dem Truck aus. „Okay."

~ ~ ~

Minuten später saß Psyche in Eros' Cabrio, während er durch die Straßen von Charleston navigierte. Die meisten Restaurants hatten bereits geschlossen und der Rest war gerade dabei dasselbe zu tun; nur wenige Fußgänger oder Autos waren unterwegs.

Sie hatte Eros die Adresse gegeben, da sie wusste, dass sie sein Angebot, sie nach Hause zu fahren, nicht wirklich ablehnen konnte. Ihr Truck hatte ihr in letzter Zeit viel Ärger beschert. Sie hoffte wirklich, dass er repariert werden konnte, da sie kein Geld hatte, sich einen neuen zu kaufen.

„Wie lange machen Sie schon die Gartenarbeiten im Olympus Inn?“, fragte Eros beiläufig.

„Oh, ich habe erst vor kurzem damit angefangen. Aber ich kümmere mich schon seit etwa einem Jahr um die Blumenarrangements im Inn.“

„Sehr schön.“

Sie drehte den Kopf. Ihr Puls raste. „Was?“

Er warf ihr einen Seitenblick zu. „Die Blumen im Bed and Breakfast. Sie sind sehr schön. Ich habe die Arrangements schon immer bewundert, aber ich hatte angenommen, dass Sophia diejenige mit dem grünen Daumen ist. Ich lag wohl falsch.“

Psyches Herz beruhigte sich etwas. Einen Augenblick lang hatte sie gedacht, dass Eros *sie* schön genannt hatte, nicht die Blumen. Wie idiotisch von ihr! Was war nur mit ihr los?

„Bevor sie mich anstellte, hat Sophia sich tatsächlich selbst um die Arrangements gekümmert. Und sie hat gute Arbeit geleistet“, lenkte sie ab.

„Aber Sie sind viel besser“, beharrte Eros. „Sie haben ein Händchen dafür. Es ist beruhigend, jemanden kennenzulernen, der seinen Job so offensichtlich liebt und stolz auf seine Arbeit ist.“

Etwas in seiner Stimme brachte sie dazu, ihn anzublicken. Hatte sie da Traurigkeit herausgehört? „Und Sie, was machen Sie beruflich?“

Er blickte sie kurz an und schaute dann wieder auf die Straße vor ihm. Er zuckte mit den Schultern. „Ich habe mich zur Ruhe gesetzt.“

„Zur Ruhe gesetzt?“

„Naja, eher bin ich zwischen zwei Jobs. Ich habe gerade ein Geschäft geschlossen und jetzt suche ich nach etwas Neuem.“

Sie seufzte. „Die Wirtschaft, wie? Ich verstehe Sie. Ich habe in letzter Zeit viele Geschäfte schließen sehen. In welcher Branche waren Sie tätig?“

„Partnervermittlung.“

„Ernsthaft?“ Sie ließ ihre Augen über seinen Körper wandern. War Partnervermittlung nicht eine ausschließlich von Frauen geführte Branche?

„Ich weiß. Das höre ich oft.“ Er schmunzelte. „Aber damit ist jetzt Schluss. Seit etwa einem Jahr schon.“

„Vermissen Sie es?“

„Nein, nicht wirklich. Ich bin froh, dass ich da raus bin. Der Druck hat mich fertiggemacht.“

„Druck? Welcher Druck?“

Er drehte den Kopf zu ihr. „Der Druck, die richtigen Leute zusammenzubringen. Was, wenn ich einen Fehler gemacht habe? Dann wäre ich für eine schlechte Beziehung verantwortlich, vielleicht sogar für eine schlechte Ehe.“ Er gab ein schweres Seufzen von sich. „Ich wollte diese Bürde nicht länger tragen.“

Sie schüttelte den Kopf. „Aber es ist doch nicht Ihre Schuld, wenn Leute nicht miteinander auskommen. Ich meine, es ist die Verantwortung des Paares, die Beziehung nicht zugrunde gehen zu lassen. Nicht Ihre. Sie haben doch nur das Kennenlernen organisiert. Sie zwingen niemanden in eine Beziehung. Sie können sich entscheiden, ob sie zusammen sein wollen oder nicht.“

„Die Leute vertrauten darauf, dass ich die richtige Person für sie fand. Sie haben auf mein Urteilsvermögen vertraut. Und vielleicht haben sie sich dabei zu sehr darauf verlassen und ihre eigenen Gefühle ignoriert.“

„Wollen Sie damit sagen, dass sich viele der Paare, die Sie zusammengebracht haben, wieder getrennt haben?“

„Nun, ein paar. Und ich habe das Gefühl, dass andere nur noch in den Beziehungen sind, weil es bequem ist. Aber sind sie wirklich glücklich?“

Psyche dachte an ihre eigenen fehlgeschlagenen Beziehungen. War sie je wirklich glücklich mit irgendjemandem gewesen? Oder hatte sie nur so getan, als wäre sie glücklich, weil sie damals in einer Beziehung sein wollte? „Ich weiß nicht. Einige wirken sehr glücklich. Triton und Sophia zum Beispiel. Sie turteln immer herum, wenn ich sie zusammen sehe.“

„Sie sind eine Ausnahme, da bin ich mir sicher. Aber so was ist selten“, behauptete Eros. „Ich bezweifle, dass viele andere so glücklich sind wie die zwei.“

„Sie sind ziemlich zynisch für einen ehemaligen Partnervermittler.“

„Die Betonung liegt auf *ehemalig*.“ Eros bremste den Wagen ab und zeigte zum Straßenrand. „Ich muss die Adresse falsch verstanden haben. Das sieht nicht nach einer Wohnung aus.“

„Doch, das stimmt schon.“

Eros brachte den Wagen zum Stehen. „Aber das ist ein Blumenladen.“

„Ja, das ist meiner. Ich wohne hier.“

# 9

Eros starrte immer noch auf den Blumenladen, während Psyche schon die Beifahrertür öffnete und aus dem Wagen stieg. Sie schnappte sich ihre Tasche vom Rücksitz.

„Vielen Dank fürs Herfahren."

„Warten Sie!", sagte Eros hastig. Er stellte den Motor aus und sprang heraus. „Ich, ähm, begleite Sie hinein." Denn etwas veranlasste ihn, sehen zu wollen, wo sie wohnte. Der Blumenladen war ein einstöckiges Gebäude, also konnte es darüber unmöglich eine Wohnung geben. Vielleicht stand dahinter noch ein Haus?

Sie blickte mit besorgtem Gesichtsausdruck über ihre Schulter. „Das müssen Sie nicht. Ich komme schon zurecht."

„Ich bestehe darauf", sagte er lächelnd und den perfekten Gentleman spielend, obwohl seine Handlung nichts mit guten Manieren, sondern mit Neugier zu tun hatte. „Ich trage Ihre Tasche."

Widerwillig erlaubte sie ihm, die Tasche zu nehmen, und ging zum Eingang des Ladens. Sie zog ihre Schlüssel aus der Handtasche und sperrte die Tür auf. Dann drehte sie sich um und griff nach der Tasche.

„Nochmals danke."

Doch er ließ die Tasche nicht los. „Ich trage sie hinein."

Sie zögerte und in dem Moment wusste er, dass sie etwas zu verbergen versuchte. Das machte ihn nur noch entschlossener, sie hinein zu begleiten.

„Hier drinnen ist es dunkel", sagte er beiläufig.

Sie legte den Lichtschalter um und die Deckenbeleuchtung erhellte den Laden. Psyche trat hinein und Eros folgte ihr und schloss die Tür hinter sich. Er blickte sich um. Der Laden sah ordentlich aus. Eine Ansammlung an Pflanzen und Blumen stand auf Bänken und Auslagen. Im hinteren Teil des Ladens befand sich ein Tresen mit Werkzeugen zum Schneiden der Blumen und zum Erstellen von Sträußen. Links davon war eine Tür.

„Von hier aus schaffe ich es wirklich selbst", sagte Psyche.

„Ich habe sie bereits so weit getragen, da kann ich Ihnen die Tasche auch bis in Ihre Wohnung bringen", sagte er so ungezwungen wie möglich und lächelte.

Psyche drehte den Türknauf und öffnete die Tür, dann legte sie den Lichtschalter um. In dem Augenblick, als Eros durch die Tür trat, erkannte er, warum Psyche nicht gewollt hatte, dass er mitkam.

Der Raum war nicht größer als drei auf drei Meter und schien sowohl als

Büro als auch als Schlafplatz zu dienen. Die Couch, die schon bessere Tage gesehen hatte, war mit einem weißen Laken bedeckt. Eine Decke und ein Kissen waren feinsäuberlich in einer Ecke aufgestapelt. Darüber lag ein winziges Fenster, das zu einem sehr kleinen Garten führte. Rechts davon war eine Tür. Sie stand leicht offen und enthüllte ein Waschbecken und eine Toilette.

„Hier wohnen Sie?“ Die Worte waren aus seinem Mund gepurzelt, bevor er sich stoppen konnte.

„Nur temporär.“ Ihre Stimme klang plötzlich verteidigend.

„Warum?“

Sie zuckte mit den Schultern. „Mein Apartment ist gerade unbewohnbar.“

„Wieso das?“

„Ein Rohrbruch und er ist noch nicht repariert worden.“

„Wie lange kann das denn dauern? Ein paar Tage, oder?“

Psyche verlagerte ihr Gewicht von einem Bein aufs andere. „Ähm, ja, normalerweise.“

„Was meinen Sie mit normalerweise? Wie groß ist der Schaden in Ihrer Wohnung?“

„Wir mussten den Boden und einen Teil der Wand aufreißen. Die Versicherungsgesellschaft stellte sich quer. Ich fechte das an. Dauert nur ein wenig.“

Er starrte sie an und seine Augen wurden schmaler. „Wie lange geht das schon?“

„Eine Weile.“

„Wie lange?“

Sie schluckte. „Ein paar Wochen.“

„Und es ist immer noch nicht repariert? Finden Sie denn keinen Klempner und keinen Handwerker? Ich kann Ihnen ein paar Leute empfehlen, wenn das das Problem ist –“

„Das ist es nicht. Ich habe einen Klempner, aber solange die Versicherungsfirma sich weigert, für den Schaden aufzukommen, kann ich es nicht reparieren lassen.“

„Sie weigern sich, den Schaden zu decken?“

Sie nickte. „Sie behaupten, dass es ein bereits bestehendes Problem gewesen wäre und dass es deshalb nicht gedeckt wird.“

„Ein Rohrbruch? So etwas besteht nicht schon länger. Das passiert einfach.“

„Das habe ich ihnen auch gesagt. Aber der Versicherungsprüfer hat den Schimmel gesehen.“

„Welchen Schimmel?“

„Den Schimmel unter den Bodendielen. Sie sagen, dass das Rohr schon seit Monaten geleckt haben muss, um diese Art Schimmel zu verursachen. Sie haben mir gesagt, dass ich das mit dem vorherigen Besitzer klären muss.“

„Was hat der vorherige Besitzer damit zu tun?“

„Ich habe die Wohnung erst vor ein paar Monaten gekauft. Sie sagen, dass die Wohnungsinspektion das Problem hätte aufdecken müssen und dass ich versuchen sollte, entweder den Wohnungsinspektor wegen Nachlässigkeit oder den vorherigen Besitzer wegen Verschleierung zu verklagen. So oder so bin ich am Arsch.“ Sie griff wieder nach der Tasche. „Aber das ist nicht Ihr Problem. Ich kümmere mich darum. Es wird nur eine Weile dauern.“

Als sie versuchte, ihm die Tasche aus der Hand zu nehmen, legte er seine Hand auf ihre und ließ nicht los. „Hier können Sie nicht bleiben. Es gibt nicht einmal eine Dusche. Oder eine Küche.“

„Ich dusche im Fitnessstudio.“

Er schüttelte den Kopf. „Das ist keine Lösung. Gehen wir.“

„Wohin?“

„Wieder zu mir. Sie können dort wohnen.“

„Nein.“

Er blickte ihr in die Augen. „Ich verspreche Ihnen, dass Sie dort sicher sind. Ich werde nicht wieder hineinplatzen. Ich schwöre es. Ich habe das nur getan, weil ich dachte, dass Sie ein Einbrecher wären. Ich spioniere Frauen normalerweise nicht in der Dusche nach, das kann ich Ihnen versichern.“ Egal wie heiß diese spezielle Frau auch war oder wie sehr er es sich wünschte, noch einen Blick auf ihren heißen Körper werfen zu können. Er stand zu dem, was er sagte. Sie würde in seinem Haus sicher sein. Und dort wäre es definitiv auch komfortabler als in dieser Absteige.

„Das ist nicht der Grund, warum ich Ihr Angebot nicht annehmen kann. Ich will Ihnen keine Umstände machen. Offensichtlich brauchen Sie keinen Housesitter.“

„Sie bleiben als Gast. Das Haus ist groß, ich werde nicht einmal bemerken, dass Sie da sind. Und ich bin sowieso viel unterwegs. Sie haben das Gästezimmer und Ihr eigenes Bad und Sie können die Küche und den Rest des Hauses benutzen, wie es Ihnen gefällt.“

„Ich will Ihre Privatsphäre nicht stören. Das hier ist wirklich okay.“

Eros warf einen angeekelten Blick auf die Couch. „Ja, diese Couch sieht wirklich bequem aus.“ Er verdrehte die Augen. „Kommen Sie schon, Psyche. Ziehen Sie einfach in das verdammte Gästezimmer und bleiben Sie dort, bis Ihr Apartment wieder bewohnbar ist. Tun Sie mir den Gefallen. Andernfalls würde ich mich beschissen fühlen, weil ich Sie hinausgeworfen habe, obwohl Triton Ihnen versprochen hatte, dass Sie in meinem Haus wohnen können.“

„Triton hätte nie ein Versprechen machen sollen, das er nicht halten kann.“

Eros verzog das Gesicht. „Ja, nun, deswegen werde ich noch ein Wörtchen mit ihm reden. Aber das bedeutet nicht, dass Sie unter den Konsequenzen leiden müssen.“ Er zeigte auf die Tür hinter sich. „Gehen wir. Es ist spät. Und ich bin sicher, Sie sind müde.“

Sie blickte ihn sehr lange an. Versuchte sie ihn einzuschätzen, um herauszufinden, ob sie ihm trauen konnte? Schließlich war er ein Fremder und er war hereingeplatzt, als sie sich geduscht hatte.

Endlich nickte sie. „Ich weiß nicht, wie ich Ihnen für Ihre Gastfreundschaft danken soll."

Ihm wären schon einige Sachen eingefallen, aber er war schlau genug, diese nicht zu äußern. Denn Psyche anzumachen, wäre eine ziemlich schlechte Entscheidung. Eine Frau wie sie könnte ihm unter die Haut gehen und das war das Letzte, was er gerade in seinem Leben brauchte.

# 10

Eros hatte schlecht geschlafen. Ob es daran lag, dass er wusste, dass eine sehr sexy junge Frau nur ein paar Meter von ihm entfernt schlief, nur durch ein paar Wände getrennt, oder daran, dass er sauer war, weil seine Freunde versucht hatten, ihn auszutricksen, wusste er nicht. Vielleicht war es eine Kombination aus beidem.

Als er am frühen Morgen endlich aufstand, nahm er eine lange Dusche und zog sich an. Normalerweise wäre er einfach in Tritons Haus teleportiert, aber da er einen Hausgast hatte, dachte er, dass es schlauer wäre, wenn er sein Leben wie ein Sterblicher führte. Er konnte es sich nicht leisten, als Gott entlarvt zu werden. Außerdem wurde es Zeit, dass er wie ein Mensch zu leben begann, da er nicht die Absicht hatte, seine göttlichen Pflichten je wieder zu erfüllen. Da war es nur fair, wenn er seine göttlichen Kräfte nicht mehr benutzte.

Während Eros darauf wartete, dass der Kaffee aufbrühte, öffnete er die Glastüren, die zur Terrasse führten, und blickte hinaus. Hinter seinem schönen Garten und dem Holzzaun konnte er die Veranda eines anderen Hauses sehen. Es war fast so groß wie seines, aber älter und brauchte einen Anstrich. Die Familie, die dort wohnte, war ein paar Jahre, bevor er sein Haus gekauft hatte, dort eingezogen. Sie hatten ein Kind, einen Jungen von etwa zehn Jahren, Justin.

Durch das offene Küchenfenster des anderen Hauses sah er, wie der Junge sein Frühstück am Küchentisch aß. Wie an den Vortagen sah Justin unglücklich aus. Es war offensichtlich, dass er nicht versessen darauf war, zur Schule zu gehen. Eros hatte in den letzten paar Wochen eine große Veränderung bei dem Jungen bemerkt. Er schien von Tag zu Tag weniger gesprächig und immer ernster zu werden.

Justins Stimme wehte zu ihm, als er mit weinerlicher Stimme fragte: „Muss ich gehen?“

„Ich dachte, du magst die Schule“, antwortete seine Mutter und räumte die leere Müslischüssel ab.

„Aber heute ist Sporttag. Ich verpasse nichts. Und ich fühle mich nicht gut. Mein Bauch tut weh“, fuhr er fort, sich zu beschweren.

„Du siehst gesund aus. Jetzt mach dich fertig. Dein Vater muss in ein paar Minuten los und wenn du nicht den Bus nehmen willst, beeilst du dich lieber.“

Seine Mutter drehte sich um, um die Küche aufzuräumen. Die Diskussion war vorbei. Justin ließ den Kopf hängen.

Eros seufzte und drehte sich um, um nach dem Kaffee zu sehen. Er war fertig. Er goss sich eine Tasse ein und nahm einen Schluck. Die meisten Kinder wollten irgendwann in ihrem Leben einmal nicht zur Schule gehen. Das war nichts Neues, aber trotzdem wurde er das Gefühl nicht los, dass Justin wegen irgendetwas betrübt war, und dass der Junge nicht den Mut hatte, es seinen Eltern zu sagen.

Kaum hatte Eros seinen Kaffee ausgetrunken, hörte er Schritte im ersten Stock. Psyche war wach. Er hielt es allerdings für besser, ihr so viel wie möglich aus dem Weg zu gehen. Es war besser, wenn er sich nicht auf den Pfad einer möglichen Versuchung begab.

Er schnappte sich seine Autoschlüssel und eilte aus dem Haus. Minuten später hielt er vor dem Olympus Inn und parkte seinen Wagen. Das Haus war bereits voller Aktivität. Beim Betreten wehte ihm der Duft von Bacon und hausgemachter Maisgrütze in die Nase. Er folgte ihm und fand Alice, die Köchin, die das Frühstück für die Gäste zubereitete.

„Morgen, Alice!“

Sie blickte über die Schulter und lächelte. „Morgen, Eros. Was bringt dich so früh hierher? Willst du auch Frühstück?“

Er klopfte sich grinsend auf den Bauch. „Nein, nein, ich hatte schon. Ich kann mir nicht erlauben, meine knabenhafte Figur zu verlieren.“

Sie verdrehte die Augen und sagte freundlich: „Du könntest ruhig ein paar Pfunde zulegen.“

„Das sagst du immer!“ Er lachte. „Ist Triton schon wach?“

Sie zeigte auf eine Tür zu ihrer Linken. „Er sieht gerade die Vorräte im Lagerraum durch.“

„Danke!“ Eros schlenderte zur Tür und öffnete sie. Dann ging er auf dem kurzen Gang zu einer weiteren Tür, die offen stand. Er stoppte auf der Schwelle und lehnte sich lässig gegen den Türrahmen, verschränkte seine Arme vor der Brust und beobachtete, wie Triton eine Schachtel auf ein Stahlregal hievte.

Als Triton sich umdrehte, hielt er überrascht inne. „Hey, was machst du hier?“

Eros blieb weiter völlig gelassen an den Türrahmen gelehnt stehen. „Du meinst, warum ich nicht immer noch im Bett bin und die Frau ficke, die du und die anderen mir in mein Haus gesetzt habt?“

„Wovon redest du?“

Triton gab sein Bestes, über die Anklage empört zu wirken, doch Eros kannte seinen langjährigen Freund zu gut, um auf so einen Auftritt hereinzufallen.

„Lass das, Triton! Du hast Psyche gesagt, dass sie auf mein Haus aufpassen soll und dann hat Dio mich angerufen und mir gesagt, dass ich einen Einbrecher im Haus habe, weshalb ich zurückgerast bin ... und sie gefunden habe.“

„Hey, ich hatte nichts damit zu tun, was Dio getan hat. Ich habe Psyche nur einen Schlafplatz verschafft, da du ja sowieso weg warst. Als du sagtest, dass du Hades besuchen würdest, hatte ich angenommen, dass du mindestens ein paar Wochen weg sein würdest, nicht nur ein paar Tage. Und ich fühle mich gekränkt, dass du mich beschuldigst, dich reinlegen zu wollen.“ Triton schnaubte empört.

Eros drückte sich vom Türrahmen weg und kniff misstrauisch die Augen zusammen, da er kein einziges Wort glaubte. „Spiel nicht den guten Samariter. Das passt nicht zu dir.“

„Warum bist du immer so misstrauisch?“

„Weil ich dich kenne. Und offensichtlich plant ihr, du und die zwei anderen Idioten, die sich meine Freunde nennen, irgendetwas. Das rieche ich.“

„Du bist paranoid. Warum sollte ich so etwas tun?“ Triton schüttelte den Kopf. „Ich bin dein Freund. Wir sind zusammen durch dick und dünn gegangen. Ich entschuldige mich dafür, dass ich dich nicht gefragt habe, ob es okay ist, wenn jemand in deinem Haus wohnt, solange du weg bist. Aber ich hätte sowieso eine unserer Putzfrauen rübergeschickt, um aufzuräumen. Ich hatte nicht vor, dir Umstände zu machen. Und Dio wusste das nicht, also ist es kein Wunder, dass er dachte, es wäre ein Einbrecher in deinem Haus. Ich wollte Psyche nur helfen. Weißt du. Sie hat momentan Probleme mit ihrer Wohnung. Also dachte ich ...“ Er zuckte mit den Schultern. „Vermutlich bleiben gute Taten einfach nicht ungestraft.“

„Hmm“, knurrte Eros. Also hatte sein Freund vor, ihn weiter anzulügen. Die Frage war nur, warum? „Gut.“ Wenn Triton dieses Spiel spielen wollte, dann konnte Eros das auch. Er würde sich seine Freunde mit ein wenig eigener Irreführung vom Hals schaffen. Das würde ihnen eine Lektion erteilen, sich nicht mit ihm anzulegen.

„Also, wieder alles in Ordnung?“

Eros nickte. „Kein Problem. Sag mir nächstes Mal einfach, wenn du so etwas machst.“

„Sicher. Natürlich.“

Eros machte kehrt.

„Willst du zum Frühstück bleiben?“, rief Triton ihm nach.

„Kann nicht. Ich muss etwas erledigen.“

~ ~ ~

Triton seufzte erleichtert. In dem Augenblick, als er hörte, dass Eros das Haus verließ, teleportierte er in Dios Haus und tauchte dort im Wohnzimmer auf.

Ari, Dios Frau, die nur einen Bademantel trug, kreischte, als sie ihn sah. „Verdammt, Triton, ich wünschte, du würdest klingeln wie jeder andere auch.

Was, wenn ich nicht angezogen gewesen wäre? Denkst du denn nie an so etwas?"

„Sorry, ich wollte dich nicht erschrecken. Das war das letzte Mal. Ich verspreche es. Aber ich muss mit Dio reden. Es ist dringend."

Sie zeigte auf eines der Schlafzimmer. „Er zieht Thoas gerade an."

„Danke."

Ohne anzuklopfen, betrat Triton das Kinderzimmer und fand Dionysos neben einem kichernden Thoas knien. Er versuchte, dem Kind eine kurze Hose anzuziehen.

„Morgen", sagte Triton.

Dio drehte den Kopf zur Seite und war sofort in Alarmbereitschaft. „Ist etwas schiefgelaufen?"

„Fast. Aber ich glaube, ich habe den Tag gerettet."

Dio hob sein Kinn. „Was ist passiert?"

„Ich sage dir, Eros ist ein misstrauischer Kerl."

Sein Freund verdrehte die Augen. „Hat er den Plan durchschaut?"

Triton schüttelte den Kopf. „Er hat mich beschuldigt, ihm eine Falle gestellt zu haben, aber ich glaube, ich konnte ihn überzeugen, dass ich keine Ahnung hatte, dass er so früh von Hades zurückkommt. Ich habe ihm gesagt, dass du nicht wusstest, dass Psyche in seinem Haus übernachtet, also hast du natürlich angenommen, dass da ein Einbrecher war, als du gesehen hast, dass die Lichter brannten. Alles ist in Ordnung. Er hat es mir abgekauft."

„Bist du sicher, wir sollten nicht reinen Tisch machen und ihm sagen, was auf dem Spiel steht?"

„Absolut. Wenn er herausfindet, dass wir versuchen, ihn dazu zu bringen, sich zu verlieben, wird er sich mit aller Kraft dagegen sträuben, nur um uns und Zeus zu trotzen. Du kennst ihn. Du weißt, wie stur er sein kann. Er muss derjenige sein, der die Zügel in der Hand hat. Und wenn er denkt, dass wir dahinter stecken, wird er sich nie an sie ranmachen. Und ich sage dir: Sie ist perfekt für ihn. Aussehen, Temperament, einfach alles."

Dio schaffte es, die Beine seines Sohnes durch die Hosenbeine zu fädeln und die Hose zuzumachen. „Ja, das ist sie, aber was, wenn er sich nicht verliebt? Was dann?"

„Götter brauchen keine Pfeile, um sich zu verlieben."

„Ich weiß das. Aber ich will damit sagen: Was ist, wenn er immer noch zu verletzt ist, um sich zu erlauben, sich zu öffnen?"

„Es ist über ein verdammtes Jahr her! Wie sehr kann Gloria ihn schon verletzt haben? Wenn er so fragil ist, dann ist er ehrlich gesagt ein ziemlicher Waschlappen!"

„Das lässt du ihn besser nicht hören. Er hat sie geliebt. Auch wenn sie nicht die Richtige für ihn war. Als er ihr Ritter in strahlender Rüstung sein durfte, weil er ihr aus einer schlimmen Situation geholfen hat, hat sie ihn um den Finger gewickelt. Kumpel, wenn es dich trifft, dann trifft es dich. Da kann man nichts machen. Und einige Leute brauchen einfach länger, um darüber hinwegzukommen.“

„Na gut, wenn du das sagst.“ Triton zuckte mit den Schultern. „Ich will nur sicher sein, dass du bei der Story bleibst, die wir diskutiert haben. Du hattest keine Ahnung wegen Psyche. Du hast sie eigentlich nur das eine Mal gesehen, als sie in meinem Garten war.“

Dio hob seine Hand. „Ich kenne den Drill. Nicht nötig, das nochmal durchzukauen.“

Triton nickte. „Kannst du Hermes auf den neuesten Stand bringen? Ich muss wieder ins Inn.“

„Sicher. Ich werde bei ihm vorbeischauen, sobald ich Ari im *In Vino Veritas* abgesetzt habe.“ Er zog ein T-Shirt über Thoas’ Kopf. „Und was passiert jetzt? Wo ist die Frau? Ist sie immer noch in seinem Haus?“

„Ich weiß nicht. Ich konnte ihn ja nicht fragen, ohne weiteres Misstrauen zu wecken. Ich werde Sophia bitten, Psyche zu fragen. Das wird viel weniger verdächtig sein. Aber in der Zwischenzeit müssen wir uns ruhig halten.“

„Das geht in Ordnung.“ Dio hob seinen Sohn auf die Füße. „Fertig, Kumpel.“

Der Junge lächelte seinen Vater an und klatschte in die Hände. „Zip-zip!“

Triton lachte leise. „Er steht total aufs Teleportieren, oder?“

Dio stand auf. „Süchtig stimmt eher. Ich mache mir Sorgen, dass ich ihn nicht in den Kindergarten schicken kann, wenn die Zeit kommt. Was, wenn er sich verplappert?“

„Bis dahin wird er genug verstehen, um zu wissen, dass es ein Geheimnis bleiben muss.“

„Das hoffe ich, oder wir werden noch größere Probleme mit Zeus bekommen.“

Triton gab ihm einen freundlichen Klaps auf die Schulter. „Du wirst das schon noch rechtzeitig schaffen.“

„Dein Wort in Zeus’ Ohr.“

Triton drehte sich herum und sagte: „Was mich daran erinnert: Wie kommst du zurzeit mit Hera aus?“

Dio zuckte mit den Schultern. „Sie hasst mich genauso wie schon immer. Warum?“

„Wenn wir Eros’ Einstellung zur Liebe nicht ändern können, brauchen wir vielleicht ihre Hilfe. Also vielleicht solltest du ihr etwas in den Arsch kriechen, wie wär’s?“

Dio verdrehte die Augen. „Wann hat es schon jemals funktioniert, Hera in den Arsch zu kriechen?“

„Ich sage ja nur.“ Er zeigte auf Thoas. „Du hast einen süßen Sohn. Benutze ihn. Hast du nicht gehört, dass Hermes sagte, dass Hera für sie auf Pan aufpasste? Bei Kindern wird sie weich. Lass uns das ausnutzen.“

„Ich sehe nicht, dass du etwas in dieser Richtung unternimmst“, merkte Dio verschmitzt grinsend an. „Du bist schon länger verheiratet als der Rest von uns und hast immer noch keine Nachkommen vorzuweisen.“

Triton schmunzelte. „Glaub mir, es liegt nicht daran, dass wir es zu selten versuchen.“

„Du egoistischer Bastard! Als Gott kannst du deine Frau schwängern, wann immer du willst. Du willst einfach nicht, oder?“

Triton zuckte mit den Schultern. „Ich genieße es, sie für mich zu haben.“

„Aber warte nicht zu lange. Du hast mir versprochen, dass meine und deine Kinder Spielkameraden sein werden, so wie wir es waren.“

„Ich arbeite daran.“

„Verschwinde!“, sagte Dio grinsend. „Ich habe heute Vaterdienst.“

„Bis später“, sagte Triton und verschwand.

# 11

Eros wartete, bis der Kunde Psyches Geschäft verlassen hatte, bevor er die Straße überquerte und eintrat. Er hatte lange und angestrengt darüber nachgedacht und war schließlich zu einer Entscheidung gelangt. Es gab nur eine Möglichkeit, wie er sich seine Freunde vom Hals schaffen konnte: indem er sie mit ihren eigenen Waffen schlug. Und Psyche würde ihm dabei helfen.

Die kleine Glocke über der Tür klingelte und informierte Psyche über sein Eintreffen. Sie drehte sich mit einem Lächeln um und hatte bereits eine Begrüßung auf den Lippen.

„Guten Tag, wie –“ Überraschung tauchte auf ihrem Gesicht auf. „Oh, hi, Eros. Ich hatte Sie hier nicht erwartet.“

Er lächelte. „Ich wollte mit Ihnen reden.“ Er räusperte sich. „Über unser, ähm, Arrangement.“

Sie machte ein langes Gesicht. „Oh.“ Sie drehte sich weg und beschäftigte sich damit, die Pflanzenabschnitte vom Tresen zu wischen. „Tja, es war zu schön, um wahr zu sein. Ich packe meine Sachen, nachdem ich heute Abend den Laden schließe.“

Erstaunt berührte Eros ihren Unterarm und drehte sie zu sich. „Warum?“ Er schüttelte den Kopf. „Deshalb bin ich nicht hier. Natürlich bleiben Sie. Ich stehe zu meinem Wort.“

Ihre Augen weiteten sich und ein zaghaftes Lächeln formte sich auf ihren Lippen. „Wirklich? Aber worüber wollen Sie dann reden?“

Er berührte immer noch ihren Arm und sie schien es nicht zu bemerken, ansonsten hätte sie ihn sicherlich bereits weggezogen. Er drückte ihren Arm, um sie zu bestärken. „Ich muss Sie um einen Gefallen bitten. Und Sie können natürlich ablehnen. Ich möchte nicht, dass Sie etwas tun, was Ihnen unangenehm ist. Es ist nur ...“ Er hatte nicht wirklich geprobt, wie er seinen Vorschlag vortragen wollte, sodass dieser für sie attraktiv wirkte.

„Um was geht es?“, fragte sie neugierig. „Ist etwas passiert?“

Er zuckte mit den Schultern. „Ich habe Triton aufgesucht.“

„Oh. Haben Sie sich gestritten?“

„Ich würde es keinen Streit nennen. Ich habe ihm einfach direkt gesagt, dass ich glaube, dass der einzige Grund, warum er Sie gebeten hat, in meinem Haus zu bleiben, war, dass ich Ihrem Charme verfalle. Und dass wir etwas miteinander anfangen würden.“

Ihre Wangen erröteten leicht. „Was hat er gesagt?“

„Er hat es natürlich abgestritten. Wie ich erwartet hatte. Aber ich kenne ihn zu gut. Er spielt mit mir. Meine Freunde haben sich verbündet und sie werden ihre Spielchen nicht aufgeben, bis sie eine Freundin für mich gefunden haben."

Psyche seufzte. „Es tut mir leid, Eros. Verstehen Ihre Freunde Sie denn gar nicht? Man kann so etwas nicht erzwingen. Haben Sie ihnen gesagt, dass Sie kein Interesse an Frauen haben?"

„So oft, dass ich es nicht mehr zählen kann. Sie werden mir immer weiter Frauen in den Weg werfen, bis ich sie davon überzeugen kann, dass ich nicht mehr zu haben bin."

Ihre Stirn runzelte sich. „Was meinen Sie damit?"

„Wenn sie glauben, dass ich in einer Beziehung bin, werden sie aufgeben." Er hielt inne. „Und da kommen Sie ins Spiel."

„Ich weiß nicht, wie ich Ihnen dabei helfen soll, jemanden zu finden. Ich kenne keine –"

„Ich möchte, dass Sie meine Freundin spielen", unterbrach er sie, bevor er den Mut verlor.

Psyche zuckte ungläubig und erschrocken zurück. „Was? Ich?"

Eros nickte eifrig. „Ja, Sie. Das wäre perfekt. Dann glauben Triton und die anderen, dass ihr Plan funktioniert hat, und sie werden mich in Ruhe lassen."

„Aber –"

Er hob die Hand und stoppte sie. „Ich weiß, was Sie sagen wollen. Was ist für Sie drin?"

Psyches Kinnlade klappte herunter. „Wie bitte?"

„Daran habe ich schon gedacht. Ich werde Ihnen helfen, den Wasserschaden in Ihrer Wohnung zu reparieren, damit Sie wieder dort einziehen können. Ich bin handwerklich ziemlich begabt. Und ich kenne viele Leute, die mir einen Gefallen schulden, also wird es Sie nichts kosten. Und in der Zwischenzeit wohnen Sie weiter bei mir. Und wir spielen vor meinen Freunden das glückliche Paar. Das ist nur ein geringer Aufwand. Hier und da eine Party. Ein gelegentliches Abendessen. Nur genug, um den Schein zu wahren."

Sie starrte ihn lange an und er fühlte, wie sein Herz ihm bis zum Hals schlug. Würde sie ihm eine Abfuhr erteilen?

„Aber sind Sie sich sicher, dass die uns das abkaufen werden?"

„Keine Sorge, das werden sie. Wir müssen nur geschickt sein. Ich werde es so einrichten, dass es den Anschein hat, als wollte ich die Beziehung geheim halten, dann werden sie es noch eher glauben. Je mehr sie denken, dass ich versuche zu verheimlichen, dass wir beide etwas miteinander haben, umso schneller werden sie den Schwindel fressen. Sie werden sich gegenseitig auf den Rücken klopfen, einander gratulieren, dass sie uns zu einem so tollen Paar gemacht haben, und mich in Ruhe lassen. Sobald sie sehen, dass ihre Falle funktioniert hat, werden sie das Interesse verlieren."

„Eros, ich bin nicht sicher." Ihre Stimme war voller Zweifel.

„Warum nicht? Wir werden nicht intim sein oder so."

„Das weiß ich doch. Das ist es nicht. Es ist nur, dass wir das nicht ewig aufrechterhalten können. In ein paar Monaten werden wir schlussmachen müssen, damit wir beide wieder unser Leben weiterführen können."

Er machte eine wegwerfende Handbewegung. Daran hatte er schon gedacht. „Kein Problem. Nach unserer Trennung werde ich behaupten, dass mein Herz gebrochen wurde, und sie werden mir Freiraum und Zeit zum *Heilen* geben."

Psyche kicherte unerwartet. „Sind Sie sicher, dass Sie sich das alles antun wollen?"

„Ja. Das ist die einzige Möglichkeit, wie ich meinen Frieden von ihnen bekomme." Und von Zeus. Wenn Zeus glaubte, dass Eros in einer Beziehung war, würde er eine Weile Ruhe geben. „Bitte, Psyche. Tun Sie es für mich. Ich verspreche Ihnen, dass Sie es nicht bereuen werden. Ihr Apartment wird im Handumdrehen wieder wie neu sein und Sie dürfen mit mir Zeit verbringen." Er zwinkerte ihr zu. „Ich kann sehr charmant und lustig sein. Und es ist ja nicht so, als müssten Sie mit einem hässlichen Kerl ausgehen. Was sagen Sie dazu? Wir müssten uns natürlich auch duzen."

~ ~ ~

Psyche blickte in Eros' Hundeaugen und ihr Herz erwärmte sich für ihn. Gleichzeitig fühlte sie auch, wie Enttäuschung sie überflutete. Warum waren alle netten, gut aussehenden Männer schwul? Sie unterdrückte ein Seufzen und dachte erneut über seinen Vorschlag nach. Er ließ sie nicht nur in seinem tollen Haus wohnen, er bot ihr auch an, ihre Wohnung zu reparieren, damit sie wieder dort einziehen konnte. Allein für die kostenlose Unterkunft schuldete sie ihm etwas. Und vorzugeben, dass sie seine Freundin war, wäre keine große Mühsal.

Alles an Eros war positiv. Er schien gebildet zu sein: Das hatte sie von der gut bestückten Bibliothek in seinem Haus abgeleitet. Er hatte ein gütiges Herz, bewiesen durch die Tatsache, dass er darauf bestanden hatte, dass sie sein Gast sein würde, nachdem er am Abend zuvor ihr Büro gesehen hatte. Und er würde keine Gefahr für ihren Körper oder ihr Herz darstellen, da er kein Interesse an Frauen hatte. Was hatte sie also zu verlieren? Nichts. Im Gegenteil, es schien, dass sie viel mehr von der Abmachung herausschlagen würde als er.

„Okay, ich mache es. Also *du* dann, ja?

„Ja." Ein riesiges Lächeln breitete sich auf seinem Gesicht aus.

„Aber wenn wir ausgehen, will ich nicht, dass du für mich bezahlst." Darauf musste sie bestehen. „Du machst bereits so viel. Ich meine, mich in deinem Haus wohnen zu lassen und mir dabei zu helfen, meine Wohnung zu reparieren, ist mehr als genug."

„Du bist die Beste!“ Er zog sie unerwartet in eine Umarmung und hob sie dabei von den Füßen, bevor er sie kurz darauf wieder absetzte und zurücktrat. „Aber ich lade dich zum Abendessen ein. Darauf bestehe ich.“

„Aber –“

„Kein Aber! Ich schulde dir was.“

Doch das konnte sie nicht akzeptieren. Sie war es nicht gewohnt, etwas umsonst zu bekommen. „Dann lass mich wenigstens etwas Gartenarbeit bei dir zuhause erledigen.“

Er schüttelte leicht seinen Kopf und sagte lächelnd: „Du bist eine sehr ungewöhnliche Frau. Das mag ich.“

Sie spürte, wie ihre Wangen bei dem Kompliment Farbe bekamen, auch wenn sie wusste, dass das dumm war. Schließlich hatte Eros kein Interesse an ihr als Frau. Und einen kurzen Augenblick lang spürte sie einen winzigen Stich in ihrer Brust. Aber sie tat das als bedeutungslos ab.

„Nun, dann haben wir eine Abmachung.“

„Ja, haben wir.“ Er zeigte auf die Uhr an der Wand. „Wann schließt du normalerweise?“

„Um fünf.“

„Gut. Ich hole dich dann ab und dann fahren wir zu dir und du zeigst mir, was gemacht werden muss. Ist das in Ordnung?“

„Das klingt super.“

Winkend drehte er sich um. Ihre Augen folgten ihm, als er zur Tür hinausging. Mit einem letzten freudigen Winken in ihre Richtung schlenderte Eros – gut aussehend, gut gebaut und absolut nicht zu haben – aus ihrem Laden.

# 12

Es war früh am Abend und immer noch hell draußen, als Psyche die Tür zu ihrer Wohnung öffnete und Eros hineinließ. Sie trug immer noch dieselbe Kleidung wie im Laden, eine marineblaue Caprihose und ein langes, locker sitzendes gestreiftes T-Shirt. Sie hatte an ihrer linken Hüfte einen Knoten hineingemacht, damit es nicht nach oben rutschte, wenn sie sich beim Arbeiten mit den Pflanzen bückte. Eros hatte sich etwas Lässigeres angezogen: Statt der langen cremefarbenen Hose und des Tommy-Bahama-Shirts, das er vorher getragen hatte, waren es jetzt Khaki-Shorts und ein weißes T-Shirt, das seinen muskulösen Körperbau zur Schau stellte.

„Wow, ich verstehe, warum du hier nicht wohnen kannst“, sagte Eros, als er seinen Blick schweifen ließ.

Jeder Quadratzentimeter des Wohnzimmers war mit Möbeln vollgestopft, die nicht dorthin gehörten. Ihr Bett war auseinandergebaut, die Matratze lehnte an der Wand, und die Seiten, das Kopfteil und das Fußteil lagen vor dem Fenster. Ihre Kommode war hinter das Sofa gequetscht und ein Ottomane blockierte das zweite Fenster, Lampen und Bilder belagerten die Couch.

Ein etwa ein halber Meter breiter Pfad führte zwischen den verschiedenen Hindernissen hindurch zur offenen Küche und machte dann eine Biegung, um Zugang zum Schlafzimmer und zum Bad zu erlauben. Jedes Mal, wenn sie in ihre Wohnung zurückkam, erschauderte sie bei dem Anblick. Und das Wohnzimmer war noch nicht einmal das Schlimmste.

„Hier lang“, sagte sie zu Eros und zeigte zur Badezimmertür.

Er ging voraus und sie folgte ihm, bis er vor der offenen Tür stoppte. Sie hielt neben ihm an und blickte hinein. Nichts hatte sich seit ihrem letzten Besuch geändert.

Eros drehte den Kopf zu ihr, seine Augen waren groß. „Was ist hier passiert?“

„Wie ich schon sagte, es gab ein Leck.“

„Das kann ich sehen. Aber warum mussten sie die ganze Wand aufreißen?“ Er zeigte auf den Teil der Wand zu seiner Rechten, wo nur noch die Träger zu sehen waren und die Trockenbauwand herausgenommen worden war, um einen Blick ins Schlafzimmer zu gewähren. „Was wollten sie versuchen? Einen Zugang aus dem Schlafzimmer ins Bad legen?“

„Nicht wirklich.“ Sie seufzte. „Der erste Klempner konnte das Leck nicht finden. Und da die Toilette an der Wand verankert war, sagte er, er müsste die Wand öffnen, um zu sehen, wie die Rohre verlaufen.“

„Ja, vielleicht einen halben Quadratmeter, aber er hat die ganze Wand herausgerissen. Das war nicht notwendig. Jeder Idiot kann sehen, dass die Rohre nicht die Wand hinauflaufen.“ Eros zeigte auf die offenen Bodendielen. „Das Leck muss da unten in den Querrohren sein.“

Sie nickte. „Das hat der zweite Klempner auch gesagt. Also hat er die Bodendielen aufgerissen und ist den Rohren ins Schlafzimmer gefolgt.“ Sie machte eine Handbewegung, damit er ihr folgte, und ging wieder zurück in den Flur, dann ins Schlafzimmer nebenan. Auch dort war ein Teil des Bodens freigelegt. „Dort hat er den Schimmel im Holz unter uns gefunden.“

Eros bückte sich und sah nach. „Aber er ist nicht an der Unterseite der Bodendielen.“ Er blickte wieder zu ihr hoch.

„Er ist unter den Rohren. Der Klempner ist in die Garage gegangen und hat auch dort einen Bereich geöffnet. Da hat er ihn entdeckt.“

„Naja, zumindest ist der Schimmel nicht in deiner Wohnung. Das sind gute Neuigkeiten.“ Er stand auf.

„Woher kennst du dich mit solchen Sachen aus? Ich hätte nicht gedacht, dass Partnervermittler viel mit Installationsproblemen zu tun hätten.“

Er grinste. „*Ex*-Partnervermittler. Und du glaubst nicht, was ich für einige meiner anspruchsvolleren Klienten schon tun musste.“ Er zwinkerte ihr zu und triefte quasi vor jungenhaftem Charme. „Wie ist das Leck überhaupt entdeckt worden?“

„Einer der Nachbarn, mit dem ich mir die Garage teile, hat feuchte Stellen auf seinem Auto entdeckt und mich darauf aufmerksam gemacht. Da ich direkt über der Garage wohne, dachte er, dass es aus meiner Wohnung kommen musste. Keines der Stockwerke über mir hat einen Wasserschaden.“

„Hmm.“ Eros kniete sich wieder hin und schaute die Rohre unter den Bodendielen prüfend an, bevor er wieder zu ihr hinaufblickte. „Kannst du mir bitte eine Rohrzange geben? Ich will etwas überprüfen, bevor ich meinen Kumpel herkommen lasse und ihm sage, was er tun muss.“

„Sicher. Gib mir eine Sekunde.“ Psyche marschierte in den Gang und wühlte in einer Kiste auf dem Küchentresen. Als sie fand, wonach sie gesucht hatte, kehrte sie ins Schlafzimmer zurück und gab Eros das Werkzeug.

„Nun, dann schauen wir uns das mal an“, sagte er und machte sich an die Arbeit.

Sie hörte, wie er die Rohrzange ans Rohr legte und das Knarzen, als er sie drehte, doch sie sah nicht genau, was Eros tat, denn sein Körper blockierte ihr die Sicht. Stattdessen ließ sie ihre Augen über ihn schweifen und bemerkte, wie sich seine Muskeln unter seinem T-Shirt anspannten. Sie liebte Männer, die auf ihren Körper achteten.

Ihr Exfreund, Wayne, hatte viel trainiert. Leider war das das Einzige gewesen, was er mit seinem Tag angestellt hatte. Arbeit war ein Schimpfwort für ihn gewesen. Er hatte immer behauptet, er könnte nicht den richtigen Job finden, um all seine Fähigkeiten zu nutzen. Sie hatte sich oft gefragt, auf welche Fähigkeiten er sich bezog. Und obwohl er behauptet hatte, dass er nach einem Job suchte, war das alles nur Geschwätz. Am Anfang hatte sie ihm geglaubt, dass er es wirklich versuchte, aber mit der Zeit hatte sie ihn bei mehr und mehr Lügen ertappt, bis sie eines Tages unerwarteterweise früher nach Hause gekommen war, weil sie ihr Scheckbuch vergessen hatte, und Wayne dabei ertappte, wie er mit der Nachbarin von oben Sex hatte. In *Psyches* Bett!

Da war ihr der Kragen geplatzt. Da sie einen monatlich kündbaren Mitvertrag hatte, war sie sofort ausgezogen und hatte sich anderswo in Untermiete begeben, während sie nach einer neuen Wohnung suchte. Vor ein paar Monaten hatte sie sie schließlich in Form dieser Eigentumswohnung gefunden. Ein Schnäppchen – und die monatlichen Kreditrückzahlungen waren geringer als ihre damalige Miete. Aber jetzt schien sie vom Pech verfolgt zu werden. Zumindest musste sie sich dieses Mal nicht mit einem untreuen Freund herumschlagen, sondern nur mit einem Rohrbruch.

„Fuck!" Eros' Fluch riss sie aus ihren Gedanken. Wasser spritzte plötzlich wie aus einem Springbrunnen in die Luft und durchnässte Eros, der versuchte, das Rohr mit seinen Händen abzudecken. „Hat dieser blöde Klempner denn das Wasser nicht abgestellt?"

Dicke Tropfen fielen von seinem Gesicht, als er sich nach einer Möglichkeit umsah, den Wasserfluss abzustellen.

„Was kann ich tun?", fragte Psyche panisch.

„Dreh die Hauptwasserleitung ab!", rief Eros ihr zu, als das Wasser anfing, aus einem anderen Teil des Rohrs zu spritzen und Psyche im Gesicht und am Oberkörper traf.

Sie keuchte und duckte sich zur Seite weg, um auszuweichen, doch der Schaden war bereits angerichtet. Ihr T-Shirt war klatschnass.

„Die Hauptwasserleitung", wiederholte Eros, blockierte das Loch mit der rechten Hand und versuchte, das andere mit seiner linken abzudichten.

„Ich weiß nicht, wo", sagte sie.

Er machte mit der Hand eine Geste in Richtung Badezimmer, doch dadurch spritzte wieder mehr Wasser hoch in die Luft und regnete dann auf ihn herab. „Entweder unter dem Waschbecken oder hinter der Toilette."

Sie rannte aus dem Zimmer und rutschte auf dem feuchten Boden aus, konnte sich jedoch am Türrahmen noch abfangen, dann raste sie weiter ins Badezimmer. Sie riss das Schränkchen unter dem Waschbecken auf und wühlte durch die Vorräte, die dort gelagert waren, und warf sie auf den Boden, um zur Rückwand zu gelangen. „Wie sieht sie aus?", rief sie und blickte auf den Ablauf des Waschbeckens.

„Wie ein Wasserhahn", war Eros' Antwort.

„Nichts!", fluchte sie und drehte sich um. Auf den Knien rutschte sie zur Toilette und spähte dahinter. Ein Teil der Wand war entfernt worden und mehrere Rohre waren zu sehen, wo sich einst die Wand befunden hatte. Eines davon hatte eine Absperrvorrichtung.

„Gefunden!“ Sie drehte sie bis zum Anschlag. Keuchend setzte sie sich auf ihre Fersen und blickte durch die Holzträger ins Schlafzimmer. Das Wasser hatte aufgehört, aus der Leitung zu spritzen, doch Eros war immer noch über die Rohre gebeugt. „Es ist aus.“

Sie beobachtete Eros, wie er sich aufsetzte und an sich hinunterblickte. Sein T-Shirt klebte ihm am Oberkörper, sein Haar war tropfend nass und seine kurze Hose hatte sich vollgesaugt. Unwillkürlich musste sie lachen.

Durch die fehlende Trockenbauwand warf er ihr einen Blick zu. „Was ist so lustig?“

„Du siehst genauso aus wie an dem Tag, als ich dich in Tritons Garten kennengelernt habe.“

Er hob sein Kinn und ein Grinsen formte sich auf seinen Lippen. „Du auch.“

Sie schaute an sich hinunter und sah, dass ihr Shirt praktisch durchsichtig war. Peinlich berührt sprang sie auf die Beine, schnappte sich ein Handtuch aus dem Regal und legte es um sich. Dann griff sie nach einem weiteren und ging damit ins Schlafzimmer.

Im Türrahmen blieb sie wie erstarrt stehen. Eros zog gerade sein nasses T-Shirt über den Kopf und entblößte seine makellose Brust, die fast haarlos war, kein Gramm Fett, dafür jedoch starke Brustmuskeln aufwies. Seine Bauchmuskeln formten einen perfekten Sixpack und eine schmale Linie aus dunklen Haaren lief in der Mitte davon hinab und verschwand in seinen Shorts. Psyches Mund wurde trocken. Sie hatte noch nie solch körperliche Perfektion bei einem Mann gesehen.

„Ist das für mich?“ Eros zeigte auf das Handtuch, das sie immer noch in der Hand hielt.

Erschrocken taumelte sie ein paar Schritte vorwärts und gab es ihm.

„Sorry wegen dem hier“ sagte er, als er sich abtrocknete. „Aber normalerweise dreht ein Klempner den Hauptwasserhahn ab, wenn es ein Leck gibt.“

Sie hörte seine Erklärung kaum, da ihre Augen immer noch auf seinen nackten Oberkörper und seine Muskeln gerichtet waren, die sich anspannten, als er sich, seiner Zurschaustellung scheinbar nicht bewusst, abtrocknete. Er fühlte sich sichtlich wohl in seinem Körper und war selbstbewusst mit seinem Aussehen. Und warum sollte er das auch nicht sein? Er musste wissen, wie er aussah: so gut, dass einem das Wasser im Mund zusammenlief.

„Psyche?“

Sie riss ihre Augen von seinem nackten Oberkörper weg. „Ja, dieser Klempner, wie? Ich glaube, er war wohl nicht besser als der erste, oder?“

„Ich hätte nachsehen sollen, bevor ich die Rohre überprüfte und die provisorische Dichtung abnahm, um mir den Schaden anzusehen. Das tut mir leid.“ Er grinste sie an wie ein schelmischer Junge. „Sieht so aus, als würden wir immer nass werden, wenn wir uns sehen, hm?“ Er hängte das Handtuch über den Türknauf des Wandschranks, nahm dann sein T-Shirt und ging auf sie zu.

Sie stand wie versteinert da. Warum kam er auf sie zu? Ihr Puls fing an zu rasen.

„Darf ich das kurz in den Trockner werfen?“ Er hob die Hand, die sein T-Shirt hielt, als er etwa einen Meter von ihr entfernt stand. Nahe genug, dass sie die Hand ausstrecken und mit ihren Fingern über seine Haut streichen konnte.

Verdammt! Sie begehrte einen Schwulen. Das war verrückt.

Schnell trat Psyche beiseite. „Kein Problem. Der Trockner ist im Badezimmer.“

Eros lächelte sie an, als er sich an ihr vorbeidrückte. „Danke.“ Dann blickte er über die Schulter und seine Augen schweiften über sie und verharrten einen Augenblick, bevor er sich abrupt wegdrehte. „Du solltest dich vielleicht umziehen.“

Ihre Wangen erröteten, obwohl es keinen Grund dafür gab. Schließlich sah Eros sie nicht so an, wie sie ihn angesehen hatte. Die Tatsache, dass er vielleicht ihren BH unter ihrem Shirt gesehen hatte, machte ihr nichts aus. Sie wirkte wahrscheinlich nicht verführerischer auf ihn als seine Schwester, falls er eine Schwester hatte.

# 13

Eros hatte die Nacht nicht zuhause verbracht. Nach dem Vorfall in Psyches Eigentumswohnung, wo er sie erneut in einem nassen T-Shirt hatte sehen dürfen, war die Flucht aus seinem Haus die einzige Möglichkeit gewesen, sich davon abzuhalten, etwas Dummes anzustellen – wie etwa, sie zu küssen. Er wusste, wozu das führen würde: Sie würden im Bett landen, eine Beziehung anfangen und bevor er sich's versah, hätte sie sich in sein Herz geschlichen und würde ihn dann für jemand anderen sitzen lassen. Genau wie Gloria.

Schließlich standen die Sterne richtig: Psyche war schön und begehrenswert. Sie war eine Jungfer in Nöten (und er war ein Idiot, der Frauen aus schlimmen Lagen half) und er hatte die Blicke bemerkt, die sie ihm zuwarf. Sie war willig. Aber er konnte es nicht zulassen. Zu viel daran erinnerte ihn an Gloria.

Diese war ebenfalls in einer misslichen Lage gewesen. Er hatte ihre Probleme beseitigt und sich dabei in sie verliebt. Was er aber nicht gewusst hatte, war, dass sie sich während der Zeit, die sie mit ihm zusammen war, auch mit einem anderen Mann getroffen hatte – einem anderen Mann mit Geld und Ansehen. Gloria war nur auf das Geld aus gewesen und hatte zwei verschiedenen Männern ihre Liebe beteuert, wobei sie sexuelle Gefallen austeilte, die jeden Mann oder Gott hätten glauben lassen, dass es ihr ernst war, dass ihre Liebe grenzenlos war. Doch das war alles nur ein Trick gewesen, um den größten Fang an Land zu ziehen.

Allerdings hatte Gloria einen Fehler gemacht. Sie hatte angenommen, dass der Sterbliche, den sie datete, der Reichere der beiden war, weil er die Angewohnheit hatte, mit Geld um sich zu werfen und mit seinem Reichtum anzugeben, während Eros weniger protzig war. Von Zeus oft darauf hingewiesen, die Aufmerksamkeit der Sterblichen nicht zu erregen, war Eros' Lebensstil auf Erden sehr dezent. Obwohl sein Haus in Charleston groß war und in einem guten Viertel lag, war es nicht pompös. Er kleidete sich immer leger und abgesehen von einem kleinen schicken Cabrio, hatte er keine Statussymbole. Keine Rolex, keine Gucci-Schuhe.

Er hatte Gloria gerade gestehen wollen, dass er ein Gott war und dass er sie heiraten wollte, als er ihre Stimme auf der anderen Seite einer Essnische in einem Restaurant hörte. Sie hatte ihrem sterblichen Liebhaber dieselben Dinge gesagt, die sie immer in Eros' Ohr geflüstert hatte.

*„Du bist das Licht meines Lebens. Ohne dich würde ich innerlich verwelken.“*

Jetzt war ihm zum Kotzen zumute. Es war ein einstudierter Satz gewesen. Wahrscheinlich hatte sie ihn irgendwo gelesen.

Eine Sekunde später hatte Glorias Liebhaber sie gebeten, ihn zu heiraten, und sie hatte akzeptiert. An der unwirklichen Hoffnung festhaltend, dass es vielleicht doch nicht ihre Stimme gewesen war, war Eros aufgestanden und um den Raumteiler gegangen.

*Gloria.* Ihr Name war ihm unwillkürlich über die Lippen gekommen. Sie hatte ihn damals angestarrt, zuerst erschrocken, doch dann hatte sie sich zusammengerissen und so getan, als würde sie ihn nicht kennen. Als hätte sie ihn nie geliebt.

Sein Herz war in jenem Augenblick in tausend Teile zerbrochen. Und für den Rest seines unsterblichen Lebens würde er die Liebe nun als das sehen, was sie wirklich war: eine Lüge. Er hatte sich in dem Augenblick geschworen, sich nie wieder davon in die Irre führen zu lassen. Und nie wieder auch nur einen einzigen Menschen solch einem Schmerz auszusetzen.

Er schob die Gedanken beiseite und überquerte die Straße. Sein Haus war nur einen halben Block entfernt und er konnte Psyche nicht für immer aus dem Weg gehen, egal wie verführerisch sie war. Außerdem musste er bald auf ein gespieltes Date mit ihr gehen, um sich seine Freunde vom Hals zu schaffen.

Eros öffnete das Tor zum Garten und trat ein. Doch er stoppte, als er Justin auf dessen Veranda sitzen sah. Er hatte seinen Kopf in den Händen vergraben und seine Brust hob und senkte sich stark. Besorgt näherte sich Eros dem Zaun, der sein Grundstück von dem seiner Nachbarn trennte, und lehnte sich darüber.

„Hey, Justin, ist alles in Ordnung?“

Der Junge schrie auf und sprang hoch. Dann blickte er Eros an und seufzte. „Oh, hi, Mr. Eros.“ Sein Gesicht war von Tränen überströmt.

„Wo sind deine Eltern?“

„Lebensmittel kaufen.“

„Hast du dich verletzt?“

Justin schüttelte den Kopf und sein Blick war auf seine Schuhe gerichtet.

„Warum weinst du dann?“

Der Junge zuckte mit den Schultern. Er schaute nicht hoch.

„Wenn es etwas gibt, das du deinen Eltern sagen musst, und willst, dass ich mit ihnen rede –“

„Nein!“ Sein Kopf schoss hoch und seine Augen weiteten sich.

Erschrocken fragte Eros: „Tun deine Eltern dir weh, Justin? Wenn ja, kann ich dir helfen.“

„Nein, nein.“ Er schniefte. „Das tun sie nicht.“

„Bist du sicher?“ Es wäre nicht das erste Mal gewesen, dass ein Kind seine Eltern schützte, obwohl sie ihn misshandelten. Aber er hatte noch nie gesehen, dass Mr. oder Mrs. Clayton die Hand gegen ihren Sohn erhoben hätten.

„Ja. Es ist nur …“ Justin blickte wieder weg.

„Du kannst es mir sagen. Ich habe einen Neffen in deinem Alter“, log Eros. „Er erzählt mir alle möglichen Geheimnisse. Und ich kann Geheimnisse gut wahren.“ Nun, zumindest dieser Teil war wahr.

Justin hob den Kopf und blickte in Eros’ Augen. Einen Augenblick lang starrte er ihn nur an und dachte über seinen nächsten Schritt nach. „Sie sagen es niemandem?“

„Bei Zeus und seinem Zorn, das werde ich nicht.“

Ein sehr flüchtiges Lächeln tauchte auf Justins Mund auf. „Sie sind nicht wie die anderen Erwachsenen, Mr. Eros.“

Eros zwinkerte ihm zu. „Sag das besser niemandem oder sie schicken mich wieder in die Schule.“

„Ja, die Schule. Ich hasse sie.“

„Warum? Magst du Lernen nicht?“

„Doch.“ Er hielt inne. „Es ist nicht die Schule selbst. Es sind ... andere Sachen.“

„Welche anderen Sachen?“

„Die anderen Kinder, sie machen sich über mich lustig.“

Das war es also: Mobbing. Er hätte es wissen sollen. Viele Kinder machten das irgendwann in ihrem Leben einmal durch. „Warum machen sie sich über dich lustig? Ich dachte, ich hätte deine Mutter dich loben hören, weil du eine Eins in Mathe nach Hause gebracht hast.“

Justin machte eine abwertende Handbewegung. „Ach das! Wen juckt das schon? Ich werde nie in irgendein Team gewählt.“

„Team?“

„Ja, im Sport. Niemand will mich in seinem Team. Weil ich nicht gut bin. Ich fange nie den Ball, ich bin der langsamste Läufer, ich kann nicht weit oder hoch springen. Sie hassen mich. Und jetzt ist das jährliche Sportfest und alle müssen eine Sportart dafür wählen. Und ich bin in nichts gut!“ Die Worte purzelten fast über seine Lippen. „Was soll ich machen? Meine Eltern werden sich für mich schämen.“

„Oh weh“, murmelte Eros vor sich hin. Zusätzlich zu seinem eigenen Schmerz machte sich Justin auch noch Sorgen, was seine Eltern denken würden. Es musste eine Möglichkeit geben, dem Jungen zu helfen. Ein wenig lauter sagte er: „Ich verstehe dich, Justin. Das ist Scheiße. Also erzähl mir ein wenig über das Sportfest. Welche Disziplinen gibt es?“

Justin trat einen Stein von der Terrasse und dieser landete auf dem Gras. „Ich weiß nicht.“ Er zuckte mit den Schultern. „Fußball, Basketball. Sie wissen schon, das Übliche, wie Sprinten, Hochsprung, das ganze Zeug, was man bei den Olympischen Spielen macht. Ich habe das alles im Fernsehen gesehen.“

„Es muss doch etwas geben, was dir gefällt“, sagte Eros sanft.

„Und was bringt das? Ich bin in nichts gut.“ Enttäuschung stand auf seinem ganzen Körper geschrieben. Er hatte die Schultern sacken lassen und sein Kopf war geneigt. Die Hände steckten in seinen Hosentaschen. „Ich verliere ja sowieso."

„Nicht, wenn dich jemand vor der Veranstaltung trainiert."

Justin schnaubte und hob seinen Kopf einen Augenblick lang. „Dad macht auch keinen Sport."

„Ich kann dich trainieren." Das Angebot war ausgesprochen, bevor Eros überhaupt wusste, dass er sich entschieden hatte, dem Jungen zu helfen.

„Das können Sie?"

Eros nickte. „Sicher. Warum nicht?" Warum um Hades' willen nicht? Schließlich war er ein Gott und in vielen Dingen bewandert.

„Welche Sportarten machen Sie denn?", fragte Justin gespannt.

„Ähm ..." Scheiße, welche Sportarten machte er? Er war ein Gott und unsterblich und musste nicht trainieren, um in Form zu bleiben. Und auf dem Olymp gab es kein Football- oder Fußball-Team, dem er hätte beitreten können. Joggen war auch nicht das seine: Er zog es vor zu teleportieren, wenn er schnell irgendwo hinwollte. Und auch wenn er gelegentlich einen Faustkampf mit einigen der anderen Götter austrug, würden Justins Eltern nicht begeistert sein, wenn er ihm das Boxen beibrachte.

„Mr. Eros? Welchen Sport können Sie mir beibringen?"

„Bogenschießen."

„Bogenschießen?", fragte Justin zweifelnd.

Hatte er das wirklich gesagt? Nun, jetzt konnte er es nicht mehr zurücknehmen. Darin war er *der* Experte. Langsam nickte er dem Jungen zu. „Ja, Bogenschießen. Das ist doch eine olympische Disziplin, oder?"

Justin zuckte mit den Schultern. „Ich glaube, es stand auf der Liste, die man uns gegeben hat. Aber ich habe nicht einmal einen Bogen."

Eros zwinkerte ihm zu. „Ich schon."

„Wirklich?"

Eros nickte. „Lass mich ihn schnell holen und ein Übungsziel aufbauen, dann können wir zusammen üben."

Justin trat ein paar Schritte auf den Zaun zu. „Jetzt?"

„Machst du gerade etwas anderes?"

„Nein."

„Nun, dann ..." Er zeigte auf das Ende des Zauns. „Dort ist ein Loch im Zaun, wenn du rüberkommen willst."

Justin zögerte nur einen winzigen Augenblick, bevor er auf die Stelle zulief.

„Ich hole nur schnell meine Sachen aus dem Abstellraum", sagte Eros und marschierte aufs Haus zu.

Er öffnete den Schuppen neben der Garage und schloss die Tür hinter sich, damit Justin nicht sehen konnte, was er machte. Der Schuppen beinhaltete nur ein paar Gartenwerkzeuge und etwas Blumenerde. Kein Bogen, keine Pfeile, keine Zielscheibe. Aber das würde ihn nicht aufhalten.

Eros teleportierte in sein Schlafzimmer. Er hatte den Bogen aus dem Gästezimmer in sein eigenes Zimmer gebracht, nachdem Psyche eingezogen war. Jetzt holte er den Bogen und den Köcher, der seine Pfeile beinhaltete, aus dem Wandschrank. Er blickte die Gegenstände einen Augenblick lang an und fühlte ihr Gewicht in seinen Händen. Es war schon lange her, seit er sie das letzte Mal gehalten hatte. Er schulterte den Lederköcher. Der Bogen bestand aus Holz und war nur mit ein paar Gravierungen geschmückt. Kein Gold, nichts, was seine Bedeutung für die Welt verraten könnte.

Er seufzte. Zeus würde ihm wahrscheinlich die Haut abziehen, wenn er wüsste, dass er einen sterblichen Jungen damit spielen ließ. Aber Eros wusste, dass Justin keinen Schaden damit anrichten konnte. Ein Pfeil, der von einem Sterblichen verschossen wurde, würde selbst bei einem Treffer nicht dafür sorgen, dass sich eine Person verliebte. Nur wenn der Pfeil von Eros verschossen wurde, würde sich die Magie entfalten.

Er ging die Treppe hinab und öffnete den Wandschrank im Gang, wo er ein Übungsziel aufbewahrte. Es war rund und stand auf einer Art Dreibein. Er schnappte es sich, klemmte es unter den Arm und teleportierte wieder in den Schuppen.

Justin wartete bereits am anderen Ende des Gartens, als Eros den Schuppen verließ. Der Junge sah fast ungeduldig zu, wie Eros das Ziel an einem Ende des Gartens aufstellte, bevor er dem Jungen ein Zeichen gab, ihn am anderen Ende zu treffen, von wo aus sie auf die runde Scheibe mit blauen, schwarzen und roten Ringen und einem gelben Zentrum schießen würden.

„Das sieht weit weg aus“, sagte Justin mit besorgtem Gesichtsausdruck.

„Das ist die perfekte Entfernung für dich. Du wirst schon sehen“, versprach Eros. „Jetzt werde ich zuerst einen Pfeil abschießen und du siehst mir dabei zu. Und dann zeige ich dir Schritt für Schritt, was du tun musst. Und dann üben wir. Okay?“

Justin nickte. „Okay.“

Eros zog einen Pfeil aus seinem Köcher und legte für den Schuss an. Es war eine Handlung, die so in ihm verankert war, dass jede Bewegung flüssig wirkte. Der Bogen fühlte sich richtig in seiner linken Hand an, während er die Sehnen mit den Fingern seiner rechten spannte und sein Auge auf den Punkt fixierte, den der Pfeil treffen würde. Er zog seinen Ellbogen zurück und ließ die Sehne los. Der Pfeil schoss nach oben und nach vorne und erzeugte ein pfeifendes Geräusch, als er die Luft auf seinem Weg zum Ziel durchschnitt. Der Pfeil landete im gelben Zentrum.

„Volltreffer“, murmelte er vor sich hin. Er hatte nichts anderes erwartet, selbst nachdem er den Bogen über ein Jahr nicht angefasst hatte.

„Wow!“, rief Justin ehrfürchtig. „Ich will das auch machen!“ Er sprang auf und ab. „Das ist so cool!“

Eros senkte den Bogen und drehte sich schmunzelnd zu dem Jungen um.

„Dann machen wir uns an die Arbeit.“

Es dauerte eine Weile, um Justin die wichtigsten Sicherheitsmaßnahmen zu erklären, bevor Eros beginnen konnte, ihm zu zeigen, wie man den Bogen richtig hielt, wie man im Bezug auf das Ziel stehen musste und wie man zielte. Zu seiner Überraschung genoss Eros es, den Jungen zu unterrichten. Er wusste, dass viele Stunden Übung notwendig waren, bevor Justin die Mitte treffen würde, also hoffte er fürs Erste, dass er das Ziel überhaupt traf. Keine einfache Sache für einen Anfänger. Aber mit jedem Schuss wurde Justin besser.

„Heb deinen Ellbogen noch etwas höher und drück deine Schulterblätter zusammen.“ Eros stand hinter Justin und gab ihm Anweisungen.

Der Junge korrigierte seine Haltung. „So?“

„Sehr gut, Justin. Jetzt konzentriere dich auf das Ziel. Schließe dein linkes Auge.“

Justin atmete gleichmäßig und stand völlig ruhig und entspannt da. Ein Naturtalent. Eros lächelte stolz auf seinen Schüler hinab.

„Wenn du bereit bist“, sagte er leise, „lass die Sehne los.“

Der Junge ließ los und der Pfeil schoss nach vorne und drang in das Ziel ein, dieses Mal nicht in den weißen Bereich um die Ringe, sondern in den schwarzen, äußersten Ring.

„Ausgezeichnet!“, lobte Eros und klopfte Justin auf die Schulter.

Der Junge drehte den Kopf und lächelte stolz. „Ich hab’s geschafft!“

„Ja, du hast es geschafft! Das war ein großartiger Schuss! Und weißt du, warum?“

Justin schüttelte den Kopf.

„Weil du dich entspannt hast und den Bogen zu dir hast sprechen lassen.“

Justin neigte den Kopf zur Seite und ein zweifelnder Blick zog über sein Gesicht. „Der Bogen spricht nicht.“

Eros kniete sich mit einem Bein ins Gras und nahm den Bogen. Er hob ihn an sein Ohr und schloss die Augen. Seine göttlichen Ohren hörten die Melodie der Liebe, die dieser Bogen der Menschheit gebracht hatte. „Natürlich spricht er, aber nur zu denen, die zuhören.“ Er hob den Bogen, sodass der dickste Teil davon neben Justins Ohr war. „Hier, hör zu.“

Intensiv presste Justin sein Ohr an das Holz. Einen Augenblick lang herrschte Stille.

„Ich kann nichts hören.“

„Schließ die Augen und konzentriere dich“, schlug Eros vor. Als Justin das tat, nutzte Eros seine göttlichen Kräfte und sandte eine Melodie durch das Holz des Bogens, die nur Justin hören konnte.

Justin zuckte zurück, sein Mund und seine Augen weit geöffnet. „Wow!“

Eros lachte leise. „Siehst du? Er ist aus Holz. Er lebt. Er wird dir beim Zielen helfen, solange du ihm zuhörst.“

„Ich will nochmal schießen!“

„Ich habe keine Pfeile mehr. Hilf mir die vom Ziel zu holen."

Während Justin auf das Ziel zurannte und die Pfeile aufhob, die im Gras gelandet waren, folgte Eros mit seinem Bogen.

„Justin?!"

Die laute Stimme kam von der anderen Seite des Zauns.

„Oh oh!" Justin rang nach Luft und warf Eros einen Blick zu, der andeutete, dass er vermutete, Ärger zu bekommen.

Eros hatte die Stimme auch erkannt: Justins Mutter.

„Keine Sorge", flüsterte er Justin zu, dann drehte er sich zum Zaun. „Mrs. Clayton", sagte er viel lauter und mit einem freundlichen Lächeln.

Sie kam mit einem besorgten Blick von der Terrasse herunter zum Zaun, während Eros am Zaun anhielt.

„Was macht mein Sohn in Ihrem Garten?", fragte sie. Sie blickte ihn von oben bis unten an, als wäre er ein Krimineller, dann schaute sie in Richtung ihres Sohnes.

„Es tut mir leid, Mrs. Clayton. Ich weiß, ich hätte Sie um Erlaubnis bitten sollen, Ihren Sohn hier zu haben, aber er sagte, dass Sie gerade einkaufen waren. Und Sie wissen ja, wie Kinder sind. Justin hat mich beim Bogenschießen gesehen und war neugierig, wie das funktioniert. Also habe ich ihn eingeladen." Aus dem Augenwinkel sah er, dass Justin näher kam. „Und wenn ich das sagen darf, Ihr Sohn ist sehr talentiert. Ich glaube, ich habe noch nie einen Jungen unterrichtet, der das Ziel in der ersten Stunde treffen konnte. Sie können wirklich stolz auf ihn sein."

Ein zögerliches Lächeln umspielte Mrs. Claytons Mund. Sie blickte zu Justin, dann wieder zu Eros. „Sie sagten, dass er talentiert ist? Mein Sohn?"

„Oh ja, er ist ein Naturtalent!"

Sie errötete ein wenig vor Stolz. „Ich hoffe, er hat Ihnen keine Umstände gemacht. Ich hatte nicht vor, lange wegzubleiben, aber im Supermarkt ist es so zugegangen, dass ich –"

„Er hat mir überhaupt keine Umstände gemacht", unterbrach Eros. „Ich würde mich freuen, wenn er weiter zum Üben vorbeikommen darf."

„Ich weiß nicht." Sie zögerte. „Ich meine, es ist ..."

Justin kam zum Zaun und blickte seine Mutter an. „Oh, bitte, Mom! Das macht Spaß. Und ich bin gut."

Sie schaute ihrem Sohn in die Augen. „Aber wir können unserem Nachbarn doch keine Umstände machen ..."

Ein enttäuschtes Seufzen entkam Justin.

„Ich habe es wirklich genossen, Ihren Sohn zu unterrichten. Wenn Sie Bedenken haben, dass er sich verletzen könnte, kann ich Ihnen versichern, dass ich ein Meister in diesem Sport bin."

„Oh, ich mache mir deswegen keine Sorgen. Aber wir kennen Sie nicht wirklich." Sie stoppte sich plötzlich. „Ich meine, ähm ..."

Eros nickte.

„Aber er ist unser Nachbar!“, protestierte Justin, da er nicht verstand, worauf sich seine Mutter bezog. Doch Eros wusste es nur zu gut. Mrs. Clayton wusste, dass er alleine lebte und ein alleinlebender Mann war suspekt. Zu viele Verrückte lebten auf dieser Welt und Eltern mussten vorsichtig sein, wem sie ihre Kinder anvertrauten.

„Das verstehe ich vollkommen, Mrs. Clayton. Vielleicht wollen Sie mit Justin vorbeikommen? Sie können einen Eistee auf meiner Terrasse trinken, während Sie uns nachmittags beim Üben zusehen.“

„Oh“, sagte sie und erwärmte sich langsam für die Idee. „Sie arbeiten nicht?“

„Ich habe Urlaub.“

„Nun, wenn es Ihnen wirklich keine Umstände macht ...“

„Überhaupt keine.“

Sie nickte. „Nun, dann danke. Wir kommen gerne, wenn Justin das wirklich möchte.“

„Ja! Ja!“, rief Justin aufgeregt.

Seine Mutter lachte leise. „Okay, aber für heute ist erst einmal Schluss. Ich muss rein und das Abendessen vorbereiten, bevor dein Dad nach Hause kommt.“ Sie nickte Eros zu. „Danke.“

Eros sah zu, wie Justin zu seiner Mutter ging. Die zwei verschwanden im Haus. Froh über die Art, wie sich sein Tag entwickelt hatte, drehte er sich um. Seine Augen wurden von einer Bewegung auf dem Balkon angezogen.

Psyche stand dort und beobachtete ihn lächelnd.

# 14

Am nächsten Abend wanderte Psyche neben Eros eine der Hauptstraßen von Charleston entlang. Es war an der Zeit, eine Vorstellung zu geben. Sie trug für den Anlass ein lockeres Kleid und Eros trug eine blaue Hose und ein kurzärmliges Tommy-Bahama-Shirt. Sie sahen aus wie das perfekte junge Paar.

Eros hatte ein kleines französisches Bistro gewählt und einen Platz unter freiem Himmel reserviert, wo sie leicht von den Passanten gesehen werden konnten. Es gab nicht viele andere Gäste: ein älteres Paar und eine Gruppe Geschäftsmänner, zwei kichernde japanische Mädchen, die offensichtlich Touristinnen waren, und eine alleinstehende Frau mittleren Alters, die ein Buch las, während sie ihre französische Zwiebelsuppe aß.

Die Tische draußen waren wie in den Straßen von Paris angeordnet: Die Gäste blickten auf die Straße, sodass sie die vorbeigehenden Leute beobachten konnten. Das bedeutete, dass ihr Eros nicht gegenüber saß, als Psyche ihren Platz einnahm, sondern nur übers Eck des kleinen quadratischen Tisches, viel näher, als sie erwartet hatte.

„Ist das okay?“, fragte Eros.

„Ja, sicher, großartig“, sagte sie und wusste nicht, warum sie plötzlich so nervös war. Schließlich war dies kein echtes Date. Sie räusperte sich. „Hast du hier schon einmal gegessen?“

„Oft. Das Essen ist sehr gut. Aber deshalb habe ich es nicht ausgewählt.“

Sie blickte ihm in die Augen. „Kommen deine Freunde hierher?“

„Gelegentlich.“

„Also glaubst du, dass sie heute Abend hier essen?“

„Nein. Ich habe die Reservierungen überprüft.“

„Warum hast du dann –“

Er beugte sich zu ihr. „Sieh nicht hin, aber auf der anderen Straßenseite, das vierte Gebäude zu deiner Linken, ist ein Weinladen. Er gehört der Frau meines Freundes Dio. Meistens holt er sie abends ab, wenn sie den Laden schließt.“ Er zwinkerte ihr verschmitzt zu. „Und er muss hier vorbei, um das zu tun.“

Sie lachte leise und schüttelte den Kopf. „Also lässt du es so aussehen, als würden sie uns auf frischer Tat ertappen.“

„So in etwa.“ Er lehnte sich wieder zurück und sah sich die Speisekarte an. „Du musst verstehen, wie meine Freunde ticken. Wenn ich dich einfach auf eine Party oder zum Abendessen bei ihnen mitbringe und dich als meine

Freundin vorstelle, würden sie den Braten riechen. Aber wenn sie glauben, dass ich verheimlichen will, dass ich mit dir zusammen bin, werden sie es mir eher abkaufen.“

Psyche nahm die Speisekarte auf. „Es klingt nicht so, als würden du und deine Freunde einander sehr vertrauen.“

„Glaub es oder nicht, aber wenn es darauf ankommt, können wir uns blind aufeinander verlassen.“

„Wenn es darauf ankommt?“ Sie zog die Augenbrauen hoch.

„Wir vier kennen uns schon seit unserer Kindheit. Aber das bedeutet auch, dass wir einander zu gut kennen. Wir haben uns gegenseitig schon tausend Streiche gespielt und wir erwarten nicht, dass sich das ändert.“

„Jungs“, warf sie ein.

Eros lachte. „Ja, Jungs. Aber manchmal gehen wir zu weit. Und in diesem Fall sind es meine Freunde, die zu weit gegangen sind, indem sie versuchten, mich zu ändern. Ich muss auf den Tisch hauen. Oder sie werden mich unterbuttern.“

„Das verstehe ich. Aber ist das wirklich der richtige Weg?“ Sie machte eine allumfassende Geste mit den Händen. „Indem du so tust, als hättest du eine Freundin?“

„Wenn du meine Freunde kennen würdest, würdest du diese Frage nicht stellen.“ Er legte seine Hand auf ihren Unterarm und beugte sich zu ihr. „Vertrau mir. Ich weiß, was ich tue.“ Er nahm seine Hand wieder weg und zeigte auf die Speisekarte. „Die Ente ist hier sehr gut.“

Ein paar Augenblicke redeten sie nicht, sondern studierten die Karte. Der Kellner kam ein paar Minuten später und nahm ihre Bestellungen auf. Als sie endlich ihre Gläser mit Rotwein vor sich stehen hatten, hob Eros sein Glas und blickte sie an.

„Danke, dass du zugestimmt hast.“

Sie stieß mit ihm an. „Ich lehne nur selten ein leckeres Essen in guter Gesellschaft ab.“ Sie nahm einen Schluck und lehnte sich in ihrem Stuhl zurück.

Eros trank ebenfalls von seinem Wein und stellte dann das Glas ab. „Nun, ich hoffe, dass dieser Abend deine Erwartungen erfüllt. Ich würde dich nur ungern enttäuschen.“

„Ich habe wirklich keine Erwartungen“, gab sie zu. Denn das war kein Date. Es würde keine peinlichen Momente geben, keine missverstandenen Zeichen. Sie waren nur hier, um so zu tun. Und ausnahmsweise war es schön, das zu tun.

„Keine Erwartungen?“ Er schüttelte lächelnd den Kopf. „Das ist das erste Mal, dass ich eine Frau das sagen höre.“

„Du glaubst es nicht?“

„Ich will es glauben, aber jeder hat Erwartungen.“

„Vielleicht sind meine nicht sehr hoch."

Darüber lachte er laut. „Damit gibst du dir zu wenig Wert. Du bist eine schöne Frau. Deine Erwartungen sollten sehr hoch sein."

Sie zuckte mit den Schultern und blickte die Straße hinunter, um ihn nicht ansehen zu müssen. „Ich habe gelernt, meine Erwartungen herunterzuschrauben."

„Weil du enttäuscht worden bist?"

„Enttäuscht, ausgenutzt, betrogen. Such es dir aus", sagte sie leise, überrascht, wie einfach es war, mit einem Mann zu reden, von dem sie wusste, dass er kein Interesse an ihr hatte.

„Dein letzter Freund? Hat er all das gemacht?"

Sie nickte. „Und Wayne war nicht der Meinung, dass er etwas Falsches machte. Einige Leute haben eine seltsame Wahrnehmung davon, wie Liebe sein soll."

„Liebe?" Eros nahm einen weiteren Schluck Wein und schnaubte. „Daran glaube ich nicht mehr. Sie existiert nicht."

Sie blickte ihn an und legte instinktiv ihre Hand auf seine. „Schlimme Trennung?"

„Wenn die Liebe, die dir jemand entgegenbringt, daran bemessen wird, wie viel Geld oder Status du besitzt, und so einfach auf jemand anderen transferiert werden kann, der scheinbar reicher und wichtiger ist, dann muss ich sagen, dass Liebe einfach nur ein Wort ist, das die Leute benutzen, um ihre wahren Gefühle zu verbergen. Sie können nicht zugeben, dass sie nur Verlangen und körperliche Anziehung empfinden und dass ihre Gier nach materiellen Dingen alles andere überschattet. Warum können die Leute nicht einfach zugeben, was sie wirklich wollen? Warum alles hinter der Maske der Liebe verstecken, wenn das nur den anderen verletzen wird?"

Psyche drückte seine Hand. Sie konnte seinen Schmerz spüren, fühlen, wie es ihm wehtat. „Ja, ich wünschte, die Leute wären ehrlich zueinander. Warum behaupten sie, jemanden zu lieben, wenn sie etwas Körperliches wollen? Daran ist nichts falsch. Die Gesellschaft macht es nur zu etwas Unakzeptablem und stempelt uns ab, wenn wir unserem Verlangen folgen."

Eros starrte sie mit geweiteten Augen an. „Genau! Es ist viel schlimmer, vorzugeben, dass man eine Beziehung will und den anderen glauben zu lassen, dass man ihn liebt, wenn man in seinem Herzen weiß, dass man diese Gefühle nicht hat. Warum das alles überhaupt machen?"

„Wir wurden so lange konditioniert, an Liebe und Beziehungen zu glauben." Sie seufzte. „Und wie viele Beziehungen halten wirklich?"

Eros nickte eifrig und stimmte ihr zu. „Und die, die halten, halten nur, weil man Kinder oder finanzielle Dinge berücksichtigen muss, die es unmöglich machen, sich zu trennen."

Sie nahm einen Schluck von ihrem Weinglas. „Sieh uns zwei Zyniker an. Auf einem gespielten Date und wir lästern über die Liebe."

„Wir sind schon ein Paar“, sagte er grinsend.

Sie erwiderte sein Lächeln und bemerkte, wie gut er aussah und wie einfach es war, mit ihm zu reden. Sie konnte bei ihm sie selbst sein.

Als der Kellner das Essen brachte, wurden sie einen Augenblick still. Psyche schnitt ihre Entenbrust an, tauchte sie in die Pflaumensoße, die über den Teller geträufelt war, und kostete das Fleisch.

„Mmmm!“, gab sie von sich, als die Ente praktisch auf ihrer Zunge zerging. Sie drehte den Kopf zu Eros. „Du hattest recht. Die Ente ist unglaublich!“

Er lächelte und zeigte auf seinen Teller, wo ein glasig gebratener Seebarsch auf einem Bett aus asiatischem Gemüse lag. „Das musst du probieren.“ Er schob ein Stück Seebarsch auf seine Gabel und hob sie zu ihrem Mund. „Nur zu.“

Sie öffnete den Mund und kostete den Fisch, während er seine Hand ein paar Zentimeter unter die Gabel hielt. Er blickte ihr in die Augen, als sie den Fisch kaute und schluckte.

„Wow!“, bestätigte sie. „Ich weiß nicht, was besser ist: die Ente oder der Fisch.“

Er schmunzelte. „Wir können teilen, wenn du möchtest.“ Dann rutschte er plötzlich näher und senkte seine Stimme zu einem Flüstern. „Mach es mir einfach nach.“

„Was?“

„Leg deine Hand auf meinen Arm und lehn dich zu mir“, murmelte er. „Und schau mich weiterhin an.“

Sie wagte es nicht, zur Seite zu blicken, um zu sehen, ob sein Freund in der Tat in der Nähe war. Stattdessen folgte sie seiner Anweisung und schaute in seine blauen Augen. Sie waren jetzt viel näher als zuvor. Und das Blau war viel intensiver. Fast hypnotisierend. So tief wie ein Ozean.

Ohne zu wissen, wie es geschah, spürte sie seine Lippen, die in einer federleichten Berührung gegen ihre drückten. Sie atmete erschrocken ein, obwohl sie darauf hätte vorbereitet sein sollen. Eros bot seinem Freund eine Show. Nur, dass es sich für sie nicht wie gespielt anfühlte. Es fühlte sich echt an. Warme Lippen auf ihrem Mund. Eros’ Atem, der über ihre Haut geisterte. Ihre Hand auf seinem Bizeps, die ihn festhielt, während seine Hand unter ihr Kinn glitt und sie dort streichelte.

*Guter Gott!* Dieser Mann konnte einen leichten Kuss in ein Inferno auf ihren Lippen verwandeln. Sie spürte, wie sich ihre Zehen kräuselten, ihr Puls sich beschleunigte und ihre Brust sich hob. Ihr ganzer Körper reagierte auf seine Berührung, als würde dieser nicht wissen, dass das alles nur eine Darbietung war. Ein Schauspiel. Ihr Körper schien nicht in der Lage zu sein, zwischen Realität und Täuschung zu unterscheiden. Die Reaktion war dieselbe, als würde sie mit einem Mann knutschen, der sie wirklich wollte:

Erregung sammelte sich zwischen ihren Schenkeln, ihre Nippel wurden hart und ihre Haut prickelte. Es war dumm, sich so zu fühlen, wo sie doch wusste, dass Eros kein Interesse an ihr hatte. Verdammt, er war an überhaupt keiner Frau interessiert. Doch selbst dieses Wissen konnte sie nicht davon abhalten, auf seinen Kuss zu reagieren.

„Eros?“, unterbrach eine tiefe männliche Stimme.

Eros löste seine Lippen von ihren.

Während Psyche eine oder zwei Sekunden brauchte, um sich zu fangen, wirkte Eros ruhig, als er antwortete: „Oh, Dio, was machst du denn hier?“

Sein Freund zeigte auf den Weinladen die Straße hinunter. „Ich hole Ari ab, während Thoas bei seinem Spielkameraden ist.“ Neugierig ließ er seine Augen über Psyche schweifen.

„Nun, dann solltest du sie nicht warten lassen. War schön, dich zu sehen. Auf bald.“ Eros nahm sein Messer und seine Gabel.

Doch sein Freund bewegte sich nicht. Stattdessen reichte er Psyche die Hand. „Sie kommen mir bekannt vor. Ich bin Dio. Sind wir uns schon einmal begegnet?“

Psyche schüttelte ihm die Hand. „Ich glaube, Sie haben mich gesehen, als ich im Garten des Olympus Inn gearbeitet habe.“

Dio ließ ihre Hand los und schlug sie gegen seine Stirn. „Oh ja, das stimmt. Nun, schön, Sie zu sehen. Ich wusste nicht, dass Sie und Eros sich schon vorher kannten.“

Sie wechselte einen flüchtigen Blick mit Eros, da sie nicht wusste, wie sie Dios offensichtlich fischende Frage beantworten sollte.

Eros kleisterte ein Lächeln auf sein Gesicht. „Psyche macht ein paar Gartenarbeiten für mich. Wir haben gerade darüber gesprochen. Mir hat gefallen, was sie bei Triton gemacht hat.“

„Aha“, murmelte Dio. Es war offensichtlich, dass er kein Wort glaubte. Und warum sollte er das auch? Er hatte sie gerade dabei ertappt, wie sie sich küssten.

Eros lächelte und zeigte auf die Teller. „Ich wünschte, ich könnte länger plaudern, aber unser Essen wird kalt. Und ich bin sicher, dass Ari auf dich wartet.“

Dio zögerte einen Augenblick und drehte sich dann noch einmal zu Psyche. „Es war schön, Sie wiederzusehen. Genießen Sie Ihr Essen.“

„Danke, Dio!“, antwortete sie und beobachtete, wie er sich umdrehte und die Straße überquerte. In dem Moment, als er außer Hörreichweite war, wechselte sie einen Blick mit Eros.

# 15

*Verdammt!*

Eros wollte fluchen, doch stattdessen hielt er sein unverbindliches Lächeln aufrecht.

Wenn Dio sie nicht rechtzeitig unterbrochen hätte, wer weiß, was passiert wäre. Er hatte Psyche gerade in seine Arme ziehen und sie gegen seine steinharte Erektion drücken und dabei ihren Mund mit seiner Zunge und ihren Körper mit seinen Händen erforschen wollen.

*Fuck!*

Diese Art von Reaktion hatte er nicht erwartet. Er hatte schon viele Frauen gehabt, sterbliche und Göttinnen. Er war ein erfahrener Mann. Ein einziger sanfter Kuss sollte ihn nicht dazu bringen, den Kopf zu verlieren. Ihn zu erregen, bedurfte es normalerweise mehr. Was hatte sich verändert? Hatte seine lange Abstinenz vom fleischlichen Vergnügen Schuld an seiner rapiden Erregung? Hatte ihn der Mangel an Sex überempfindlich gemacht? Wenn das der Fall war, saß er in der Scheiße.

„Glaubst du, dein Freund hat es geschluckt?", fragte Psyche.

„Geschluckt?", wiederholte Eros verwirrt.

„Die Täuschung."

„Oh ja. Da bin ich mir sicher." Es hatte mit Sicherheit echt für Dionysos *ausgesehen*, denn es hatte sich für Eros echt *angefühlt*. Echter, als es seine Absicht gewesen war. „Gut gemacht." Er zwang sich, ruhig zu bleiben und den Sturm, der in ihm wütete, nicht zu zeigen. Er musste unbedingt der Verlockung widerstehen, die Psyche darstellte, denn er wusste, die Sache würde niemals gut ausgehen. Er durfte sich nicht erlauben, wieder in eine Beziehung zu stolpern, seinen Kopf und sein Herz zu verlieren, nur um nochmals verletzt zu werden.

„Was jetzt?", fragte sie.

Ja, was jetzt? Er musste so tun, als wäre alles normal. Als wäre alles perfekt. Er zwang ein Lächeln auf sein Gesicht und antwortete: „Lass uns essen." Er hob sein Glas und nahm einen Schluck. „Ich bin am Verhungern."

Sie nickte und nahm Messer und Gabel zur Hand. „Ich auch."

Einen Augenblick lang senkte sich Stille über sie, als sie ihr Essen verzehrten und es mit einer reichlichen Menge Wein hinunterspülten. Eros begann, Smalltalk über Restaurants, Essen und was ihm sonst noch in den Sinn kam zu betreiben, nur um die Unterhaltung am Laufen zu halten. Das konnte er gut. Psyche war genauso gut wie er im Smalltalk und sie wusste offensichtlich nicht, welchen Qualen sie ihn aussetzte.

Nur auf ihren Mund zu blicken, während sie jeden Bissen mit Genuss verschlang, oder zuzusehen, wie sie den Wein von ihren Lippen leckte, entzündete in ihm den Wunsch, den Tisch leer zu räumen und sie darauf zu nehmen. Immer wenn sie eine Strähne ihres Haares über ihre Schulter warf, wollte er stöhnen und jedes Mal, wenn sich ihre Brüste beim Atmen hoben, schien sein Schwanz im Morsecode zu pulsieren: S-O-S.

Niemand kam, um seine Seele zu retten und ihn von seinem Leid zu erlösen. Er musste Psyche weiter ansehen und so tun, als wären sie nur zwei Bekannte, die einen Pakt geschlossen hatten. Er war erleichtert, als Psyche auf Dessert verzichtete und er die Rechnung verlangen konnte. Kaum hatte er diese beglichen, sprang er von seinem Stuhl auf.

Eros winkte dem Kellner zum Abschied und folgte Psyche.

Nebeneinander spazierten sie nach Hause, wobei sie sich weiter über Essen, Urlaub und fremde Länder unterhielten. Als sie sein Haus erreichten und er die Vordertür aufsperrte, wo er sie zuerst eintreten ließ, wollte er fast erleichtert seufzen.

„Es ist schon spät. Ich hole mir nur noch ein Glas Wasser aus der Küche und gehe dann ins Bett“, verkündete Psyche.

Eros wandte sich zu ihr. „Sicher. Schlaf gut. Ich sperre ab.“

„Gute Nacht“, sagte sie und ging in die Küche.

Er hielt sich davon ab, ihr hinterherzusehen und wandte sich wieder der Vordertür zu. Er legte den Türriegel um und atmete ein paarmal durch. Solange er die Zeit, die er mit Psyche verbrachte, in Grenzen hielt, würde alles in Ordnung sein und er würde nichts Dummes anstellen.

„Ahhh! Oh nein!“

Psyches Aufschrei ließ ihn herumwirbeln und in Richtung Küche rasen. War ein Eindringling hier? Hatte jemand sie verletzt? In Panik eilte Eros in die Küche. Sein Blick schoss zu der Stelle, wo Psyche vor dem geschlossenen Kühlschrank stand.

„Psyche! Was ist los? Bist du verletzt?“

Sie drehte sich langsam zu ihm und er sah sofort, was passiert war: Das Oberteil von Psyches Kleid war durchnässt, wodurch der Stoff an ihrer Brust klebte, sodass ihr BH deutlich sichtbar war.

„Der Wasserspender.“ Sie zeigte auf den Kühlschrank. „Ich muss den falschen Knopf gedrückt haben.“

„Mögen die Götter gnädig mit mir sein“, knurrte Eros leise und warf einen flehenden Blick Richtung Himmel. Doch offensichtlich verschworen sich die Götter alle gegen ihn.

Er marschierte auf sie zu und schüttelte den Kopf. „Man kann dich nicht in die Nähe von Wasser lassen, oder? Sieh dich an!“ Er zeigte auf ihre nasse Kleidung, während sich seine Kehle vor Verlangen zuschnürte und Blut in seinen Schwanz floss.

„Es tut mir so leid“, murmelte sie. „Ich mache sauber. Und wenn ich den Wasserspender kaputt gemacht habe, zahle ich für die Reparatur. Es tut mir leid.“

„Leid? Gottverdammt!“, fluchte Eros, legte seine Hand an Psyches Nacken und zog sie an sich, denn er war nicht in der Lage, ihr auch nur noch eine einzige Sekunde länger zu widerstehen. Bevor sie reagieren konnte, presste er seine Lippen auf ihre und küsste sie. Einen Sekundenbruchteil lang schien sie nicht auf ihn zu reagieren, doch dann drückte sie ihn mit beiden Händen weg und unterbrach den viel zu kurzen Kuss.

„Stopp!“, flehte sie und bedeckte ihren Mund mit ihrer Hand, als wäre es eine offene Wunde. „Das können wir nicht tun.“

Schwer atmend fuhr Eros mit zittriger Hand durch sein Haar. „Es tut mir leid. Ich weiß nicht, was über mich gekommen ist.“ Doch er wusste es genau: Es war Verlangen, pures, reines Verlangen. „Vielleicht haben meine Freunde doch recht. Vielleicht muss ich das hinter mir lassen.“

Mit schockiertem Blick schüttelte sie den Kopf. „Nein! Das ist verrückt! Da spricht der Alkohol aus dir. Du kannst dich nicht einfach entscheiden, ganz plötzlich heterosexuell zu sein, wenn du dein ganzes Leben lang schwul warst. So funktioniert das nicht.“

Seine Augen weiteten sich und sein Mund klaffte ungläubig auf. „Schwul?“, schaffte er zu krächzen, während er versuchte, Psyches Worte zu verarbeiten. „Wer ist hier schwul?“

Sie streckte den Arm aus und zeigte auf ihn. „Du natürlich.“

„Ich bin nicht schwul! Ich war nie schwul! Und ich werde nie schwul sein!“

Sie trat einen Schritt zurück und stieß gegen die Tür des Kühlschranks. „Aber du sagtest –“

„Ich sagte was?“ Er schrie die Frage fast.

„Du sagtest, dass du nicht auf Frauen stehst. Du hast es an dem Tag gesagt, als wir uns kennengelernt haben, als wir redeten ...“

Eros stöhnte auf und fuhr mit beiden Händen durch sein Haar.

Sie runzelte die Stirn. „Du bist nicht schwul?“

„Ich bin hundert Prozent heterosexuell.“

Psyche ließ ihre Augen über ihn schweifen. „Oh.“ Einen Augenblick lang gab es eine unangenehme Pause, dann fügte sie hinzu: „Aber warum hast du dann gesagt, dass deine Freunde versuchen, dich zu ändern? Und warum brauchst du eine Alibifreundin?“

Er stieß einen Atemzug aus. „Weil ich keine Beziehung will. Ich dachte, das habe ich deutlich gesagt. Ich habe dir gesagt, dass ich nicht an die Liebe glaube. Nicht mehr. Aber meine Freunde wollen einfach nicht aufgeben. Sie sind alle verheiratet. Glücklich. Und sie wollen das Gleiche für mich. Aber das will ich nicht.“

Langsam nickte Psyche. „Das meintest du also, als du sagtest, sie würden versuchen, dich zu ändern.“ Sie senkte die Augenlider und blickte auf ihre Füße. „Oh mein Gott, ich bin so dumm. Es tut mir so leid. Ich dachte einfach, als du sagtest, du stehst nicht auf Frauen ... ich habe einfach angenommen ...“

Eros seufzte. Vielleicht hätte er deutlicher sein sollen. Aber wie konnte eine Frau nur annehmen, dass er schwul war, besonders Psyche? „Hast du denn nicht bemerkt, wie ich dich ansehe?“

Ihr Kopf schoss hoch und ihre Blicke trafen sich. War das Panik in ihren Augen? Hatte sie jetzt Angst vor ihm? Ihre Hände kamen plötzlich nach oben und bedeckten nervös ihre Brust. Sie zuckte zusammen.

Ihre Stimme zitterte, als sie schließlich sprach. „Also, als du mich gerade geküsst hast ...“

Er bewegte sich nicht auf sie zu, näherte sich ihr nicht, um sie nicht zu verängstigen. „Ich habe dich geküsst, weil du so verdammt verführerisch bist. Ich habe noch nie eine so verlockende Frau gesehen. Erinnerst du dich, wie wir heute Abend über Verlangen sprachen? Genau das empfinde ich jetzt. Aber ich bin kein Mann, der sich einer Frau aufzwingt.“

„Ich will keine Beziehung“, platzte Psyche heraus. „Aber –“

„Das habe ich aus unserem Gespräch beim Abendessen herausgehört.“

„Den ganzen Abend habe ich die Tatsache lamentiert, dass du schwul bist.“

Er schüttelte den Kopf. „Aber ich bin nicht schwul. Das habe ich dir doch gerade gesagt.“

„Ja, das weiß ich jetzt. Das ändert vieles.“

„Was?“

„Dass ich hier wohne.“

„Falls du Angst hast, dass ich mich vielleicht in der Nacht in dein Zimmer schleiche und dich gegen deinen Willen verführe … die musst du nicht haben.“

„Das ist es nicht –“

„Moment mal“, unterbrach er sie und kratzte sich am Kopf. „Hast du gesagt, du hast die Tatsache *lamentiert*, dass ich schwul bin?“

Sie nickte.

„Normalerweise lamentiert man eine Tatsache, die einem nicht gefällt.“ Ein verschmitztes Grinsen schlich sich auf sein Gesicht, während er einen Schritt auf sie zu machte. „Liegt es daran, dass es dir lieber wäre, wenn ich heterosexuell wäre und deshalb ...“ Er presste seine Hand neben ihrem Kopf gegen den Kühlschrank und beugte sich zu ihr. „„... zu haben?“

„Wenn ich ja sage, was würde dann passieren?“, murmelte sie.

„Was möchtest du denn, dass passiert?“

Eros bemerkte, wie sie schluckte, und konnte nicht widerstehen, mit seinen Fingerknöcheln über ihren Hals zu streichen.

„Ich will keine Beziehung; das ganze Chaos kann ich nicht gebrauchen“, fing sie an.

„Nochmals: Das habe ich aus dem herausgehört, was du beim Abendessen erzählt hast. Und ich glaube, ich habe meine Gefühle bezüglich dieses Themas auch deutlich ausgedrückt. Keine emotionalen Verwicklungen."

Psyche nickte. „Nur Sex."

„Ja, nur Sex."

„Wir sind beide erwachsen. Wir wissen, was wir tun."

„Dem stimme ich zu", sagte er. „Wir hatten bereits gebrochene Herzen. Kein Grund, das zu wiederholen. Aber das bedeutet nicht, dass wir keinen Spaß haben können."

„Kein Verurteilen, richtig?"

Eros lächelte. „Ich verurteile nie eine Frau dafür, dass sie ihrem Verlangen nachgeht. Das ist ehrlich." Er strich mit seinen Fingern über ihre Schulter und dann ihren Arm hinab. „Und auch heiß. Eine Frau, die weiß, was sie will, ist sehr verführerisch." Er presste seinen Unterleib gegen sie. „Fühlst du das?"

Sie rang nach Luft. „Oh!"

„Ich bin schon hart, seit ich dich beim Abendessen geküsst habe. Es war reine Folter, aber ich war bereit, alleine ins Bett zu gehen." Eros senkte seinen Blick auf ihr nasses Kleid. „Aber dann musstest du wieder mit dem Wasser spielen. Die Fähigkeit eines Mannes, sich zurückzuhalten, hat seine Grenzen."

„Nun", murmelte sie und warf ihm einen koketten Blick zu. „Dann sollten wir diese Grenzen nicht noch weiter strapazieren."

Er erkannte ihre Worte als das, was sie waren – eine uneingeschränkte Einladung – und fing Psyches Lippen mit einem Kuss ein, nach dem er sich schon viel zu lange gesehnt hatte.

# 16

Ohne Zögern reagierte Psyche auf Eros. Dieser Kuss war weder zaghaft noch züchtig, nicht wie der, den sie zuvor im Restaurant ausgetauscht hatten. Dieser Kuss war anders. Sie fragte sich, wie sie hatte annehmen können, dass Eros schwul war. Wie hatte sie die Zeichen übersehen können, dass er sich zu ihr hingezogen fühlte? Offensichtlich war sie blind gewesen. Aber jetzt sah sie klar.

Sie fühlte eine Hand auf ihrem Nacken, die sie an ihn drückte, während seine andere Hand ihren Arm und dann ihren Oberkörper streichelte. Währenddessen erforschte er ihren Mund, wobei seine Zunge entschlossen gegen ihre schlug, über ihre Zähne glitt. Er knabberte an ihrer Lippe, als könnte er nicht genug bekommen und wollte alles auf einmal haben. Seine Leidenschaft heizte ihre eigene an und entzündete ein Feuer in ihrem Bauch, das sie schon lange nicht mehr gespürt hatte. Hitze versengte jede ihrer Zellen und schmolz ihr Inneres.

Sie grub ihre Finger in seine Schultern und zog ihn näher an sich, denn sie wollte seinen Körper an ihren gedrückt spüren. Durch den feuchten Stoff konnte sie alles fühlen, seinen schnellen Herzschlag, seine Hitze, seine trainierten Muskeln. Und weiter unten, wo er seinen Unterleib gegen ihr Zentrum presste und sich langsam und rhythmisch vor und zurück bewegte, spürte sie die Härte, die ihren Puls zum Rasen brachte und die Luft aus ihrer Lunge strömen ließ. Er war ganz Mann. Ganz vor Leben strotzender Mann. Und er wollte sie. Sie konnte sein Verlangen nach ihr spüren und sie empfand das Gleiche für ihn. Sie wollte ihn in sich haben, wollte ihren Körper mit seinem vereinen und sich in dem Vergnügen verlieren, das er versprach.

Als sie Eros' Hand zu einer ihrer Brüste wandern spürte, keuchte sie in seinen Mund, doch er fuhr fort, ohne zu stoppen, und zerrte an dem feuchten Stoff. Er schaffte es, ihn nach unten zu schieben, um ihren BH zu entblößen. Er umschloss die Kugel mit seiner Hand und drückte sie leicht.

Ein tiefes Stöhnen entkam Eros und seine Hüften bewegten sich nun schneller. Die Spitze seines stahlharten Schwanzes rieb gegen sie und machte ihre Knie weich und ihr Geschlecht feucht. Er schien es zu bemerken, denn er schob jetzt ein Bein zwischen ihre Beine, sodass sie auf seinem Oberschenkel ritt.

Er löste seine andere Hand von ihrem Nacken und packte ihre Hüfte, dann nahm er ihren Oberschenkel und hob ihn an, damit sie ihn um seine Hüfte legen und ihn näher an sich ziehen konnte. Sie stöhnte unkontrollierbar.

Plötzlich riss Eros seinen Mund von ihrem und rang nach Luft. Er presste seine Stirn gegen ihre. „Wenn wir meinen Nachbarn nicht die Show ihres Lebens bieten wollen, gehen wir lieber nach oben.“

Psyche atmete aus und ihre Brust hob sich. „Ich glaube, denen haben wir bereits eine ziemliche Show geboten.“

„Die haben noch gar nichts gesehen.“ Er lachte leise. „Und du auch nicht.“

Dann hob er sie in seine Arme, trug sie aus der Küche und in Richtung der Treppe. Sie war zu erstaunt, um die nächsten Sekunden etwas zu sagen.

„Eros“, murmelte sie schließlich und blickte in sein Gesicht.

Er schaute ihr in die Augen und sie bemerkte, wie dunkel das Blau in ihnen geworden war. „Ja, meine Schöne?“

„Du musst mich nicht tragen.“

„Ich weiß. Aber ich will es.“

Er trug sie die Treppe hinauf, drückte die Tür zu seinem Schlafzimmer auf und trat sie hinter ihnen zu. Der Raum war dunkel, doch nur für einen kurzen Augenblick. Eros legte sie aufs Bett und betätigte dann den Lichtschalter. Sanftes Licht durchflutete den Raum. Nicht zu dunkel, nicht zu hell.

Eros blieb an der Seite des Bettes stehen und betrachtete sie mit einem Lächeln auf den Lippen und einem Funkeln in den Augen. „Willst du das immer noch tun?“

Sie grinste verschmitzt. „Zieh deine Kleidung aus, damit ich sehe, was ich bekomme.“

„Ich dachte, ich hätte dir bereits einen kleinen Vorgeschmack auf das gegeben, was auf dich zukommt.“ Er senkte den Blick zu seinem Schritt, wo sein Schwanz seine Hose ausbeulte.

„Das nennst du einen Vorgeschmack?“ Sie leckte sich über die Lippen. „Ich glaube, du bringst deine fünf Sinne durcheinander.“

Er blickte auf sie hinab, seine Augen voller Verlangen. „Das muss ich dann wohl richtigstellen, oder?“

Sie nickte und sah fasziniert zu, wie er sein Hemd aufknöpfte und es zu Boden warf. Seine Brust war genau so, wie sie sie in Erinnerung hatte: muskulös und gebräunt. Sie folgte der Linie aus dunklen Haaren in der Mitte seines Bauches. Sie wurde breiter, wo sie in seiner Hose verschwand.

„Mehr“, murmelte sie.

„Erst ziehst du etwas aus.“

Sie trat ihre Sandalen weg und ließ sie auf den Boden fallen.

Er zog eine Augenbraue hoch. „Wirklich? Das ist wohl kaum fair.“

„Das sind zwei Schuhe für ein Hemd. Mehr als fair.“ Sie zeigte auf seine Hose. „Mach schon.“

Er öffnete den Knopf seiner Hose, doch stoppte grinsend. „Fast vergessen. Ich trage ja auch Schuhe.“ Er bückte sich und zog seine Schuhe und Socken aus.

„Spielverderber“, sagte sie und schmollte.

„Du bist dran“, verlangte er und zeigte auf ihr Kleid.

Sie setzte sich auf und zog den Reißverschluss ihres Kleides hinunter, dann wand sie sich aus dem nassen Kleidungsstück. Als sie das Kleid an den Rand des Bettes legte, nahm Eros es und hängte es über einen Stuhl, bevor er sich wieder zu ihr wandte. Er ließ seine Augen mit einem Hunger über sie schweifen, den sie noch nie in den Augen eines Mannes gesehen hatte. Langsam legte sie sich auf die Matratze zurück, jetzt nur noch mit ihrem BH und ihrem Slip bekleidet.

Eros trat näher heran. „Anscheinend herrscht Stoffmangel in der Unterwäscheindustrie.“

Er zog den Reißverschluss seiner Hose herunter und befreite sich von ihr. Seine schwarzen Boxershorts umarmten seine Erektion eng. Psyche war überrascht, dass der Stoff noch nicht gerissen war, wenn sie bedachte, welch großes Paket er beschützen musste.

Sie leckte sich nochmals die Lippen und ließ ihre Augen über seinen Körper wandern, bis sie die seinen erreichte.

„Der BH“, verlangte Eros.

Sie bäumte sich auf und griff hinter sich, um den Verschluss zu öffnen. Die Körbchen glitten von ihren Brüsten und befreiten sie. Dann warf sie den BH vom Bett.

Eros trat näher und schob ein Knie aufs Bett, während er bereits nach ihr griff. Doch sie hob ihren Finger und schüttelte ihn. „Zieh sie aus.“ Sie zeigte auf seine Boxershorts.

Sie hatte noch nie erlebt, dass sich ein Mann so schnell seiner Unterwäsche entledigte wie Eros. Endlich nackt, stand er regungslos wie ein Adonis vor ihr. Bei dem Anblick lief ihr das Wasser im Mund zusammen. Sein Schwanz war hart und schwer. Violette Adern schlängelten sich um den dicken Schaft, der in einem Nest aus dunklem Haar stand.

Sie setzte sich auf und schaute ihm in die Augen. „Gibst du mir diesen Vorgeschmack jetzt, den du mir versprochen hast, oder muss ich betteln?“

Eros trat einen Schritt näher, bis die Matratze ihn stoppte. Psyche kroch auf den Knien vorwärts, bis ihr Kopf nahe an seinem Schritt war, streckte ihre Hände nach ihm aus und packte seine Hüften, bevor sie nach oben blickte. „Sieht lecker aus.“

Ein Sturm wütete in seinen Augen und er starrte sie an, seine Hände an den Seiten verkrampft. „Dann koste ihn lieber, bevor wir beide aus diesem Traum aufwachen.“

Sie neigte ihren Kopf und leckte mit ihrer Zunge über die Spitze seines Schafts. „Das ist kein Traum.“

„Fuck!“, zischte Eros und warf den Kopf zurück.

„Das ist nur der Anfang“, murmelte sie und legte ihre Lippen um seine Schwanzspitze.

~ ~ ~

Eros blickte auf Psyches Kopf hinab und beobachtete, wie sie ihn in den Mund nahm, wobei ihre warme Zunge an der Unterseite seines Schwanzes entlangglitt und ihre Hände seine Hüften packten, um ihn an sich zu ziehen.

„Um Hades' willen!“, fluchte er. „Du bringst mich noch um!“ Denn das war etwas, was er wirklich nicht erwartet hatte, nicht beim ersten Mal zumindest. Aber es schien, dass Psyche viel abenteuerlustiger war, als er angenommen hatte.

Als Antwort auf seine Worte saugte sie nur noch fester an ihm und er hatte weder die Stärke noch die Willenskraft, sie zu stoppen. Stattdessen nahm er ihr Gesicht und streichelte sanft ihre Wangen und ihren Hals, während ihr Kopf an ihm auf und ab wippte. Ein Vergnügen so intensiv, dass er sich kaum auf seinen Beinen halten konnte, raste durch ihn. Mit jedem Lecken, jedem Auf und Ab, schien sein Schwanz mehr anzuschwellen und noch härter zu werden. Er war versucht, sie weitermachen zu lassen, bis er die Kontrolle verlor, doch dann würde er nicht herausfinden, wie es sich anfühlte, in ihr zu sein, zu spüren, wie sie ihren Höhepunkt um ihn erfuhr. Und er würde sich dieses Vergnügen um nichts in der Welt verwehren.

Stöhnend zog er sich aus ihr heraus. „Genug. Das war mehr als nur ein Vorgeschmack.“

Psyche leckte sich die Lippen, als wollte sie ihn herausfordern.

Eros legte ein Knie auf die Matratze und drückte sie langsam zurück, bis sie vor ihm lag. „Jetzt sei ein braves Mädchen, damit ich mich um dich kümmern kann.“ Er griff nach ihrem Höschen und zog daran. Sie hob ihren Po vom Bett und erlaubte ihm, sie von ihrem letzten Kleidungsstück zu befreien.

Endlich lag sie nackt vor ihm. Ausgebreitet wie ein üppiges Festmahl. Er kam zu ihr aufs Bett und glitt zwischen ihre Beine. Er beugte sich über ihren Körper und fing einen Nippel mit seinem Mund ein. Psyche bäumte sich ihm entgegen.

„Langsam, meine Schöne. Jetzt darf ich dich kosten.“ Er saugte an ihrem Nippel und leckte darüber, während er ihre andere Brust knetete. Dann machte er dasselbe mit der anderen und genoss, wie Psyche auf seine Berührung reagierte: Sie stöhnte und seufzte und ihre Beine schlangen sich um seine Oberschenkel, um ihn in ihr Zentrum zu ziehen.

„Sehr ungeduldig?“, murmelte er und blickte in ihr Gesicht.

„Es ist schon eine Weile her“, gab sie zu.

„Ich komme auch gerne gleich auf den Punkt, wenn du das möchtest.“ Beim nächsten Liebesspiel könnte er langsamer machen. Denn wenn er ehrlich war, war er ebenso ungeduldig und musste in ihr sein. Auch für ihn war es schon eine Weile her.

Statt zu antworten, zog sie seinen Kopf näher zu ihrem Gesicht. „Ich hoffe, du hast Kondome hier."

„Natürlich", antwortete er und beugte sich zum Nachttisch. „Kondom. Kommt sofort." Als er die Schublade öffnete, lag dort ein Kondom, das er gerade herbeschworen hatte. Er nahm es und riss die Verpackung auf. Er rollte zur Seite, damit er es sich überziehen konnte, doch Psyche nahm ihm das Kondom aus der Hand.

„Darf ich?"

Er blies seinen Atem hinaus. „Mögen die Götter sich meiner erbarmen."

Sie kicherte leise und das Geräusch rieselte wie eine Liebkosung seinen Rücken hinab. „Du bist etwas seltsam, Eros, weißt du das?"

„Solange du nicht denkst, dass ich schwul bin, kann ich damit leben." Dann zeigte er auf seinen Schwanz. „Willst du mich noch länger foltern?"

Lächelnd setzte sie das Kondom auf seine Schwanzspitze und rollte es mit beiden Händen darüber. Sein Atem raste bei dieser zarten Berührung aus seiner Lunge. Seine Brust hob sich. Noch eine Sekunde und es würde vorbei sein. Aber genau da ließ sie seinen Schwanz los.

„Erledigt", verkündete sie stolz.

„Gut", knurrte er und schnappte sich ihre Handgelenke, um sie sanft auf den Rücken zu legen. Er rollte über sie, stieß ihre Beine mit dem Knie auseinander und machte sich Platz. Sein Schwanz schwebte vor ihrem Zentrum und er blickte in ihre Augen. „Nächstes Mal lasse ich mir Zeit."

Mit einem Stoß drang er in ihr nasses Geschlecht ein, während ein lautes Stöhnen über seine Lippen kam. Psyche war der Himmel – oder die Hölle, je nachdem aus welchem Blickwinkel er es betrachtete. Der Himmel, weil es ihm einen Schauer aus Vergnügen durch seinen unsterblichen Körper jagte, als er spürte, wie sich ihre Muskeln um ihn legten, wie ihre Säfte ihn einhüllten und ihre Augen ihn in offensichtlicher Glückseligkeit anblickten. Doch genau dieselben Dinge bedeuteten auch die Hölle für ihn: Denn wie konnte er je etwas anderes als das wollen, was gerade in seinen Armen lag?

Er schüttelte die Gedanken ab. Seine lange Abstinenz von Sex war an allem Schuld. Sobald er sich wieder daran gewöhnt hatte, würde er sich anders fühlen.

Fest daran glaubend, fing er an, in sie zu stoßen, zog sich zurück und tauchte dann wieder in sie ein. Ihre Beine überkreuzten sich hinter seinem Po und forderten mehr, verlangten, dass er härter und fester zustieß. Und er war keiner, der einer Frau abschlug, was sie wollte.

„Ja, meine Schöne? Das gefällt dir, hm?"

„Oh Gott, ja!", rief Psyche aus und warf ihren Kopf zurück.

Er senkte seinen Mund auf ihren Hals und küsste sie, strich mit seinen Lippen über ihre heiße Haut, bis er ihren harten Nippel erreichte. Er leckte darüber und entlockte ihr ein Stöhnen. Als er seinen Kopf hob, blickte sie ihm in die Augen.

„So schön", flüsterte er und brachte seine Lippen zu ihren. „Nicht von dieser Welt." Er fing ihre Lippen ein und plünderte ihren Mund, goss all seine Leidenschaft hinein, während sich weiter unten seine Hüften vor und zurück bewegten und sie beide näher an die ultimative Ekstase trieben.

Ihr Körper bewegte sich perfekt synchron zu seinem. Ihr Stöhnen und Seufzen vermischte sich mit seinen und erfüllte das Schlafzimmer mit der Art von Musik, die nur ein Liebesspiel komponieren konnte. Schweiß perlte von Psyches weicher Haut und von seiner ebenso und machte jede Bewegung noch sinnlicher und erotischer. Zusammen waren sie perfekt. Zwei Fremde, die nur aus einem Grund zusammengekommen waren: um sich gegenseitig Vergnügen zu bereiten. So viel Vergnügen, dass Eros sich jetzt kaum noch beherrschen konnte. Er brauchte diese Erlösung, musste ins Vergessen eintauchen, doch nicht bevor Psyche ihren Höhepunkt gefunden hatte.

Er wurde langsamer, veränderte seinen Winkel und schob dann eine Hand zwischen ihre Körper. Als er ihre Klitoris fand, rieb er sie mit seinem Zeigefinger, wobei er weiterhin langsam in sie stieß. Psyches Augen weiteten sich und ihre Lippen öffneten sich für ein Stöhnen.

„Oh, ja", murmelte sie. „Oh, bitte, ja."

„Alles, was du willst", versprach er und konzentrierte sich auf Psyche, auf ihren Herzschlag, ihre Atmung und die Art, wie sich ihre Hüften bewegten, um ihm entgegenzukommen. Er erkannte den Rhythmus und bewegte sich im Einklang damit, als er bemerkte, dass ihre Atmung schneller wurde und ihr Körper sich plötzlich versteifte.

Die Kontraktionen ihres Orgasmus trafen ihn wie eine gewaltige Ozeanwelle. Ihre inneren Muskeln klammerten sich um seinen Schwanz und erwischten ihn unvorbereitet. Er stieß tief in sie und dabei fühlte er, wie sein Samen durch seine Erektion schoss und aus der Spitze explodierte.

„Fuck!", fluchte er und stieß weiter zu. Er stöhnte bei dem intensiven Vergnügen, das durch seinen Körper raste und ihn sprachlos machte. Er konnte Psyche nur anstarren und in ihre Augen blicken, sich dadurch mit ihr auf einem anderen Niveau verbinden, während ihre Körper zusammen Ekstase fanden. Der Höhepunkt, den er erlebte, schien ewig anzudauern, oder vielleicht fühlte es sich nur so an, weil es schon so lange her war, dass er eine Frau in seinem Bett gehabt hatte. Als sein Orgasmus schließlich abklang, verlagerte er sein Gewicht auf seine Ellbogen und Knie und strich eine feuchte Strähne aus Psyches Gesicht.

Er küsste sie auf die Lippen, sanft und zärtlich. „Danke. Das war atemberaubend."

Sie atmete tief ein und seufzte. „Wow." Dann kicherte sie. „Jetzt bin ich sogar noch froher, dass du nicht schwul bist."

Eros lachte. „Ich nehme an, das ist ein Kompliment?"

„Musst du wirklich fragen?" Sie legte ihre Hand auf seinen Nacken und er erkannte den Hinweis und senkte seinen Kopf, sodass er nur wenige Zentimeter von ihrem entfernt war.

„Nein, muss ich nicht. Ich kann die Antwort in deinen Augen lesen."

Er küsste sie ohne Eile. Ein paar Augenblicke später gab er ihre Lippen frei und hob sich vorsichtig von ihr. Dann rollte er sich zur Seite, sodass er das Kondom entsorgen konnte. Er zog ein Taschentuch aus einer Schachtel auf dem Nachtkästchen, um es darin einzuwickeln, und ließ es auf den Boden fallen. Als er sich wieder zu Psyche wandte, schwang sie bereits ihre Beine aus dem Bett.

„Wohin gehst du?"

Sie blickte lächelnd über ihre Schulter. „Ins Gästezimmer. Ich muss morgen früh zur Arbeit."

Er nickte.

„Ich meine, das war nur Sex. Wir haben uns darauf geeinigt", fügte sie hinzu.

„Ja, du hast recht." Er zog ihren Kopf noch einmal zu sich und drückte ihr einen schnellen Kuss auf die Lippen. „Schlaf gut."

„Gute Nacht", antwortete Psyche und stand auf.

Er sah zu, wie sie ganz ohne Scham über ihre Nacktheit ihre Kleidung zusammensammelte und sein Schlafzimmer verließ. Eros lehnte sich gegen das Kopfteil des Bettes. Psyche hatte recht. Das war nur Sex. Atemberaubender Sex. Und er würde dafür sorgen, dass dies nicht das letzte Mal war, dass Psyche Zeit in seinem Bett verbrachte. Natürlich ohne irgendwelche Bindung. Genau so, wie sie es ausgemacht hatten.

# 17

Psyche wachte auf, nachdem sie so gut geschlafen hatte wie schon lange nicht mehr. Offenbar hatte der Sex vor dem Schlafengehen sie so entspannt, dass sie sich nun total erholt fühlte. Sie verhielt sich so leise wie möglich, als sie aufstand und duschte, da sie Eros nicht wecken wollte, der sicherlich lange schlafen würde, da er nicht zur Arbeit gehen musste.

Der Gedanke an Eros brachte die Erinnerung an den letzten Abend zurück. Der Sex mit ihm war nicht von dieser Welt gewesen. Eros war ein leidenschaftlicher und aufmerksamer Liebhaber, der sich um seine Partnerin kümmerte. Wie er es versprochen hatte. Und auch wenn ihr guter Sex nicht unbekannt war, hatte der Sex mit Eros eine Sehnsucht in ihr geweckt. Ein Verlangen nach mehr. Sie seufzte und zog sich an. Sie hatten sich geeinigt, dass dies rein sexuell war, ohne irgendwelche Bedingung. So war es auch besser. Beziehungen waren ein Chaos und führten nur zu Enttäuschungen.

Bereit für die Arbeit schnappte sich Psyche ihre Tasche und ging nach unten. Der Duft von Kaffee wehte in ihre Nase, als sie das Foyer betrat. Sie drehte den Kopf und sah, wie Eros am Türrahmen zum Wohnzimmer lehnte und an einem Becher Kaffee nippte. Er trug Shorts und ein T-Shirt.

„Morgen, meine Schöne." Über den Rand der Tasse hinweg lächelte er sie an.

„Morgen, Eros. Ich hatte nicht erwartet, dass du schon so früh wach bist." Was bedeutete, dass sie nicht darauf vorbereitet war, ihm jetzt zu begegnen. Wie sollte sie sich verhalten? Lässig, als wäre nichts passiert? Würde er den letzten Abend erwähnen? Sie zuckte und blickte nervös Richtung Eingangstür.

„Du willst doch nicht ohne einen Kaffee gehen, oder?", fragte er mit netter Stimme. Er zeigte in Richtung Küche. „Komm schon, ich habe genug für uns beide gemacht."

„Nun ..." Sie zögerte. „Sicher. Kaffee klingt großartig."

Psyche folgte ihm in die Küche, wo er ihr eine Tasse einschenkte.

„Milch, Zucker?", fragte er über seine Schulter.

„Schwarz."

Er gab ihr die Tasse und sie nahm einen langen Schluck daraus, dankbar, dass es sie wenigstens für ein paar Sekunden davor rettete, etwas sagen zu müssen.

„Mein Klempnerfreund hat sich gerade gemeldet", sagte Eros. „Er fängt heute mit deiner Wohnung an."

„Heute?" Eros hatte nicht erwähnt, dass er schon nach einem Klempner für sie gesucht hatte. „Wie hoch ist sein Stundenlohn?“

„Mach dir darüber keine Gedanken. Ich habe doch gesagt, dass ich mich darum kümmere.“

„Nein, du hast gesagt, dass du mir dabei *hilfst*, das zu regeln. Das bedeutet nicht, dass du für den Klempner zahlen musst.“ Denn das konnte sie nicht annehmen. Das wäre genauso, als würde sie Geld von ihm annehmen.

„Ich bezahle ihn nicht. Er schuldet mir noch einen Gefallen.“

Ungläubig schüttelte Psyche den Kopf. „Muss ein ziemlich großer Gefallen sein.“

Eros grinste. „Sagen wir einfach, dass er mir ewig dankbar ist, weil ich ihm aus einer heiklen Situation geholfen habe.“

„Ich weiß nicht, wie ich dir danken soll.“

Sein Blick fixierte sich auf ihr Gesicht und er drückte sich vom Tresen weg. Ohne den Augenkontakt zu brechen, näherte er sich ihr, bis er nur noch ein paar Zentimeter entfernt war. Sie schluckte nervös.

„Du musst mir nicht danken“, murmelte er verführerisch und ihre Knie wurden nur durch diese paar Worte und einen brennenden Blick weich. Er beugte sich zu ihr und brachte seinen Mund an ihr Ohr. „Du musst keine Gegenleistung für meine Hilfe erbringen, außer vor meinen Freunden weiter meine Freundin zu spielen.“ Er machte eine kurze Pause und fügte dann hinzu: „Aber ich werde dich nicht davon abhalten, wenn du mir deine Dankbarkeit auf die eine oder andere Weise zeigen *willst*, sei es, indem du meine Pflanzen gießt oder durch irgendetwas anderes, was du als ... angemessen empfindest.“

Sein heißer Atem an ihrem Ohr ließ ihren Puls rasen und machte ihre Nippel zu harten Punkten. Als er wieder zurücktrat, rang sie nach Luft. Eros’ Blick wanderte zu ihrer Brust. Ein Lächeln formte sich auf seinen Lippen und er hob seine Augen wieder zu ihrem Gesicht. Ihr wurde sofort klar, dass er bemerkt hatte, dass ihre Nippel sich durch ihr T-Shirt abzeichneten.

„Dieser Anblick alleine ist hundert Klempner wert.“

Ihre Hand zitterte, als sie die halbleere Kaffeetasse auf den Tresen stellte. „Ich sollte wirklich los.“

„Ich wünsche dir einen schönen Tag in der Arbeit.“

„Danke.“ Sie drehte sich schnell um.

„Oh und dein Truck ist repariert“, rief er ihr hinterher.

Sie blickte über ihre Schulter. „Wirklich?“ Sie hatte schon damit gerechnet, wieder den Bus zu ihrem Laden nehmen zu müssen.

Eros zwinkerte ihr zu. „Ein Gefallen, den ich eingefordert habe. Es war nur der Anlasser. Nichts Großes.“

„Ich weiß wirklich nicht, wie –“ Sie stoppte sich, als sie sein verschmitztes Grinsen sah.

„Wie ich schon sagte ...“ Es schien, als würde er es genießen, sie mit sexuellen Anspielungen zu reizen.

Mit hochrotem Gesicht eilte sie aus dem Haus. Draußen war sie dankbar für die frische Morgenluft, die ihr half, ihren heißen Körper abzukühlen. Noch eine Sekunde in Eros' Nähe und sie hätte ihn gleich in der Küche besprungen. Wieso hatte dieser Mann so eine Wirkung auf sie? Sie kannte ihn kaum und sie konnte ihre Finger bereits nicht mehr von ihm lassen. Was passierte mit ihrem nüchternen Kopf? Mit ihrem Entschluss, sich nicht gefühlstechnisch einzulassen? Sie musste sich zusammenreißen. Eros wollte keine Beziehung. Er hatte das von Anfang an klar gemacht. Genauso, wie auch sie keine Beziehung wollte.

Es waren wahrscheinlich nur die Auswirkungen der starken physischen Anziehung zwischen ihnen, dem Verlangen, das unter der Oberfläche schlummerte und sie beide wie geile Teenager handeln ließ. Das würde sich bald legen; sie würden das Interesse aneinander verlieren, sobald der Reiz des Neuen abklang.

Davon überzeugt ging sie zu ihrem Truck, der beim ersten Versuch startete. Dankbar dafür, dass Eros ein weiteres Problem gelöst hatte, parkte sie aus und fuhr davon.

~ ~ ~

Eros hatte gerade den Rest des Kaffees in die Spüle gekippt, als es an der Tür klingelte. Er zog eine Augenbraue hoch. Er hatte nur selten Besucher, doch als er nach der Türklinke der Eingangstür griff, konnte er bereits spüren, wer davor stand.

Er öffnete die Tür. „Warum so formell?“, fragte er Hermes, der draußen stand und geduldig wartete.

Hermes spähte ins Innere des Hauses. „Ich war mir nicht sicher, ob du alleine bist oder nicht. Ich wollte nicht, du weißt schon ...“

„Ich bin alleine.“ Eros trat beiseite und ließ den Götterboten eintreten.

Hermes marschierte hinein, wobei seine geflügelten Sandalen unter seiner langen Hose hervorblitzten. Er ging nirgends ohne sie hin. Und das aus gutem Grund: Wenn die Sandalen sich nicht in seinem Besitz befanden oder im Besitz irgendeines Gottes, wären alle Götter unfähig zu teleportieren. Das war einmal der Fall gewesen, als seine Sandalen von einer Sterblichen gestohlen worden waren, und Hermes würde sicherstellen, dass sich dieser Vorfall nicht noch einmal wiederholte. Hermes war sogar noch einen Schritt weiter gegangen: Er hatte die Diebin geheiratet. Sein alter Freund war absolut gründlich.

„Wie geht es dir?“, fragte Hermes beiläufig, als er in die Küche ging und den Kühlschrank öffnete, als würde er hier wohnen.

„Gut. Dir?“

Hermes wollte Neuigkeiten hören, so viel war offensichtlich. Doch Eros würde es ihm nicht einfach machen. Wenn er sicherstellen wollte, dass seine

Freunde glaubten, dass er mit Psyche zusammen war, musste er so tun, als würde er es ihnen verheimlichen wollen. Bei seinen Freunden musste er umgekehrte Psychologie anwenden.

„Gut, gut.“ Hermes blickte sich in der Küche um und seine Augen fielen auf zwei Kaffeetassen, die in der Spüle standen. Er grinste und zeigte darauf. „Du hattest wohl jemanden zu Besuch, der hier geschlafen hat.“

Eros zuckte mit den Schultern, doch weder verleugnete er die Vermutung seines Freundes, noch bestätigte er sie. „Was willst du?“

„Nun, wir haben heute Abend eine kleine Party. Um Pennys erstes Jahr als Professorin an der Uni zu feiern. Nur einige Pärchen. Ich habe mich gefragt, ob du kommen möchtest.“

„Ich dachte, das war vor ein paar Tagen. Hast du mir nicht gesagt, dass du Hera zum Babysitten überredet hast, damit du und Penny auf irgendeine Lehrstuhl-Sache gehen konntet?“

„Da waren wir auch. Aber das hier ist eine private Veranstaltung, nicht wie die große Feier, die ihre Abteilung ausgerichtet hat. Das ist nur für uns und unsere Freunde.“

„Hmm. Ich nehme an, ihr plant das schon einige Zeit?“

Hermes hob verteidigend seine Hände. „Ehrlich gesagt wollte ich dich schon früher einladen, aber Penny meinte, dass du dich vielleicht nicht wohlfühlst, weil nur Pärchen kommen. Aber heute dachte ich, naja, dass das dumm ist. Also dachte ich, was, wenn ich diese neue Dozentin einlade, die in Pennys Abteilung arbeitet, damit du nicht der einzige Single dort bist? Sie hat wirklich eine tolle Persönlichkeit.“

Eros schüttelte den Kopf. „Wirklich? Hermes, wirklich? Du denkst, dass ich mir kein Date für eine Party besorgen kann, das besser ist als jemand mit einer *tollen Persönlichkeit*?“ Denn er wusste nur zu gut, wofür *tolle Persönlichkeit* stand und was Hermes versuchte: ihn dazu zu bringen, zuzugeben, dass er mit jemandem ging – was Eros zufälligerweise in die Hände spielte. Er würde sich keinen Vorwand einfallen lassen müssen, wie er eine weitere Show mit seiner falschen Freundin inszenieren konnte.

„Nein, natürlich nicht. Aber so wie es momentan bei dir läuft, wollte ich nicht ...“

„Ich bringe ein Date mit.“ Eros scheuchte Hermes Richtung Tür. „Jetzt raus hier. Ich muss einiges erledigen.“

Hermes ging zur Haustür. „Punkt sieben Uhr.“

„Kochst du?“, rief Eros ihm hinterher.

„Natürlich. Mit etwas Hilfe von oben.“

Er war nicht überrascht, dass Hermes sich auf die Hilfe der Feen, der kleinen Diener der Götter, verlassen würde. Was ihn an etwas erinnerte: Sein Haus musste auch etwas aufgeräumt werden.

„Feen“, rief er und einen Augenblick später tauchten drei der winzigen, magischen Kreaturen vor ihm auf. Sie hätten menschlich ausgesehen, hätten sie nicht zarte glitzernde Flügel auf dem Rücken gehabt.

„Wie können wir Euch dienen, oh mächtiger Gott Eros?“, fragten sie im Einklang.

„Macht die Betten, putzt die Bäder und räumt auf. Ich muss mich um ein paar Sachen kümmern.“

Die drei Feen verbeugten sich wie ein Synchronschwimmteam. „Es wird erledigt, oh mächtiger Gott Eros.“

Eros lächelte. Es war spitze, ein Gott zu sein.

# 18

Eros nahm Psyches Hand, als er vor Hermes' Haus halt machte. Die Sonne war bereits untergegangen, doch ein Bewegungsmelder schaltete das Licht ein und erhellte den Eingang. Er wandte sich zu Psyche. Sie sah umwerfend aus in ihrem einfachen schwarzen Kleid, das sich wie ein Handschuh um ihre Figur schmiegte. Das Essen durchzustehen, ohne sie in eine intime, dunkle Ecke zu zerren, würde eine ziemliche Herausforderung darstellen.

„Spielen wir alles etwas herunter, so als würden wir keine große Sache aus der Tatsache machen, dass wir zusammen sind."

„Wenn du denkst, dass das funktionieren wird", sagte sie.

„Alles, was zu offensichtlich ist, wird sie vermuten lassen, dass wir sie austricksen wollen. Und pass auf: Meine Freunde haben wahrscheinlich ihren Frauen aufgetragen, dich in die Enge zu treiben und über uns beide auszufragen. Wenn sie das tun, sag einfach, dass es noch zu früh ist, um zu sagen, wo das hinführt und dass wir uns noch kaum kennen." Was sowieso stimmte. Es ging niemanden etwas an, wie intim sie sich in der letzten Nacht kennengelernt hatten. Außerdem war das etwas anderes als ihre vorgespielte Beziehung und hatte mit ihrer Abmachung nichts zu tun.

„Ich bin bereit", flüsterte sie.

Eros nickte und klingelte an der Tür. Er hatte kaum genug Zeit, um durchzuatmen, bevor die Tür von Ariadne, die ihren Sohn Thoas in den Armen hielt, geöffnet wurde. Der Junge trug seinen Schlafanzug. Sie wirkte etwas erschöpft. Musik und Stimmen kamen aus dem Wohnzimmer und das Klirren von Geschirr war in der Küche zu hören.

„Oh hi, Eros", sagte sie und warf dann Psyche ein Lächeln und ein Nicken zu. „Kommt rein."

Eros legte seine Hand auf Psyches Kreuz und geleitete sie hinein, dann schloss er die Tür hinter ihnen.

„Psyche, das ist Ariadne, Dionysos' Frau. Ari, das ist Psyche."

Ari nickte. „Hi Psyche, freut mich, dich kennenzulernen. Dio hat erwähnt, dass er euch vor kurzem getroffen hat."

„Freut mich auch, Ariadne." Psyche streckte zögerlich die Hand aus. „Ich wusste nicht, dass Dio kurz für Dionysos ist."

Eros wechselte einen flüchtigen Blick mit Ari, um ihr anzuzeigen, dass er sich darum kümmern würde. „Ja, komischer Name, aber alle nennen ihn einfach Dio."

Thoas war quengelig und wand sich in den Armen seiner Mutter und Eros war ausnahmsweise froh, dass Dios Sohn als Ausrede diente, nicht weiter auf Dios' vollen Namen einzugehen.

Ari warf Psyche einen entschuldigenden Blick zu. „Sorry, ich würde dir gerne die Hand schütteln, aber ich muss diesen Jungen nach oben bringen. Wir konnten so kurzfristig keinen Babysitter finden, also mussten wir ihn mitbringen. Entschuldigt mich." Sie setzte einen Fuß auf die Treppe. „Oh, und die Küche ist momentan tabu. Du weißt, wie Hermes ist, wenn er kocht."

Oh ja, Eros wusste nur zu gut, wie Hermes kochte: Er gab Befehle und die Feen führten sie penibel aus.

Während Ari nach oben eilte, drehte Eros sich zu Psyche und flüsterte ihr ins Ohr: „Genau, wie ich angenommen hatte. Sie haben diese Party organisiert, nachdem Dio uns in dem Restaurant gesehen hat. Sie wollen sehen, ob ihr Verkupplungsversuch funktioniert hat oder ob sie mir noch eine andere Frau in den Weg werfen müssen."

Psyche seufzte. „Sind deine Freunde wirklich so hinterhältig?"

Eros zog einen Mundwinkel hoch und neigte den Kopf. „Wenn du meine Freunde kennen würdest, würdest du diese Frage nicht einmal stellen." Dann zeigte er auf den Ursprung der Stimmen. „Komm, lass mich dich allen vorstellen."

An der Tür zum Wohnzimmer stoppte Eros und spähte hinein. Er sah die anderen Götter, Dio und Triton, sowie Sophia und Penny, Hermes' Frau. Aber es waren mehr Gäste anwesend, als er erwartet hatte: Francesca, eine von Sophias Freundinnen, war mit einem Mann im Schlepptau gekommen, und da war noch ein zweites Pärchen, wahrscheinlich Freunde von Hermes oder Penny. Er musste es ihnen lassen, sie scheuten keine Mühen, wenn sie etwas unbedingt wollten. Die Frage war nur: Warum wollten sie, dass er wieder in einer Beziehung war?

Dio erblickte sie plötzlich und winkte, wodurch er den Rest der Gäste auf Eros und Psyche aufmerksam machte.

Eros' Hand war immer noch auf Psyches Rücken, als er sie in den Raum führte. „Hey, Leute. Sind wir zu spät?"

„Eros, wurde auch Zeit", sagte Dio und blickte Psyche grinsend an. „Freut mich, dich wiederzusehen, Psyche."

„Guten Abend zusammen", entgegnete Psyche. Sie lächelte Triton und Sophia an. „Hi, schön euch zu sehen."

Sophia lächelte warmherzig. „Hi, Psyche." Dann drehte sie den Kopf zu Eros. „Eros, warum stellst du deine Begleitung nicht vor?"

„Sicher, wo sind meine Manieren?", antwortete er. „Das ist Psyche, ähm ..." Er zögerte absichtlich, bevor er hinzufügte: „Eine Freundin. Psyche, das sind meine Freunde: Triton und Sophia kennst du ja. Und Dio hast du auch schon kennengelernt." Dann zeigte er auf Penny. „Das ist Penny, Hermes' Frau und unsere Gastgeberin."

Psyche machte einen Schritt auf Penny zu und schüttelte deren Hand. „Vielen Dank für die Einladung. Du hast ein wirklich schönes Haus.“

„Danke, ich bin froh, dass du kommen konntest.“

Eros blickte Francesca und ihr Date an. „Das ist Francesca, eine gute Freundin von Sophia.“ Er sprach Francesca direkt an. „Wir haben uns schon ewig nicht mehr gesehen. Du siehst großartig aus! Aber ich kenne deine Begleitung nicht.“

Francesca zeigte auf den Mann neben ihr. „Oh, ich dachte, du kennst Leo. Wir arbeiten zusammen.“

„Hi, Leo, freut mich, dich kennenzulernen“, sagte Eros höflich, bevor Psyche die beiden begrüßte. Dann drehte sich Eros zu dem anderen Paar im Raum und streckte die Hand aus. „Ich glaube, wir kennen uns noch nicht.“

Penny übernahm die Vorstellung. „Das sind unsere Nachbarn, Rick und Barbara.“

Eros schüttelte ihnen die Hände. „Freut mich, euch kennenzulernen.“

Psyche tat dasselbe.

Dann war einen Augenblick lang Stille im Raum, bevor Penny sagte: „Wie wäre es mit etwas zu trinken? Dio, warum machst du nicht noch eine Flasche auf?“

Während dieser dem Vorschlag nachkam, lächelte Penny Psyche wieder an. „Das Abendessen sollte in ein paar Minuten fertig sein.“ Sie zeigte auf die Tür, die zur Küche führte. „Ich sehe mal nach, wie lange es noch dauert.“

Als einige Minuten später alle ihre Getränke in den Händen hielten, kam Ariadne wieder ins Wohnzimmer.

Sie schnappte sich das Glas ihres Ehemannes und nahm einen großen Schluck. „Puh, das habe ich gebraucht. Dio, schenkst du mir bitte noch ein Glas ein?“ Dann drehte sie sich um und reichte Psyche die Hand. „Sorry, ich konnte dich vorhin nicht richtig begrüßen, aber wenn Thoas müde ist, ist er etwas anstrengend.“

„Wie alt ist er?“, fragte Psyche höflich.

Ari lachte. „Dreiundzwanzig Monate, aber er meint, er ist schon fünf Jahre alt.“

„Er wird wirklich schnell groß“, warf Eros ein, um an der Unterhaltung teilzunehmen.

„Er ist der schlauste kleine Junge der Welt“, sagte Dio und gab seiner Frau ein Glas Wein.

Eros verdrehte die Augen und zwinkerte Psyche zu. „Nur Dio kann so etwas behaupten und damit durchkommen.“

Psyche kicherte leise und das Geräusch sandte ein angenehmes Kitzeln Eros’ Wirbelsäule hinab. „Würde das nicht jeder Vater tun?“ In ihren Augen lag ein heiteres Funkeln.

„Siehst du“, antwortete Dio mit stolzgeschwellter Brust. „Deine Freundin versteht das.“

Eros räusperte sich und blickte Dio eindringlich an. „Psyche und ich sind nur –“

„Essen ist fertig“, unterbrach Penny aus der Tür zur Küche.

~ ~ ~

Psyche spürte während der lebhaften Unterhaltung am Esstisch, wie ihre Nervosität dahinschmolz. Alle von Eros’ Freunden waren gewitzt, klug und gelegentlich laut. Aber hauptsächlich waren sie charmant und überaus freundlich zu ihr und bezogen sie in jede ihrer Unterhaltungen ein, so als würden sie sie schon jahrelang kennen. Sie spürte ihre Beziehung zueinander, ihre Freundschaft und den gegenseitigen Respekt, obwohl die Männer ständig verbale Seitenhiebe austauschten. Die Frauen lachten und verdrehten gelegentlich die Augen über das ungestüme Benehmen ihrer Ehemänner, wenn klar war, dass sie mit ihren Geschichten wieder mal übertrieben.

Psyche hatte schon lange nicht mehr so viel Spaß gehabt und ihr wurde klar, dass trotz der vielen Bekannten, die sie in Charleston hatte, seit sie hierher gezogen war, keiner davon wirklich ein enger Freund war. Was Eros hier hatte, war anders. Es fühlte sich wie eine Familie an und als sie diese als Außenstehende betrachtete, empfand sie eine Sehnsucht nach derselben Art von Zugehörigkeit.

Eine Sache hatte sie jedoch überrascht, als sie zuvor einander vorgestellt worden waren: Ihr war plötzlich aufgefallen, dass alle von Eros’ Freunden griechische Namen hatten, genau wie Eros selbst. Und nicht nur das. Aus dem wenigen Wissen, das sie über griechische Mythologie hatte, glaubte sie sich zu erinnern, dass Eros, Hermes und Dionysos die Namen von griechischen Göttern waren. Bei Triton war sie sich allerdings nicht sicher, doch es hatte einen Triton in einem Meerjungfrauenfilm gegeben, und soweit sie wusste, war auch dieser ein Gott gewesen. Seltsam.

„Ist alles in Ordnung?“, murmelte Eros plötzlich, während Triton und Hermes am anderen Ende des Tisches einen Witz erzählten und sich ständig unterbrachen und behaupteten, dass ihre Version die richtige war.

„Ja, es ist toll hier.“ Sie blickte in seine Augen. „Sie sind alle sehr nett.“ Sie beugte sich näher zu ihm. „Bist du sicher, dass sie es nicht verstehen würden, wenn du es ihnen einfach sagst –“ Seine Hand, die ihren Arm drückte, stoppte sie.

„Ich kenne meine Freunde.“ Dann lachte er leise. „Außerdem hat so jeder Spaß.“

Psyche lachte leise. „Du bist schrecklich.“

„Ich weiß.“ Langsam ließ er seine Hand unter den Tisch gleiten und legte sie auf ihren Oberschenkel. „Ich kann sogar noch schlimmer sein.“

Ein Schauer raste durch sie. Sowohl seine Berührung als auch seine Worte entzündeten einen Funken in ihr. „Benimm dich“, flehte sie.

„Werde ich – solange wir hier sind. Aber sobald wir gehen ...“ Er ließ den Satz in der Luft hängen und zog seine Hand weg. Dann, als wäre nichts passiert, hob er sein Glas. „Wir haben noch nicht auf Penny angestoßen.“

Alle erhoben ihre Gläser.

„Herzlichen Glückwunsch zu deinem ersten Jahr als Professorin“, sagte Eros.

Alle Gäste stießen mit Penny an und wiederholten die Glückwünsche.

„Ich danke euch allen so sehr“, sagte Penny überglücklich. „Aber ich hätte das ohne meinen wundervollen Ehemann, der mich immer unterstützt, nie geschafft.“ Sie lehnte sich über den Tisch und Hermes kam ihr entgegen und küsste sie zärtlich.

„Auf die beste Professorin griechischer Mythologie der Welt!“, sagte er laut und fügte dann leise hinzu, „und die wundervollste Frau, die ein Mann nur haben kann.“

„Okay ihr zwei, nehmt euch ein Zimmer“, schlug Eros grinsend vor.

Psyche nahm einen Schluck aus ihrem Glas. Penny unterrichtete griechische Mythologie? Wie standen die Chancen, dass eine Professorin für griechische Mythologie ausgerechnet einen Mann heiratete, der nach einem griechischen Gott benannt war?

Hermes drehte den Kopf. „Ich habe eine bessere Idee. Wie wäre es, wenn ihr alle abhaut?“

Penny stand auf und schüttelte lachend den Kopf. „Du bist schrecklich. Wir haben doch noch ein Dessert!“

Ihr Ehemann zuckte mit den Schultern und lachte. „Sie können es nach Hause mitnehmen.“

Immer noch lachend ging Penny in die Küche. Hermes schnitt eine Grimasse. „Ihr bekommt eure Nachspeise, bevor ich meine bekomme.“

Der ganze Tisch brach in schallendes Gelächter aus, als Psyche plötzlich eine Bewegung im Flur bemerkte. Sie wandte ihren Kopf. Eine umwerfend schöne Frau mit langen dunklen Haaren stand am Eingang zum Esszimmer. Sie trug eine enge Jeans, die ihre schlanke Figur betonte, und eine reizende Tunika, die in verschiedenen Gold- und Silbertönen schimmerte. Sie sah aus, als wäre sie Ende zwanzig, Anfang dreißig. Ihre Augen suchten das Esszimmer ab, bevor sie schließlich auf Hermes fielen und sie ihre Anwesenheit ankündigte.

„Hermes?“

Alle drehten die Köpfe und das Gelächter verstummte.

Hermes sprang auf, als wäre er von einer Hornisse gestochen worden. „Oh, Hera, stimmt etwas nicht mit Panos?“

„Nein, nein“, sagte sie schnell. „Er schläft jetzt. Ich glaube, es ist an der Zeit, dass ich gehe.“

Da stand Sophia auf und schnappte sich ein paar Teller. „Ich mache besser

Platz fürs Dessert“, sagte sie.

Psyche erhob sich ebenfalls, da es ihr komisch vorgekommen wäre, nicht zu helfen. „Lass mich dir helfen.“ Sie sammelte ein paar Teller ein und folgte Sophia in die Küche, doch hielt am Eingang an, da sie die Augen der Fremden auf sich spürte. Sie blickte sich um; die Frau sah sie von oben bis unten an, als würde sie sie mustern. Eingeschüchtert durch den Blick betrat Psyche die Küche. Sie stapelte die Teller in der Spüle, wo auch Sophia ihre Teller abgestellt hatte.

„Weißt du, was mir heute aufgefallen ist, Sophia?“, fragte Psyche leise.

Sophia drehte den Kopf und sah sie erwartungsvoll an. „Was?“

„Dein Ehemann und Eros und ihre beiden Freunde haben alle die Namen griechischer Götter. Ist das nicht komisch?“

Sophia zögerte eine Millisekunde, bevor sie antwortete: „Oh ja. Weißt du, das sind vielleicht ganz normale Namen in Griechenland, wo sie herkommen. Wie John und Paul bei uns.“

„Ich wusste nicht, dass sie alle aus Griechenland stammen.“

„Oh ja, ihre Familien sind hier eingewandert, als sie noch Kinder waren.“

Psyche nickte. „Das macht Sinn.“

Als sie sich umdrehte, sah sie plötzlich die schöne Frau in die Küche kommen und auf Penny zugehen. „Ich wollte nur gute Nacht sagen.“

Penny trat vom Tresen weg und wischte sich die Hände an einem Geschirrtuch ab, bevor sie der Frau entgegenging. „Hera, ich bin dir so dankbar, dass du heute auf Pan und Thoas aufpassen konntest.“

Hera lächelte und blickte neugierig zu Psyche. „Jederzeit. Die zwei sind einfach allerliebst.“

„Und sie lieben dich“, sagte Penny.

„Und warum sollten sie das nicht, ich bin ja ihre –“

„Ihre Nanny. Du hast recht“, unterbrach Penny und umarmte sie.

„Nun dann. Ich gehe besser.“ Hera drehte sich um und verließ die Küche.

Psyche bemerkte, wie ihr Mund aufklaffte. „Das ist eure Nanny? Ich würde keine Nanny wollen, die so umwerfend aussieht wie sie. Machst du dir keine Sorgen, dass dein Ehemann sie ... du weißt schon ... attraktiv findet?“

„Oh, ich hatte fast vergessen zu sagen: Wenn ich Montag auf Pan aufpassen soll, ruf mich an.“

Psyche wirbelte herum. Hera war zurückgekommen. Hatte sie gehört, was Psyche gesagt hatte? Wenn ja, schien sie deshalb nicht verärgert zu sein. Nein, stattdessen lächelte sie Psyche wohlwollend an.

„Oh, und schön, dich kennenzulernen. Psyche, stimmt's?“ Sie streckte ihr die Hand zum Gruß entgegen.

Erstaunt schüttelte Psyche sie. „Freut mich auch“, schaffte sie fast atemlos herauszupressen. Scham übermannte sie.

„Ich bin sicher, dass wir uns wiedersehen. Bis dann.“ Schließlich verließ sie den Raum.

Langsam drehte sich Psyche wieder zu Penny und ertappte diese dabei, wie sie ein Grinsen mit Sophia austauschte.

„Sie mag dich“, sagte Sophia.

Psyche runzelte die Stirn. „Das bezweifle ich. Sie muss mich gehört haben.“

Penny kicherte. „Jede Frau hört gerne, wenn eine andere sagt, dass sie schön ist.“

„Ja, aber ich habe sie praktisch beleidigt, indem ich angedeutet habe, dass sie vielleicht deinen Ehemann verführen will.“

Sowohl Sophia als auch Penny lachten laut. Sie konnten sich kaum beherrschen.

„Was ist hier so lustig?“

Psyche drehte den Kopf zu dem Mann, der gesprochen hatte: Hermes.

„Psyche dachte nur, dass unsere Nanny dich vielleicht verführen will“, antwortete Penny während ihres Lachanfalls.

„Unsere Nanny?“

„Hera“, sagte Penny.

„Hera? Das ist lustig.“ Er drehte sich in der Tür um, um sich an die Gäste im Esszimmer zu wenden. „Wollt ihr etwas wirklich Komisches hören, Leute?“

Kurz darauf brachen Triton, Eros, Dionysos und Ariadne in schallendes Gelächter aus. Nur das Nachbarpärchen und Francesca und ihr Date lachten nicht, doch zumindest lächelten sie höflich. Was war so lustig an Psyches Vermutung, dass eine schöne junge Frau wie Hera eine Versuchung für einen Mann wie Hermes darstellen konnte? Sicherlich musste ihm doch Heras Aussehen auffallen? Selbst Psyche, eine heterosexuelle Frau, hatte es kaum geschafft, ihre Augen von solch körperlicher Perfektion zu nehmen. Einem Mann würde das noch schwerer fallen, egal wie gut seine Ehe war oder wie loyal er seiner Frau gegenüber war.

„Zeit für die Nachspeise“, sagte Penny hinter ihr und unterbrach ihre Gedanken bezüglich der wunderschönen Nanny.

# 19

Eros folgte Psyche in das dunkle Foyer seines Hauses und schloss die Tür hinter sich.

Endlich alleine.

Obwohl der Abend in Hermes' Haus angenehm und zeitweise sogar sehr lustig verlaufen war, hatte es ihn geiler als einen Seemann auf Landgang gemacht, Psyche den ganzen Abend in ihrem figurbetonten schwarzen Kleid anzusehen. Jetzt war die einzige Frage nur: Hatte Psyche Interesse daran, heute Nacht das Bett mit ihm zu teilen?

Psyche stand am Fuße der Treppe, mit einer Hand am Geländer. Er trat hinter sie und legte seine Hand auf ihre. Er senkte sein Gesicht zu ihrem Hals und blies gegen ihre Haut. Sie zitterte, wich jedoch nicht zurück. Langsam schlang er seinen anderen Arm um ihre Taille und zog sie zu sich, bis sie flach an seine Brust gedrückt war.

„Ich weiß ja nicht, wie es dir geht", murmelte er, „aber ich bin noch nicht müde."

Er spürte plötzlich, wie sie ihren Po gegen seinen Unterleib presste, was ihn ungewollt aufstöhnen ließ.

„Ich auch nicht", sagte sie und rieb sich an ihm.

„In diesem Fall fällt mir etwas ein, womit wir uns die Zeit vertreiben könnten." Seine Hand wanderte ihren Bauch hinab und hielt auf ihrem Venushügel an. „Natürlich nur, falls du genauso denkst."

Sie legte ihren Kopf an seine Schulter. „Woran hast du gedacht?"

„Warum schiebst du dein Kleid nicht etwas hoch, damit ich es dir zeigen kann?"

Mit beiden Händen zog sie Zentimeter für Zentimeter ihr Kleid hoch, bis der Saum kaum mehr ihr Höschen bedeckte. „So?"

„Das ist perfekt", lobte er und strich mit der Hand über ihren Slip. Dann schob er langsam seine Finger unter den Stoff. Er kämmte durch ihr Schamhaar, bis er ihre warmen Falten erreichte. Feuchtigkeit begrüßte ihn. „Hmm." Er strich den einladenden Spalt entlang und genoss das Gefühl. „Ich dachte daran, dich kommen zu lassen. Ist das etwas, auf das du Lust hättest?"

„Das klingt großartig." Sie drückte ihr Becken gegen seine Hand.

„Zieh deinen Slip aus", befahl er.

Sie wand sich aus dem Kleidungsstück und ließ es zu Boden fallen. Er drehte sie zu sich und drückte sie sanft gegen die Wand neben der Treppe.

„Stell deinen Fuß auf die zweite Stufe", verlangte er.

Sie beobachtete ihn von unter ihren langen Wimpern hervor und tat, um was er gebeten hatte, während Eros ihr Kleid bis zu ihrer Taille hinaufschob. Ihre Wangen erröteten und er musste lächeln. Das gefiel ihm an ihr, die Tatsache, dass immer noch etwas Unschuld in ihr war, auch wenn sie seinen perversen Wünschen nachgab.

Durch einen Fuß auf der zweiten Stufe waren ihre Beine nun gespreizt und ihr Geschlecht war seinen Blicken ausgesetzt. Er sah ihr in die Augen, kniete sich vor sie und brachte seinen Kopf auf gleiche Höhe mit ihrem Becken. Sie brach den Blickkontakt nicht, sondern schaute mit Augen wie Seen aus geschmolzenem Verlangen auf ihn hinab.

„Ich hatte gestern Abend keine Chance, dich zu kosten", murmelte er und senkte sein Gesicht zu ihrem Zentrum, wo er ihren weiblichen Duft einatmete. Er presste ihr einen Kuss auf ihr heißes Fleisch und spürte, wie sie erbebte. Er ergriff ihren Oberschenkel und öffnete sie weiter, zwang sie, ihr Bein auf die dritte Stufe zu stellen. Dann leckte er über ihren Spalt, sammelte ihre Säfte mit seiner Zunge auf und verteilte sie nach oben zu ihrer Klitoris.

Psyche stöhnte und das Geräusch hallte im Foyer wider. „Eros, oh mein Gott!"

Ihre Reaktion spornte ihn noch weiter an und er fing an, sie intensiv zu erforschen. Hungrig leckte und saugte er, wischte mit seiner Zunge über ihre weichen Falten und zog das geschmeidige Fleisch zwischen seine Lippen. Er tauchte seine Zunge in ihren Schlitz und trank ihren Honig, wobei er auf ihr Stöhnen und Seufzen lauschte, während sich ihre Finger in seine Schultern gruben und ihr Becken, hungrig nach mehr Reibung, gegen seinen Mund drückte.

Er liebte es, wie sie sich gehen ließ, ihren fleischlichen Gelüsten nachgab und ihm erlaubte, sie ohne Einschränkung zu befriedigen. Zu fühlen, wie sie in seinen Händen zu Brei wurde, erregte ihn wie nichts anderes. Er konnte spüren, wie sein Schwanz mit jeder Sekunde härter wurde und sein eigenes Bedürfnis nach Erlösung außer Kontrolle geriet. Doch er war entschlossen, seinem eigenen Verlangen nicht nachzugeben, bevor er ihres befriedigt hatte.

Psyches Herz schlug nun schneller und ihre Brust hob sich. Sie keuchte, als würde sie auf eine Ziellinie zusprinten. Er spürte, wie kurz davor sie war, fühlte das geschwollene Bündel aus Nerven unter seinen Lippen und seiner Zunge und verdoppelte seine Anstrengungen, ihr die Erlösung zu verschaffen, nach der sie sich sehnte. Er nahm seine Finger zu Hilfe, leckte und saugte und streichelte sie, wobei er dem Rhythmus ihres Körpers folgte, bis sie sich schließlich versteifte und ein Zittern ihren Körper erbeben ließ. Ihre Knie gaben nach. Er fing sie und hielt sie fest, damit sie nicht stürzte, während sie ihren Orgasmus durchlebte.

Als ihr Zucken abklang, glitt er langsam ihren Körper hinauf und zog sie an sich.

„Eros, das war ..." Ihre Stimme verstummte.

„Ich weiß.“ Er hob sie in seine Arme und fing an, sie nach oben zu tragen.

Sie schmiegte ihren Kopf an seine Brust und seufzte, und die Geste erwärmte sein Herz. In seinem Schlafzimmer legte er sie aufs Bett und schaltete eine der Nachttischlampen ein. Ohne ein weiteres Wort zu sagen, zog er sie aus und legte dann seine eigene Kleidung ab, sodass sie beide nackt waren. Sein Schwanz war vollgepumpt mit Blut und wölbte sich zu seinem Nabel hinauf.

Psyches ganzer Körper war gerötet. Ihre Haut schien zu glitzern und sie blickte jetzt mit einem einladenden Funkeln in den Augen zu ihm auf. Sie winkelte ein Bein an und zog seine Aufmerksamkeit auf ihr Geschlecht, während sie ihre Arme nach ihm ausstreckte. Doch bevor sie ihn an sich ziehen konnte, packte er sie an den Knöcheln und drehte sie, sodass sie auf dem Bauch lag.

Ihr überraschtes Keuchen wurde von einem Kissen erstickt. Als sie den Kopf hob, zog Eros bereits ihre Hüften hoch und positionierte sich zwischen ihren Schenkeln.

Ihr Kopf wirbelte zu ihm. „Kondom!“

Verdammt, er hatte dieses lästige Ding fast vergessen. Nicht dass er es brauchte. Ein Gott konnte entscheiden, welche Art Samen er vergoss, wodurch er kontrollieren konnte, ob er eine Frau schwängerte oder nicht. Doch um seine Tarnung aufrechtzuerhalten, musste er weiterhin ein Kondom benutzen. Er beugte sich schnell zum Nachtkästchen und nahm eines heraus. Er zog es über und kehrte wieder an seine ursprüngliche Position zurück.

„Wo waren wir?“, fragte er gelassen, gab ihr jedoch keine Chance zu antworten. Stattdessen stieß er nach vorne und tauchte in ihre honigüberzogene Scheide ein und grub sich tief in ihr warmes und feuchtes Zentrum. „Oh ja, jetzt erinnere ich mich. Ich wollte dich ficken, bis wir beide keinen Muskel mehr rühren können.“

Sie stöhnte unter ihm, als er weiter sein Versprechen einlöste. Ihre Hüften umklammernd, führte er Stoß nach Stoß aus und tauchte tief und hart in sie ein. Er hatte jetzt die Kontrolle, doch Psyche schien nichts dagegen zu haben. Die Laute des Vergnügens, die über ihre Lippen rollten, und die Art, wie sie ihren Po gegen seinen Unterleib drückte, jedes Mal, wenn er zustieß, waren Hinweis genug, dass sie es genauso genoss wie er. Und dann waren da noch die geflüsterten Worte, die sie von sich gab, Worte, die sie in das Kissen murmelte, die sein sensibles Gehör nichtsdestotrotz wahrnahm.

„Fick mich, Eros! Ja, nimm mich hart!“

Und wer wäre er, wenn er einer Frau ihr Vergnügen verwehrte? Er erhöhte sein Tempo und stieß härter zu, wobei er spürte, wie sich ihre Muskeln bei jedem Zurückziehen fest um ihn klammerten. Das Gefühl war berauschend. Als wollte sie ihn für immer in sich halten. Wenn er das Kondom, das seine Empfindlichkeit etwas dämpfte, nicht getragen hätte, wäre er schon vor

Minuten gekommen. Doch er war immer noch hart und stieß in sie. Allerdings nicht mehr lange. Da er wusste, dass er kurz davor war, nahm er eine Hand von ihrer Hüfte, griff zwischen ihre Beine und fand ihre angeschwollene Klitoris mit zielsicherer Präzision. Er kannte ihren Körper bereits so gut, wusste genau, was sie brauchte, damit sie beide zusammen kommen würden. Er bedeckte seinen Finger mit ihrer Feuchtigkeit und streichelte dann ihr sensibles Organ, wobei er weiter in sie stieß. Ihre inneren Muskeln verkrampften sich fast unverzüglich und packten seinen Schwanz wie ein Schraubstock.

„Fuck!", knurrte er und versuchte, sich noch einige Sekunden zu beherrschen. Doch es war zu spät.

Sein Schwanz zuckte in ihr und raubte ihm jeglichen klaren Gedanken, während sein Orgasmus wie eine Ozeanwelle über ihn hereinbrach. Kurz bevor seine Knie nachgaben, schaffte er es noch, sich auf die Seite zu rollen und Psyche mit sich zu ziehen, sodass sie an ihn geschmiegt war, während sein Schwanz immer noch in ihr vergraben war.

Einige Sekunden lang konnte er nur nach Luft ringen und seine Lunge mit dem so sehr benötigten Sauerstoff füllen.

„Wow", murmelte er und presste seine Lippen auf ihren Halsansatz. „Du bist die erotischste Frau, die ich je berührt habe."

Sie kicherte leise.

„Dich den ganzen Abend in diesem heißen kleinen Ding nur anzusehen, hat mich so geil gemacht."

Psyche drehte ihr Gesicht. „Also gefällt dir mein Kleid?"

„Gefällt?" Er stieß mit seinem immer noch halb harten Schwanz zu. „Ich glaube, gefallen drückt das nicht wirklich aus."

„Du hast heute Abend auch sehr gut ausgesehen", gab sie zu.

Eros zog sich langsam aus ihr und entledigte sich des Kondoms. Dann zog er sie wieder in seine Arme und presste ihr einen Kuss auf die Schulter. „Mir hat es gefallen, dich auf der Treppe zu nehmen. Im Dunkeln."

Sie zitterte in seinen Armen. „Das war, ähm ... sehr ..."

„Heiß?"

„Ja."

„Nun, wenn du auf so etwas stehst, lege ich dich vielleicht das nächste Mal über die Kücheninsel." Er konnte bereits spüren, was diese Vorstellung mit seinem Schwanz anstellte. Blut pumpte wieder zurück in sein begieriges Anhängsel.

„Das klingt ziemlich dekadent." Sie seufzte und er ertappte sie, wie sie auf die Uhr auf seinem Nachtkästchen blickte. „Ich sollte ins Bett gehen." Sie machte Anstalten aufzustehen, doch er hielt sie zurück.

„Bleib", murmelte er. „Bitte." Er wollte sie in seinen Armen halten, wollte sie spüren, während sie schliefen.

Sie wandte den Kopf zu ihm und hatte einen überraschten Ausdruck in den

Augen. „Aber das ist nicht, worauf wir uns geeinigt haben. Es geht nur um Sex.“

„Ich weiß, worauf wir uns geeinigt haben.“ Er fuhr mit seinen Fingern ihren Arm hinunter und spürte, wie sie zitterte. „Aber was, wenn wir unsere Abmachung etwas anpassen?“ Er konnte es selbst nicht glauben, doch etwas in ihm hatte ihn dazu gebracht, diese Frage zu stellen.

„Was willst du damit sagen?“

„Ich weiß, dass weder du noch ich eine Beziehung wollen, weil wir beide verletzt worden sind.“ Er machte eine Pause, besorgt, dass er sie vielleicht mit dem, was er vorschlagen wollte, abschrecken würde. Um Hades’ willen, er hatte selbst etwas Angst, da er nicht wusste, woher dieser plötzliche Drang kam.

„Ja?“

„Schau dir an, was wir machen: Vor meinen Freunden tun wir so, als wären wir zusammen. Du wohnst in meinem Haus. Und wir haben Sex. Fabelhaften Sex, wenn du mich fragst.“ Er zuckte mit den Schultern. „Also, nach was sieht das für dich aus?“

Sie blickte ihn vorsichtig an. „Ich weiß nicht ...“

„Für alle, selbst für mich, sieht das aus, als wären wir zusammen und –“

„Aber das ist nur eine Täuschung.“

„Fühlte sich die letzte Stunde wie eine Täuschung für dich an? Für mich gewiss nicht.“ Er seufzte. „Ich sage ja nur, dass wir alles machen, was ein Paar tut. Warum sind wir dann nicht ehrlich und sagen, dass wir zusammen sein wollen?“ Zumindest wollte *er* das. Obwohl er nicht wusste, warum. Sie könnten genauso gut mit dem weitermachen, was sie gerade machten, ohne den Status Quo zu verändern.

„Du willst, dass wir zusammen sind?“

Eros nickte. „Das bedeutet nicht, dass es zu irgendetwas führen wird. Aber ich glaube, ich würde mich wohler fühlen, wenn ich wüsste, dass es nicht nur gespielt ist.“ Man konnte ihn hoffnungslos romantisch nennen, aber er war schließlich der Gott der Liebe.

„Was, wenn es nicht funktioniert? Dann werden wir beide wieder enttäuscht sein.“

„Nicht, wenn wir das mit offenen Augen angehen. Ich will, dass wir ehrlich zueinander sind. Und die Wahrheit ist: Ich mag dich, Psyche. Du bist eine wundervolle Frau, und nicht nur im Bett.“

Sie drehte sich ganz zu ihm und ihre Augen suchten nach seinen, als wollte sie nach einem Zeichen suchen, dass er die Wahrheit sagte. „Ich mag dich auch, Eros. Aber was, wenn wir zerstören, was wir gerade haben?“

„Das ist ein Risiko, das ich gerne eingehe.“ Er lächelte und zwinkerte ihr zu. „Selbst wenn das bedeutet, dass ich den besten Sex verliere, den ich je hatte.“

Psyche lachte. „Du hast es wirklich drauf, eine Frau zu etwas zu überreden, wovon sie weiß, dass es sich in ein Desaster verwandeln wird.“

Er zog sie an sich und legte seine Hand auf ihren Po, um ihr einen leichten Klaps zu geben. „Sei nicht so pessimistisch. Ich bin wirklich kein so schlechter Kerl.“

Sie rutschte näher. „Nein, bist du nicht“, murmelte sie und strich mit ihren Lippen über seine.

„Also willigst du ein?“

„Mmm-hmm.“

„Gut. Wie wäre es, wenn wir unsere Abmachung mit etwas Intensiverem als einem Kuss besiegeln?“

„Was schwebt dir vor?“

Er stupste mit seinem jetzt völlig erigierten Schwanz gegen ihren Bauch. Als Antwort darauf senkte Psyche ihre Hand zu seinem Schritt und legte sie um seine Erektion. „Mir gefällt, wie du denkst.“

~ ~ ~

Zeus starrte in sein allsehendes Auge, die große runde Scheibe, die im Marmorboden seines Arbeitszimmers auf dem Olymp eingebettet war. Es erlaubte ihm, alles zu beobachten, was in der Welt der Sterblichen passierte. Es war früher Morgen in Griechenland, doch die Szene, die er beobachtete, fand nachts statt – in einem Schlafzimmer in Charleston. Eros’ Schlafzimmer.

„Wenn du denkst, dass ich dich so einfach vom Haken lasse, dann irrst du dich, lieber Enkel.“ Eros hatte ihn während ihres letzten Treffens beleidigt. „Niemand spricht so mit mir, wie du es getan hast. Dafür wirst du bezahlen. Und es wird wehtun.“ Er lachte. „Denn du hast mir gerade die perfekte Gelegenheit gegeben, dir wehzutun und dir gleichzeitig eine Lektion zu erteilen. Schauen wir mal, wer der klügere Gott ist.“

Zeus machte eine Geste mit der Hand und wischte das Bild weg, wodurch das Auge zu glänzendem Marmor wurde. Er marschierte auf seine Terrasse und blickte auf die sterbliche Welt Griechenlands am Fuße des Berges hinab.

Wenn er mit Eros fertig war, würde der Junge ihn anflehen, seine Pfeile wieder verschießen und seine Pflicht erledigen zu dürfen. Und wenn Eros gehorchte und genügend Reue zeigte, vielleicht würde er ihn dann sogar die sterbliche Frau haben lassen. Oder vielleicht würde er sie auch für sich beanspruchen, nur um den Gott der Liebe zu ärgern und ihm zu zeigen, wer auf dieser Welt die wahre Macht in Händen hielt.

# 20

Psyche verbrachte fast den ganzen folgenden Morgen wie in einer Trance. Gut, dass es im Laden ruhig war und dass sie sich nicht mit vielen Kunden beschäftigen musste, ansonsten hätten diese sich wahrscheinlich gewundert, warum sie so abgelenkt wirkte. Hätten sie den Grund für ihren tagträumerischen Zustand gewusst, wären sie jedoch nicht überrascht gewesen. Denn Eros war schuld daran.

Sie konnte immer noch nicht glauben, was letzte Nacht passiert war. Nicht der Sex, nein, auch wenn dieser wieder unglaublich atemberaubend und befriedigend gewesen war. Eros war ein sehr talentierter und aufmerksamer Liebhaber. Es war schwer zu glauben, wie eine Frau ihn verletzen konnte und ihn durch ihre Finger hatte schlüpfen lassen. Wusste sie denn nicht, was für einen Preis sie ergattert hatte?

Doch was sie am meisten erstaunt hatte, war Eros' Geständnis, dass er mehr als nur Sex wollte, obwohl sie sich zuvor geeinigt hatten, dass sie diese Art Komplikation nicht in ihrem Leben haben wollten. Was hatte sich geändert?

Psyche war aufgeregt und gleichzeitig besorgt. Aufgeregt, dass ein Mann wie Eros, der offensichtlich erfolgreich, definitiv gut aussehend und unleugbar großartig im Bett war, mehr wollte als nur etwas Matratzensport. Und besorgt, dass eine Beziehung fehlschlagen würde. Ihre Erfolgsbilanz, wenn es um Männer ging, war nicht gerade großartig. Und ihr Glaube an die Liebe ließ sehr zu wünschen übrig. Doch bedeuteten diese Dinge wirklich, dass sie und Eros keine Chance hatten? Sie hoffte nicht, denn immer wenn sie mit ihm zusammen war, fühlte sich alles richtig an. Sie konnte es nicht erklären, denn es ergab keinen Sinn, doch in seiner Gegenwart hatte sie die Hoffnung, dass alles, was in ihrem Leben falsch gelaufen war, richtiggestellt werden würde.

Sie schüttelte den Kopf über ihre Gedanken und konzentrierte sich wieder darauf, den Bonsai, an dem sie arbeitete, weiter zu stutzen, als die Türklingel einen Kunden ankündigte. Sie legte die Schere beiseite und wischte sich die Hände an ihrer Schürze ab.

„Guten Tag, wie kann ich Ihnen –" Die Worte blieben ihr ihm Hals stecken, als sie den Mann sah, der auf sie zumarschierte. Sie hatte nicht erwartet, ihn je wieder zu sehen. Doch plötzlich war er hier, in ihrem Geschäft, in ihrem Reich. Das konnte nichts Gutes bedeuten.

„Wayne."

Ihr Exfreund kam näher und zeigte seine perlweißen Zähne in einem entwaffnenden Lächeln, das tiefe Grübchen auf seinen Wangen entstehen ließ. Ein Lächeln, das jede Mutter dazu brächte, ihrer jungen Tochter zu erlauben, länger als bis zum Zapfenstreich auszubleiben, denn Wayne konnte sich bei jedem einschmeicheln. Er sah aus wie der Junge von nebenan, der Quarterback, der einer alten Dame über die Straße half, der Chorknabe, der eine Katze vom Baum rettete. Er war all das: gut aussehend, athletisch und charmant. Psyche war auch bereits einmal darauf hereingefallen. Doch sie kannte auch seine andere Seite. Er war ein untreuer, unzuverlässiger, fauler Scheißkerl, der von seinem guten Aussehen und seinem Charme lebte und noch nie einen Tag ehrliche Arbeit geleistet hatte.

„Psyche, hey!“, begrüßte Wayne sie und lehnte sich praktisch über den Tresen, wodurch sie instinktiv einen Schritt zurückwich. „Du siehst toll aus! Wow, ich habe dich schon ewig nicht mehr gesehen. Was hast du so getrieben?“ Er warf ein paar flüchtige Blicke durchs Geschäft und wirkte seltsam nervös und überaus redselig. „Nette Bude. Gefällt mir, was du gemacht hast. Wie läuft das Geschäft?“

„Was machst du hier?“

Er zuckte mit den Schultern. „Ich war in der Gegend. Dachte, ich schaue vorbei.“ Er fuhr mit einer Hand durch sein hellbraunes Haar, eine Geste, die sie schon oft gesehen hatte. Er machte das, um alle Blicke auf sein volles Haar und sein makelloses Gesicht zu ziehen, etwas, das er bewusst einsetzte, wenn er sich eine neue Sugar Mama suchte. Er lehnte eine Hüfte gegen den Tresen und lächelte. „Wie lange ist es her?“

„Nicht lange genug“, biss Psyche zurück.

Er setzte ein schüchternes Grinsen auf. „Hey, ich spüre hier ein wenig Feindseligkeit. Hör zu, ich bin nicht mehr sauer auf dich.“

Instinktiv zogen sich ihre Augenbrauen zusammen. „Sauer?“ Welches Recht hatte er, auf sie sauer zu sein? Er war derjenige, der sie betrogen hatte.

„Ja, dafür, dass du mich aus der Wohnung geworfen hast. Ich verstehe, warum du es getan hast.“

Sie wollte ihren Ohren nicht trauen. War er echt oder war sie in irgendeinem bizarren Traum gelandet? „Du hast mich betrogen, mit dieser, dieser ...“ Sie hasste es, eine andere Frau Schlampe zu nennen. „... dieser *Frau* von oben. Und *du* glaubst, du hast das Recht, auf *mich* sauer zu sein? Was zum –“

„Na, na“, unterbrach er, „Wut steht dir nicht. Dafür bist du viel zu hübsch.“

Psyche öffnete den Mund, um zu antworten, als sie wieder das Klingeln über der Tür hörte. Ihr Blick schoss an Wayne vorbei zu dem neuen Kunden. Sie kannte den Geschäftsmann mittleren Alters nicht, der hereinkam, doch sie war froh über die Unterbrechung.

„Guten Tag, Sir, wie kann ich Ihnen helfen?“, fragte sie erwartungsvoll und ging um den Tresen herum. Wayne blockierte ihr den Weg.

„Komm schon, Psyche“, drängte er sie. „Vergessen wir dieses kleine Missverständnis doch und begraben das Kriegsbeil.“

Sie blickte ihn finster an, drückte sich an ihm vorbei und ging schnell auf den neuen Kunden zu.

„Ja, ich suche nach einem kleinen Blumenstrauß für eine Kollegin. Nichts Ausgefallenes“, sagte der Mann und sah sich um.

„Sicher, ich zeige Ihnen einige Beispiele.“ Sie zeigte auf eine Glasvitrine. „Was ist der Anlass?“

„Es ist ihr zehnjähriges Firmenjubiläum. Der Chef sagte, ich solle nicht mehr als vierzig Dollar ausgeben.“

Sie zeigte auf eine Reihe in der Vitrine. „Diese hier kommen etwa auf vierzig Dollar. Sehen Sie sich bitte um und wenn Sie nichts finden, was Ihnen gefällt, stelle ich Ihnen etwas zusammen, was Ihren Vorstellungen entspricht.“

Er starrte auf die Vitrine. „Okay, das klingt gut.“

„Entschuldigung“, sagte Wayne plötzlich vom Tresen aus. „Wir sind noch nicht fertig.“

Psyche biss ihre Zähne zusammen und zwang sich, den Kunden anzulächeln. „Entschuldigen Sie mich bitte kurz.“

Als der Kunde nickte, ging sie zurück zu Wayne. Mit gesenkter Stimme sagte sie: „Ich will, dass du gehst. Jetzt. Ohne eine Szene zu machen.“

„Das willst du doch gar nicht, Psyche. Wir waren gut zusammen. Claire war ein Fehler. Das habe ich sofort erkannt. Du kannst mich doch nicht für einen einzigen winzigen Fehler bestrafen.“ Er blickte sie mit Hundeaugen an.

„Ein winziger Fehler? So würde ich das nicht nennen.“

Er schien zu realisieren, dass er sie nicht umstimmen konnte, also änderte er seine Taktik. „Aber es tut mir leid. Wirklich. Ich war ein Prolet. Aber ich habe mich geändert. Ich will dich zurück. Dieses Mal wird alles anders sein. Besser. Ich habe einen Job, weißt du.“

Sie schnaubte. Als würde die Tatsache, dass er endlich eine Anstellung hatte, einen Unterschied machen, wie er Frauen behandelte. „Bitte geh.“

„Nun ja, vielleicht kommt das alles etwas plötzlich. Du brauchst Zeit, um nachzudenken. Das verstehe ich.“ Er lächelte. „Aber ich gebe nicht auf. Wir sehen uns bald wieder, Psyche.“ Dann drehte er sich abrupt um und marschierte aus ihrem Laden.

Verstört atmete sie tief ein. Nie im Leben würde sie je wieder etwas mit Wayne anfangen, selbst wenn sie nicht gerade am Beginn einer Beziehung mit Eros stehen würde. Sie wäre lieber Single, als mit einem Mann wie Wayne zusammen zu sein.

„Miss?“, meldete sich der Kunde.

Sie hob den Kopf und lächelte. „Ja. Haben Sie sich entschieden?“

# 21

Stolz sah Eros zu, wie Justin einen weiteren Pfeil in die Zielscheibe schoss. Und obwohl der Junge nicht das Zentrum getroffen hatte, wurde er immer besser.

„Ja!“ Justin riss seine Faust in die Luft und blickte dann über seine Schulter. „Haben Sie das gesehen, Mr. Eros?“

„Habe ich, Justin. Du wirst richtig gut!“ Eros blickte über den Zaun in den Garten der Claytons. Mrs. Clayton saß, ein Glas Eistee auf dem Tisch vor ihr und ein Buch in der Hand, auf ihrer Veranda. Sie saß schon seit einigen Stunden mit wenigen Unterbrechungen dort und beobachtete sie, bestätigt in dem Wissen, dass ihrem Sohn kein Leid zustieß.

Nun blickte sie von ihrem Buch hoch und schaute zu ihnen herüber. „Sehr gut, Justin!“, lobte sie ihn, obwohl sie nicht gesehen hatte, wo der Pfeil gelandet war.

Eros lächelte. Während der letzten paar Stunden hatte er beobachtet, wie Justin immer mehr Vertrauen in seine Fähigkeiten erlangte.

„Geh und sammle die Pfeile und wir machen noch einen Durchgang, bevor es dunkel wird, okay?“

Begierig nickte Justin, legte den Bogen hin und rannte auf das Ziel zu.

Mrs. Clayton nutzte die Gelegenheit und näherte sich dem Zaun. Eros ging zu ihr.

„Ich bin Ihnen sehr dankbar, dass Sie das für meinen Sohn tun. Ich habe ihn noch nie so glücklich gesehen.“ Sie lächelte.

Eros zuckte mit den Schultern. „Er musste nur etwas finden, das ihm Spaß macht, und ein Ziel, auf das er hinarbeiten kann.“

Sie nickte. „Ja, er hat mir erzählt, dass Sie ihn ermutigt haben, sich für den Bogenschießwettbewerb auf dem Sportfest nächste Woche einzutragen.“ Plötzlich seufzte sie. „Ich will nur nicht, dass er enttäuscht wird. Er kann unmöglich gut genug werden, um einen Preis zu gewinnen.“

„Sagen Sie das nicht, Mrs. Clayton. Er ist talentiert und er übt fleißig. Ich werde bis zu der Veranstaltung jeden Tag mit ihm üben. Er wird sich gut schlagen.“

„Ich hoffe es. Ich würde es hassen, zu sehen, dass seine Hoffnungen zerschlagen werden. Er ist so ein sensibler kleiner Junge.“ Ihr Blick schweifte zu ihrem Sohn. „Sie haben keine Kinder, Mr. Eros, aber wenn Ihr Kind leidet, leiden Sie auch.“

„Ich verstehe“, sagte er. „Ich werde dafür sorgen, dass er sein Ziel erreicht."

Sie nickte dankbar, dann schweifte ihr Blick wieder weg, dieses Mal in Richtung Haus. „Oh, es sieht so aus, als hätten Sie Besuch."

Eros wandte sich um. Dort, auf der Terrasse seines Hauses, stand Psyche, immer noch in ihre Arbeitsklamotten gekleidet. Sie winkte ihm zu.

„Hey!"

Er erwiderte ihr Lächeln. „Du bist zurück. Ich bin hier bald fertig."

Psyche machte eine wegwerfende Handbewegung. „Keine Eile." Sie zeigte auf ihre Kleidung. „Ich bin ganz verdreckt von der Blumenerde. Ich werde duschen und mich umziehen."

„Klingt gut."

Sie drehte sich um und ging wieder ins Haus.

„Sie scheinen nur selten Besuch zu haben", sagte Mrs. Clayton hinter ihm.

Eros drehte sich zu ihr. „Sie ist meine Freundin. Wir sind erst seit kurzem zusammen." Es fühlte sich immer noch seltsam an, Psyche als seine Freundin zu bezeichnen, seltsam und trotzdem aufregend.

„Ich habe alle Pfeile", rief Justin hinter ihm.

„Nun, dann noch eine Runde! Sollen wir, Justin?", fragte Eros.

„Ich bin bereit."

Als Eros auf Justin zuging, um seinen Stand zu korrigieren, sah er einen Mann auf der Veranda der Claytons auftauchen. Eros blickte hinüber und erkannte ihn.

„Ich bin zuhause, Schatz", rief Mr. Clayton.

„Justin", sagte Mrs. Clayton sofort. „Dein Dad ist zuhause. Machen wir Schluss für heute."

„Aber Mom!", beschwerte sich Justin.

„Mr. Eros hat auch Besuch, also stehlen wir ihm heute nicht noch mehr seiner Zeit."

Justin schien wieder protestieren zu wollen, doch Eros sagte schnell: „Morgen, selbe Zeit, Justin?"

Der Junge strahlte ihn an. „Ja!"

„Abgemacht." Er nahm Justin den Bogen ab und sah zu, wie er zu seinen Eltern ging.

Mr. Clayton winkte kurz und Eros nickte zum Gruß zurück. Dann wandte sich Eros mit Bogen und Köcher zum Haus. Er ging hinein und marschierte nach oben. Als er den ersten Stock erreichte, konnte er bereits die Dusche im Gästezimmer hören. Er lächelte und wollte gerade in Psyches Zimmer gehen, als er bemerkte, dass er immer noch seine Bogenschießausrüstung hielt. Schnell ging er in sein eigenes Schlafzimmer und legte die magischen Gegenstände in seinen großen begehbaren Kleiderschrank.

Die Erinnerung daran, wie Psyche ausgesehen hatte, als er sie das erste Mal in der Dusche überrascht hatte – als er gedacht hatte, sie wäre ein

Einbrecher – erhitzte bereits sein Blut. Dieses Mal wusste er, dass er nicht unwillkommen wäre, wenn er auftauchen würde, wenn sie unter der Dusche stand. Vielleicht sollte er mit ihr duschen.

Er stellte sich bereits die endlosen Möglichkeiten vor, mit ihr Sex unter der Dusche zu haben, und ging ohne zu klopfen ins Gästezimmer. Er schloss die Tür leise hinter sich. Psyches schmutzige Jeans und ihr T-Shirt lagen auf dem Boden neben dem Kleiderschrank. Ihre Handtasche lag auf einem Stuhl, ihr Handy daneben. Die Tür zum Badezimmer stand leicht offen und der Abzug darin tat sein Bestes, den Dampf der Dusche aufzulösen.

Grinsend fing Eros an, sein Hemd aufzuknöpfen und wollte es gerade ausziehen, als Psyches Handy klingelte. Er blickte in die Richtung des Geräuschs und bemerkte, dass sie eine neue Nachricht erhalten hatte. Er wollte sich gerade umdrehen, als ihm etwas ins Auge fiel. Der Name des Absenders. Er drehte den Kopf zurück und nahm das Handy auf.

Die Nachricht war von Wayne, Psyches Exfreund.

*Denk darüber nach, worüber wir heute geredet haben. Wir sind gut zusammen.*

Einen Augenblick lang stand Eros in fassungslosem Schweigen da. Er ließ das Handy auf den Stuhl fallen, als hätte er sich verbrannt. Vielleicht war es ganz harmlos. So musste es sein, denn erst letzte Nacht hatten er und Psyche sich entschlossen, ihrer Beziehung eine Chance zu geben.

Eros atmete ein paarmal tief ein und drehte sich zur Badezimmertür, als sich diese weit öffnete.

Mit einem Badetuch um den Körper gewickelt stand Psyche in der Tür und rang erschrocken nach Luft, wobei sie eine Hand auf ihre Brust presste. „Was machst du?“

Er lächelte und trat näher. „Ich wollte dich in der Dusche überraschen, aber du warst wohl zu schnell für mich.“

Sie lachte. „Ich vergeude nur ungern Wasser. Sorry, vielleicht nächstes Mal?“

„Definitiv“, versprach er. Dann zog er sie in seine Arme und gab ihr einen zärtlichen Kuss auf die Lippen. „Na, wie war dein Tag?“

„Oh, wie immer, ruhig.“ Sie löste sich aus seinen Armen und drehte sich zu ihrer Tasche, um einen Slip und einen BH herauszuholen. „Ich hatte heute genau drei Kunden. Nicht wirklich toll.“

„Das tut mir leid. Hast du dich irgendwie beschäftigen können?“ Sicherlich würde sie ihm jetzt von Wayne erzählen.

„Ich habe einige Pflanzen umgetopft und das Büro aufgeräumt. Meine Bilanzen auf Vordermann gebracht. Langweiliges Zeug. Wie war dein Tag?“

Eros bemerkte, wie schnell sie den Fokus der Unterhaltung änderte und stattdessen auf ihn lenkte. Und das gefiel ihm nicht. Psyche sagte ihm nicht die Wahrheit. Aber er war nicht von gestern. Er wusste, wie er die Unterhaltung wieder herumdrehen konnte.

„Ich wäre heute fast bei dir vorbeigekommen“, log er.

„Oh?“ Sie drehte sich weg und suchte nach etwas in ihrer Reisetasche.

„Ja, um dich zum Mittagessen abzuholen, aber dann dachte ich, dass es vielleicht zu anmaßend von mir wäre, anzunehmen, dass du keine Pläne fürs Mittagessen hast.“

„Ich hatte keine Pläne. Ich habe mir nur ein Sandwich aus dem Laden von nebenan geholt und es im Geschäft gegessen. Ich mache mittags nicht gerne zu, damit ich keine Kunden verpasse.“

Eros zwang sich zu lächeln. „Ja, das verstehe ich.“

Er hatte Psyche die Gelegenheit gegeben, ihm zu gestehen, dass sie heute Wayne gesehen hatte. Doch sie verheimlichte es ihm weiterhin. Warum? Warum weigerte sie sich, mit der Tatsache herauszukommen, dass sie heute ihren Exfreund gesehen hatte? Lag es daran, dass sie Eros an der Nase herumführte? Fing sie wieder etwas mit Wayne an, für den Fall, dass es zwischen ihnen nicht klappte?

„Ich habe gesehen, dass du den Nachbarjungen wieder trainierst. Das ist sehr lieb von dir.“

Es schien, dass auch Psyche ein paar Dinge darüber wusste, wie man eine Unterhaltung in eine andere Richtung leitete.

„Er ist ein schlaues Kind. Ich genieße seine Gesellschaft.“

„Wo hast du Bogenschießen gelernt? Du scheinst sehr gut zu sein.“

Sehr gut? Er war der Beste, den es gab. Aber er würde nicht damit angeben. Das würde nur Verdacht schüren. Also zuckte er mit den Schultern. „Ich bin nur durchschnittlich, aber gut genug, um einem Jungen etwas beizubringen. Es geht nur um Haltung und Konzentration. Nicht so sehr um Kraft.“

Unerwartet strich sie mit ihrer Hand über seine Brust und es fiel ihm dabei wieder ein, dass er sein Hemd aufgeknöpft hatte, um sich zu ihr unter die Dusche zu gesellen. „Da bin ich mir nicht so sicher. Für mich siehst du ziemlich stark aus.“

Versuchte sie, ihn zu verführen? Warum? Hatte sie sein Misstrauen gespürt? Versuchte sie, ihn abzulenken, damit er keine weiteren Fragen stellte? Dachte sie wirklich, dass er so einfach auszutricksen war?

Er nahm ihre Hand und drückte ihr einen Kuss auf die Finger, damit es nicht so offensichtlich war, dass er versuchte, sie davon abzuhalten. „Was hältst du davon, wenn du dich anziehst und wir einen Happen essen gehen?“

Eine Sekunde lang tauchte Enttäuschung auf ihrem Gesicht auf, doch sie verbarg es schnell und lächelte. „Klingt toll. Ich bin in zehn Minuten unten.“

„Ausgezeichnet.“ Er wandte sich um und verließ das Gästezimmer. Nachdem er die Tür geschlossen hatte, stand er noch ein paar Sekunden lang davor. War er ohne guten Grund misstrauisch? Und wenn es so wäre, wer könnte es ihm verübeln? Gloria hatte ihn monatelang betrogen, bevor er sie dabei erwischt hatte, und er würde so etwas kein zweites Mal zulassen. Nein, dieses Mal würde er die Initiative ergreifen und Nachforschungen anstellen, um herauszufinden, ob sein Verdacht gerechtfertigt war. Es war besser, es jetzt herauszufinden, als in ein paar Monaten damit überrumpelt zu werden, wenn er Gefühle investiert hatte. Gefühle? War er wirklich bereit, Gefühle zuzulassen? Oder hatte er impulsiv gehandelt, als er Psyche gesagt hatte, dass er eine Beziehung wollte? Hatte er wieder einen Fehler gemacht? Hoffentlich nicht.

# 22

Es war nicht schwierig herauszufinden, wo Wayne wohnte und arbeitete. Das war einer der Vorteile, ein Gott zu sein: Eros konnte Sterbliche finden und sie ausspionieren, ohne Angst haben zu müssen, entdeckt zu werden. Vielleicht hätte er diese Fähigkeit auch nutzen sollen, als er mit Gloria zusammen gewesen war. Das hätte ihm große Schmerzen erspart. Nun, zumindest nutzte er seine göttlichen Fähigkeiten jetzt, um nicht denselben Fehler zweimal zu machen.

Da es schon nach zehn Uhr morgens war, als Eros das Haus verließ, nachdem er seine Nachforschungen über Wayne angestellt hatte, machte er sich nicht die Mühe, zu Waynes Wohnung zu gehen. Stattdessen machte er sich auf den Weg zu Waynes Arbeitsplatz: einem Gebrauchtwagenhandel. Eros parkte nicht direkt vor dem großen Grundstück, das mit kitschigen Bannern und Ballons geschmückt war, um Kunden anzulocken, sondern fuhr daran vorbei und hielt um die Ecke an. Er parkte sein Cabriolet und ging zurück, wobei er beiläufig auf den Parkplatz blickte, wo Autos aller Marken und Modelle mit großen Preisschildern in den Windschutzscheiben standen.

*Sale!* und *Bester Deal der Stadt!* waren beliebte Slogans auf vielen der Schilder. Das Geschäft war kitschig und dem *Kein-Geld-kein-Problem*-Schild nach zu urteilen, wahrscheinlich auch etwas zwielichtig, wenn es um die Finanzierung ging.

Als Eros durch das offene Tor eintrat, sah er sich um, als wäre er an einem Wagen interessiert. Er studierte die Preise und spähte durch die Windschutzscheiben. Er musste nicht lange warten. Innerhalb einer Minute hörte er die Tür der klapprigen Bürohütte aufgehen und Schritte auf sich zukommen.

„Guten Morgen, Sir“, verlautete eine männliche Stimme, „wenn es etwas gibt, bei dem ich Ihnen helfen kann ...“

Eros drehte sich langsam um, doch der Mann, der mit ausgestreckter Hand praktisch auf ihn zuraste, war nicht Wayne. Er war viel älter. Vermutlich der Geschäftsinhaber.

„Ich bin Kevin.“ Er zeigte auf das Schild über dem Büro. „Kevins fahrbare Untersätze. Das bin ich.“

Eros war gezwungen, dem Mann die Hand zu schütteln, doch ließ sie so schnell wie möglich los. „E... Eric“, log Eros und gab ihm im letzten Augenblick einen falschen Namen. „Ich bin Eric.“

Kevin rieb sich die Hände. „Nun, wonach suchen Sie, Eric?“

Er suchte nach Wayne, aber das konnte er nicht so offensichtlich machen. Er musste etwas subtiler sein und vielleicht eine Ablenkung einsetzen.

„Naja, ich bin mir noch nicht hundertprozentig sicher. Aber ich habe gesehen, wie viele Autos Sie hier haben, also dachte ich, ich schaue mal rein und sehe mich um." Er lächelte breit. „Sagen Sie mir nicht, dass Sie den Laden ganz alleine schmeißen. Der ist viel zu riesig für einen Verkäufer. Sie müssen viel Laufkundschaft haben."

Kevin schluckte den Köder. „Darauf können Sie wetten! Wir verkaufen jede Menge Autos. Ich habe erst vor kurzem einen tollen Verkäufer eingestellt." Er lehnte sich vor und setzte ein schmieriges Lächeln auf, während er Eros' Kleidung musterte. „Aber wissen Sie, um die wichtigen Kunden kümmere ich mich selbst."

Eros spielte mit. „Das ist sehr nett." Aber das bedeutete immer noch, dass er Kevin loswerden musste, damit Wayne für ihn übernahm.

„Ich zeige Ihnen meine besten Deals", fing Kevin an.

„Gerne", ermutigte ihn Eros.

Als er sah, welche Richtung Kevin einschlug, nämlich dorthin, wo die exklusiveren Modelle standen, suchte Eros schnell die Umgebung nach etwas ab, was er verwenden könnte, um eine Ablenkung zu erzeugen. Er bemerkte eine kleine Karre mit Reinigungsutensilien, Ölkannen und einem Eimer in der Nähe eines blauen Cadillacs.

„Der sieht sehr gut aus", sagte Eros und zeigte auf den Cadillac.

„Ah, ein Mann mit Geschmack!", sagte Kevin und ging darauf zu.

Genau in dem Moment, in dem Kevin den Wagen erreichte, schnippte Eros mit dem Handgelenk. Die Ölkanne, die auf der Karre stand, fiel um. Öl ergoss sich über Kevins Hose und Schuhe.

„Scheiße!", fluchte der Mann und sprang zurück. Doch es war zu spät. Seine Hose war ruiniert. Er wandte seinen Kopf zu der Karre. „Wer zum Teufel hat das hier stehen lassen?" Dann warf er Eros einen entschuldigenden Blick zu. „Es tut mir leid, Eric, aber ich mache mich lieber sauber."

„Natürlich, machen Sie nur. Ich komme einfach ein anderes Mal wieder."

In Panik, dass ihm vielleicht ein Verkauf durch die Lappen gehen könnte, schlug Kevin schnell vor: „Nein, bleiben Sie. Ich lasse Ihnen von Wayne helfen. Er kennt die Autos genauso gut wie ich." Er drehte sich um und schrie Richtung Büro: „Wayne!" Er winkte mit den Armen und rannte darauf zu. Die Tür zum Büro öffnete sich und Wayne trat heraus.

„Was ist denn dir passiert?", fragte Wayne mit einem leichten Grinsen auf den Lippen.

„Wie sieht es denn aus?", knurrte Kevin und eilte an ihm vorbei. „Kümmere dich um den Kunden. Und vermassle es nicht."

Wayne zuckte mit den Schultern und schlenderte auf den Parkplatz. Während er sich näherte, studierte Eros ihn.

Er war groß und athletisch, wahrscheinlich Mitte dreißig und viel zu gut aussehend. Wayne sah wie der Inbegriff eines Rockers aus, auch wenn nichts darauf hinwies, dass er Musiker war. Seine gut sitzende Jeans, das weiße T-Shirt und die Lederjacke sahen aus, als hätte er sie direkt von James Dean kopiert. Frauen scharten sich wahrscheinlich wie Groupies um ihn. Wayne roch nach Ärger. Wenn er wieder ein Teil von Psyches Leben war, waren das schlechte Neuigkeiten.

„Hi, wie geht es Ihnen?“, sagte Wayne und stoppte einen Meter vor Eros. „Ich bin Wayne.“

„Eric“, sagte Eros angespannt, ohne ihm seine Hand zu reichen. Wayne schien das nicht zu bemerken.

„Also, schon eine Idee, nach was für einem Auto Sie suchen?“

„Eigentlich ist es nicht für mich.“

Wayne nickte. „Okay. Also für Ihre Frau.“ Er zeigte auf eine Ecke des Geländes. „Wie wäre es mit einem Minivan für die Einkäufe und die Kinder?“

„Meine Frau hat eigentlich schon ein Auto, das sie liebt“, sagte Eros und trat einen Schritt näher. „Es ist für eine andere Frau, wissen Sie ...“ Er ließ die Andeutung in der Luft hängen.

Wayne griff sie direkt auf. Er zwinkerte und grinste. „Sicher. Also etwas Ausgefallenes, hm? Vielleicht ein kleiner Sportwagen?“

Eros zwang sich zu lächeln. „Das klingt gut. Sie mag rot.“

Wayne gab ihm ein Zeichen, ihm zu folgen und ging durch die Reihen, bis er vor einem kleinen Bereich mit mehreren Sportwägen anhielt. Er schlug mit der Hand auf die Motorhaube eines roten Mazda Miata. „Dieses Baby hier ist perfekt. Läuft ruhig und ist ein Schnäppchen.“

Eros gab vor, den Wagen zu inspizieren und ging um ihn herum.

„Selbst eine Frau kann diesen hier fahren. Schön und kompakt, einfach zu parken.“ Er lachte. „Selbst wenn sie seitwärts nicht gut einparken kann, dieses Auto passt überall hinein.“

Eros unterdrückte einen Fluch. Verdammter Chauvinist! Wollte Wayne etwa andeuten, dass Frauen schlechte Fahrerinnen und noch schlechter beim Einparken waren? Wie konnte eine Frau es nur aushalten, in der Nähe dieses Kerls zu sein, sobald sie seine hübsche Fassade durchschaut hatte?

„Ist der Preis verhandelbar?“, fragte Eros und zeigte auf die Windschutzscheibe, wo ein Schild den Preis anzeigte.

„Das ist bereits ein guter Deal“, beharrte Wayne, fügte jedoch hinzu, „aber wir sind gewillt zu verhandeln, wenn Sie bar zahlen.“ Er kam näher und senkte die Stimme. „Wahrscheinlich ist es sowieso besser, wenn Sie bar zahlen.“

„Wieso das?“, fragte Eros, obwohl er vermuten konnte, worauf Wayne hinaus wollte.

„Damit Ihre Frau das nicht herausfindet. Ich sage Ihnen, ich habe es auf die harte Tour herausfinden müssen. Einmal habe ich meine Kreditkarte benutzt, um ein Essen mit einer Frau zu bezahlen, während ich mit einer anderen zusammen war, und bam! Sie sah es auf meiner Abrechnung und hat mich ins Kreuzverhör genommen. Ich sage Ihnen, ich habe wirklich schnell gelernt, das nicht noch einmal zu tun."

„Nie mehr fremdzugehen, meinen Sie?"

Wayne stieß ein lautes Lachen aus. „Sie sind lustig! Nein, natürlich nicht. Warum sollte ich das aufgeben?"

*Warum auch?*, fragte sich Eros. Wenn fremdgehen doch so einfach war.

„Nein, ich bin seitdem nur sehr vorsichtig. Ich zahle immer bar, wenn ich etwas am Laufen habe." Er stupste Eros mit dem Ellbogen an. „Und es gibt da noch etwas, was ich gelernt habe."

Innerlich kochend über Waynes Haltung Frauen gegenüber, zwang Eros sich zu fragen: „Wollen Sie es mir mitteilen?"

„Sicher, man hilft sich doch gerne." Er lehnte sich etwas vor. „Immer, wenn ich etwas nebenbei am Laufen habe, gehe ich sicher, es dort zu tun, wo meine Freundin uns nicht über den Weg laufen kann. Letztes Mal habe ich ein kostenloses Apartment verloren, weil ich nicht vorsichtig genug war. Meine Freundin hat mich rausgeworfen, als sie das mit der anderen herausgefunden hat. Aber ich bin jetzt schlauer."

„Sind Sie das?" Eros bezweifelte das irgendwie.

„Ja", prahlte Wayne. „Ich weiß, was Frauen wollen und was man ihnen vorenthalten muss. Es schadet nicht, ein paar Geheimnisse zu haben. Und ich sage Ihnen, gelegentliches Kriechen hilft. Sie müssen es nicht ernst meinen, aber hey, wenn sie es schluckt, tue ich es." Er grinste breit. „Und bam, ich bin wieder in ihrer Gunst."

„Klingt wie ein Plan", sagte Eros und wurde immer angeekelter von dem Kerl. Was zum Teufel hatte Psyche nur in ihm gesehen? Doch was noch wichtiger war: Hatte sie ihn zurückgenommen? Er musste es herausfinden. Eros zeigte auf den Wagen. „Ich glaube mit dem Wagen werde ich die Gunst meiner kleinen Freundin zurückgewinnen. Klingt so, als würde das mit dem Kriechen gut klappen. Sind Sie wieder mit Ihrer alten Freundin zusammen?"

Wayne zog seine Schultern zurück und streckte die Brust heraus. „Natürlich! Sie steht auf mein neues Ich."

Eros blickte auf den Wagen, damit er den Kerl, der praktisch zugegeben hatte, dass er sich wieder mit Psyche traf, nicht böse anfunkelte. „Gut für Sie."

„Ja! Also, was halten Sie von dem Miata?"

Eros räusperte sich. „Um ehrlich zu sein, Ihre Worte haben mich auf eine Idee gebracht."

„Welche Idee?"

„Vielleicht versuche ich es mit Kriechen. Um zu sehen, ob sie zu mir zurückkommt, ohne dass ich zehntausend für ein Auto für sie ausgeben muss." Eros wandte sich zum Gehen um.

„Warten Sie, Eric", sagte Wayne schnell, als ihm klar wurde, dass sein loses Mundwerk ihn ein Geschäft kostete. „Ich glaube, es ist sicherer, ihr den

Wagen zu kaufen. Frauen stehen auf solche Entschuldigungen. Nicht alle Frauen mögen es, wenn man kriecht. Sie könnten einen großen Fehler machen.“

Eros blickte nicht einmal über die Schulter, sondern hob einfach nur seine Hand zum Abschied. „Danke, Wayne, ich versuche es trotzdem.“

Sollte der Arsch sich doch ärgern, dass er ein Geschäft vergeigt hatte, und das seinem Chef erklären – nicht dass Eros je die Absicht gehabt hatte, ihm ein Auto abzukaufen. Er hatte Besseres zu tun. Er musste Psyche im Auge behalten und herausfinden, wann sie sich wieder mit Wayne traf, und sie dann auf frischer Tat ertappen.

Es gab allerdings auch noch eine andere Lösung für sein Problem. Eine, die nur der Gott der Liebe bewerkstelligen konnte.

# 23

Praktisch den ganzen Tag wanderte Eros in seinem Wohnzimmer auf und ab und dachte über seinen nächsten Schritt nach. Er hatte Bogen und Köcher aus seinem Schlafzimmer geholt und beide lagen nun auf dem Wohnzimmertisch. Mrs. Clayton hatte zuvor angerufen und ihn informiert, dass Justin einen Zahnarzttermin hatte und nach der Schule nicht üben konnte. Obwohl das Training mit Justin ihm geholfen hätte, sich von Psyche und Wayne abzulenken, war Eros nichtsdestotrotz froh über die zusätzliche Zeit, in der er nachdenken konnte, was er als nächstes tun sollte.

Immer wieder blickte er auf seinen Bogen, denn er wusste, wie einfach die Lösung wäre, wenn er sich nur dazu durchringen könnte. Mit einem Pfeil könnte er Psyches Gefühle auf sich und weg von Wayne lenken. Nur ein kleiner Pfeil und er würde sich keine Sorgen machen müssen, ob Psyche wieder Gefühle für ihren Exfreund entwickeln würde. Es war einfach und effektiv, aber war es auch das Richtige? Wollte er wirklich, dass Psyche sich in ihn verliebte? Bedeutete das, dass er diese ... diese Beziehung wollte? War er bereit, alles was zwischen ihm und Gloria vorgefallen war, hinter sich zu lassen und wieder neu anzufangen?

Er hatte keine Antwort auf seine Fragen parat und nahm stattdessen seinen Bogen in die Hand. Er nahm seine Schusshaltung ein, zog die Sehne zurück und schloss sein linkes Auge. Er spürte die Vibration des Holzes unter seinen Fingern und lauschte der Melodie.

*Schieß!*, schien die Melodie zu singen. So vertraut und doch so fremd. Es war schon so lange her.

„Eros“, murmelte eine himmlische Stimme hinter ihm.

Er wirbelte herum und senkte schnell den Bogen, als er sah, wie seine Mutter, Aphrodite, in den Raum teleportierte. Sie war wie eine Sterbliche gekleidet und steckte nicht in der langen fließenden Tunika, die sie so gerne auf dem Olymp trug. Sie hatte ihre kurze weiße Hose und ihre azurblaue, fast durchsichtige Bluse mit silbernen hochhackigen Sandalen akzentuiert. Ihre langen Beine sahen wie eine Werbung für einen Enthaarungssalon aus und ihr langes blondes Haar stellte jedes professionelle Haarmodel in den Schatten. Seine Mutter war wirklich die schönste Göttin, die diese Welt je gesehen hatte.

„Mutter“, begrüßte er sie und küsste sie auf die Wange. „Es ist schön, dass du mich besuchst, aber eine kleine Vorwarnung wäre noch schöner gewesen. Ich hätte beschäftigt sein können.“

Sie lächelte und fuhr ihm mit der Hand durch sein Haar, als wäre er immer noch ein kleiner Junge. „Liebling, ich wusste, dass du nicht beschäftigt bist.“

Er zog eine Augenbraue hoch. „Spionierst du mir wieder nach?“

„So würde ich es nicht nennen. Eher auf dich aufpassen. Ich will nicht, dass du etwas tust, was du vielleicht bereust.“ Sie blickte auf den Bogen, den er immer noch in der Hand hielt.

Eros legte ihn wieder auf den Couchtisch. „Ich dachte, du wärst froh, mich wieder mit meinem Bogen zu sehen. Du warst schon immer auf Zeus’ Seite, wenn es um meine göttlichen Pflichten ging.“

Aphrodite neigte den Kopf zur Seite und warf ihm einen tadelnden Blick zu. „Ich bin immer auf deiner Seite. Genau wie jetzt. Deshalb bin ich hier. Du bist mein Sohn und es würde mich verletzen zu sehen, wie du etwas aus Verzweiflung tust.“

Eros hob den Arm. „Wer ist hier verzweifelt? Ich sicherlich nicht.“ Er zeigte zur Bar. „Möchtest du einen Drink?“

„Warum nicht?“

Froh, sich beschäftigen zu können, goss er zwei Gläser Wein ein und gab ihr eines. „Wie geht es meinem Vater? Hast du ihn in letzter Zeit gesehen?“

Aphrodite nahm einen Schluck aus ihrem Glas. „Ich bin nicht hier, um über Ares zu sprechen und das weißt du, also versuch nicht, das Thema zu wechseln.“

„Das tue ich nicht.“

„Ich bin deine Mutter. Wann hast du mir je schon etwas vormachen können?“

Er seufzte. „Anscheinend nie.“

„Volltreffer.“ Sie zeigte auf den Bogen. „Ich habe das Gefühl, dass ich weiß, worüber du nachdenkst.“

Eros wandte sich zur Glastür und starrte in den Garten hinaus. „Du weißt gar nichts, Mutter.“

„Doch, ich habe dich vorhin beobachtet. Mit dem James-Dean-Möchtegern.“

Er drehte sich um und blickte sie an. „Und? Ich habe mich nach einem zweiten Auto umgesehen.“

Sie wandte ihre Aufmerksamkeit gespielt ihren makellosen Fingernägeln zu. „Komisch, dass du zu einem Autohändler gehst, bei dem der Exfreund deiner Freundin arbeitet. Ich fand das etwas seltsam.“

„Wirklich? Vielleicht mag ich ihre Auswahl und die Preise. Sie bieten wirklich tolle Schnäppchen an.“

Sie schüttelte leicht ihren Kopf. „Wir haben das alle schon mal getan. Unsere Konkurrenz ausspioniert, um zu sehen, ob wir ihnen gegenüber Vorteile haben. Aber das, worüber du jetzt nachdenkst, ist keine gute Idee.“

„Ich dachte über gar nichts nach!“, protestierte Eros.

Aphrodite blickte wieder auf den Bogen auf dem Couchtisch. „Doch, das hast du. Und es ist eine dumme Idee. Ich würde dir das nicht raten."

„Und wieso, Mutter?", fragte Eros barsch.

„Wenn du einen Pfeil auf sie schießt, wie willst du dir dann je darüber sicher sein, dass sie dazu bestimmt war, dich zu lieben? Was, wenn die Parzen sie dir in den Weg gelegt haben? Verstehst du das nicht? Wenn die Schicksalsgöttinnen euch zwei zusammengebracht haben, dann wird die Liebe, die ihr füreinander empfindet, stärker und mächtiger sein als jede Liebe, die je aus deinen Pfeilen entstehen könnte."

Eros knurrte vor sich hin.

„Du weißt, dass es wahr ist. Es passiert nicht oft, dass die Parzen solch eine Gelegenheit gewähren. Bist du gewillt, das wegzuwerfen, indem du einen Pfeil auf sie schießt?"

Eros atmete wütend aus. „Und was, wenn es nicht die Schicksalsgöttinnen waren? Was, wenn Psyche Gefühle für den anderen Kerl hat? Diesen sexistischen, unreifen Arsch!"

„Was, wenn ja?", konterte Aphrodite. „Benutze deine göttlichen Kräfte nicht bei Psyche. Lass sie ihre eigene Entscheidung treffen. Wenn du etwas für sie empfindest, dann vertrau ihr."

Eros leerte sein Glas und stellte es auf die Bar. „Es ist schwierig, jemandem zu vertrauen, wenn man so wie ich verletzt wurde."

Aphrodite stellte ihr Glas auf den Tisch. Dann legte sie ihre Arme um ihn. „Wie jede Mutter wünsche ich mir, dass ich dir diesen Schmerz hätte ersparen können. Aber mach deine Lage nicht noch schlimmer, indem du eine Entscheidung triffst, die dumm ist und die du eines Tages bedauern wirst. Denn wenn du auf sie schießt, wird das nur dazu führen, dass sie sich in dich verliebt. Aber was, wenn *du* dich nicht in *sie* verliebst? Dann wirst du sie genauso verletzen, wie du verletzt wurdest. Das ist ihr gegenüber nicht fair. Sie verdient etwas Besseres."

Eros seufzte. Er musste zugeben, dass seine Mutter recht hatte. Einen seiner Pfeile auf Psyche zu schießen, war keine Lösung. Er musste ihrer Beziehung erlauben, sich von selbst zu entfalten. Das war ein Risiko, das er eingehen musste, oder er würde sich später auf ewig dafür hassen.

Nickend löste er sich aus ihrer Umarmung. „Das musste ich wirklich hören. Danke."

Aphrodite drückte seine Hände. „Es ist schön, dich zu sehen. Wir sollten das öfter machen."

Bei dem Geräusch der zufallenden Eingangstür schoss Eros' Blick zu dem offenen Durchgang ins Foyer, wo er einen klaren Blick auf die Person hatte, die es betrat.

Genauso wie es der Person einen klaren Blick auf ihn und Aphrodite gab. Er hatte nicht erwartet, dass Psyche so früh zurück war. Es war zu spät für Aphrodite, wegzuteleportieren – Psyche hatte sie bereits gesehen. Und angesichts der Tatsache, dass Aphrodite nicht älter als Eros aussah, konnte er sie wohl kaum als seine Mutter vorstellen. Er musste sich etwas anderes einfallen lassen, was glaubwürdig klang, und zwar schnell.

~ ~ ~

Erstaunt darüber, dass Eros eine Frau zu Gast hatte, die mit jedem Supermodel mithalten und sogar gewinnen könnte, erstarrte Psyche im Durchgang zum Wohnzimmer. Wie gelähmt starrte sie die beiden an. Die Art, wie sie einander an den Händen hielten, war ein Anhaltspunkt dafür, dass sie sich auf intime Weise kannten. Und der schuldige Blick auf Eros' Gesicht deutete darauf hin, dass Psyche etwas unterbrochen hatte, das sie nicht sehen sollte.

„Hey, Psyche, schon von der Arbeit zurück?“, fragte Eros freudig.

Sie nickte, da ihr Mund zu trocken war, um zu sprechen und sie nicht wusste, wie sie reagieren sollte.

Es gab eine peinliche Pause, bis Eros fortfuhr: „Eine Freundin ist unerwartet vorbeigekommen. Wir hatten ein Glas Wein. Möchtest du auch eines, Psyche?“

Sie schüttelte den Kopf. „Gerade nicht, danke.“

„Wo sind deine Manieren, Eros?“, tadelte ihn die Frau und machte dann mit ausgestreckter Hand einen Schritt auf Psyche zu. „Ich bin Aphrodite. Ich bin Eros' –“

„– Sandkastenfreundin“, unterbrach Eros und kam näher.

Die Schönheit warf ihm einen Seitenblick zu, doch Eros ignorierte sie. Stattdessen fügte er hinzu: „Von damals, als ich als Kind in Griechenland gelebt habe.“

Psyche nickte und erinnerte sich daran, was Sophia über Eros und seine Freunde gesagt hatte und wandte dieses Wissen nun auch auf seine Freundin an. Wahrscheinlich war der Name Aphrodite – der einer griechischen Göttin – in Griechenland genauso verbreitet wie Sarah oder Jane in den USA. Psyche nahm Aphrodites Hand und fand ihre Stimme wieder. „Ich vermute, das erklärt den griechischen Namen. Freut mich, dich kennenzulernen. Ich bin Psyche.“

Sie fügte nicht hinzu, dass sie Eros' Freundin war. Schließlich war diese Bezeichnung kaum vierundzwanzig Stunden alt und wenn Eros es nicht als notwendig erachtete, seiner Sandkastenfreundin zu erzählen, wer sie war, vielleicht wollte er dann nicht, dass sie es wusste.

„Freut mich sehr, deine Bekanntschaft zu machen.“ Aphrodite ließ ihre Augen über Psyche schweifen und lächelte.

„Du arbeitest mit Blumen?“

Psyche nickte. „Woher weißt du das?“

Aphrodite streckte die Hand aus und zog ein Blütenblatt aus Psyches Haaren.

„Oh.“ Beschämt, dass sie wirklich schlecht herausgeputzt aussehen musste, wo Aphrodite doch so makellos aussah, spürte Psyche, wie ihr Hitze in die Wangen stieg. Sie war einer so zeitlos schönen Frau nicht ebenbürtig. Erinnerungen an Waynes Betrug kamen sofort hoch. Sie war für Wayne nicht genug gewesen; wie konnte sie dann genug für Eros sein, der viel besser als Wayne aussah und viel gebildeter und charmanter war, als Wayne es je sein könnte? Würde eine Frau wie Aphrodite nicht viel besser zu Eros passen? Vielleicht erkannte Eros das auch, besonders jetzt, wo er sie Seite an Seite vergleichen konnte.

„Nun“, sagte Aphrodite und brach das peinliche Schweigen. „Ich gehe lieber wieder. Es war schön, dich zu sehen.“ Sie gab Eros einen Kuss auf die Wange. Die Geste sah vertraut aus, als hätte sie das schon tausendmal gemacht.

Ein Anflug von Eifersucht schoss durch Psyche, doch sie versuchte, es nicht zu zeigen.

„Es war schön, dich kennenzulernen, Psyche.“

„Ich bringe dich raus“, bot Eros an, doch Aphrodite winkte ab.

„Nicht nötig. Ich rufe dich bald an.“ Sie schwebte wie eine grazile Tänzerin aus dem Raum.

Als die Eingangstür hinter ihr zufiel, herrschte einen Augenblick lang Stille. Misstrauen breitete sich in Psyche aus. Hatte Eros eine intime Beziehung mit der Frau, die er als Sandkastenfreundin bezeichnet hatte?

„Wie war dein Tag?“, fragte Eros, als er sich näherte und die Hände ausstreckte, um sie zu umarmen.

Psyche trat zur Seite, bevor er es tun konnte. „Anstrengend. Ich habe im Garten eines Kunden gearbeitet.“

„Wie wäre es, wenn ich dich zum Essen ausführe und wir uns später entspannen?“

Sie wusste, was er mit entspannen meinte. Dachte er wirklich, dass sie seine schöne Besucherin vergessen würde, wenn er ihr ein Abendessen und Sex anbot?

„Ich glaube, darauf habe ich heute keine Lust.“

Eros lächelte und berührte ihren Arm. „Wie wäre es dann mit Abendessen zuhause?“

„Ich glaube, ich brauche ein Bad und lese dann etwas in meinem Zimmer, wenn du nichts dagegen hast. Ich sollte heute früh ins Bett gehen und etwas Schlaf nachholen. Ich arbeite morgen früh im Olympus Inn und dann muss ich eine Kundin auf dem Friedhof treffen. Ich sollte mich etwas ausruhen.“

Enttäuschung breitete sich auf Eros’ Gesicht aus. „Aber du musst etwas essen.“

„Ich habe keinen Hunger. Ich habe erst spät zu Mittag gegessen.“ Sie drehte sich weg. „Schlaf gut.“

Sie konnte beinahe spüren, wie seine Augen ihr folgten. Doch sie drehte sich nicht um und änderte ihre Meinung nicht. Etwas stimmte nicht. Sie konnte es spüren. Eros verbarg etwas. Ihre schlechte Erfahrung mit Wayne hatte sie gelehrt, die Anzeichen zu erkennen, wenn ein Mann nicht ehrlich war. Oder war sie nur paranoid und projizierte all ihre schlimmsten Ängste auf ihn? Hatte Waynes Auftauchen sie mehr durcheinandergebracht, als sie zugeben wollte?

# 24

Psyche schlich sich am nächsten Morgen früh aus dem Haus. Sie hatte schlecht geschlafen, sich alle möglichen Szenarien über eine Beziehung zwischen Eros und Aphrodite ausgemalt. Diese Gedanken sowie Waynes unerwartetes Auftauchen einige Tage zuvor erinnerten sie an dessen Nachrichten, mit denen er sie überreden wollte, wieder zu ihm zurückzukommen. Sie hatte jede einzelne davon ignoriert. Alles in allem hatten die Träume wenig Sinn ergeben und stattdessen zu ihrer Unsicherheit hinsichtlich ihrer Beziehung mit Eros beigetragen. Vielleicht war es ein Fehler gewesen, überhaupt eine einzugehen. Hätten sie einfach mit unkompliziertem Sex weitergemacht, wäre es ihr nämlich egal gewesen, ob er sich hinter ihrem Rücken mit jemandem traf. Oder nicht?

Verärgert über sich selbst, weil sie der ganzen Sache zu viel Bedeutung schenkte, kletterte Psyche in ihren Truck und fuhr zu ihrer Wohnung, um ihre Post zu holen und zu überprüfen, welchen Fortschritt Eros' Klempner machte. Sie war auch in dieser Hinsicht auf eine Enttäuschung gefasst.

Psyche öffnete ihren Briefkasten, nahm die Post heraus und schob sie in ihre Handtasche. Beklommen ging sie die Treppe hinauf und sperrte die Tür zu ihrer Wohnung auf. Vorsichtig drückte sie sie auf, um nicht gegen irgendein Hindernis zu stoßen, das der Klempner möglicherweise dort hinterlassen hatte. Als nichts die Tür behinderte, öffnete sie sie weit und schaute sich um. Das Wohnzimmer sah genauso zugestellt aus wie immer. Sie schloss die Tür und ging zum Badezimmer.

An dessen offener Tür konnte sie ihren Augen nicht trauen. Der Klempner hatte die alten Rohre ersetzt und funkelnagelneue installiert. Sie lagen immer noch frei, aber der Bereich schien soweit vorbereitet worden zu sein, dass der Zimmerer die Bodendielen sowie die Fliesen legen konnte. Aufgeregt eilte sie in ihr Schlafzimmer und sah sich auch dort den Boden an. Hier lagen die Rohre ebenfalls noch frei, doch auch diese waren neu. Alles war repariert worden und nichts leckte mehr.

„Ja!" Sie riss ihre Faust hoch.

Wenn die Arbeit weiterhin so schnell voranging, würde sie vielleicht in ein oder zwei Wochen wieder in ihre Wohnung ziehen können. Dann würde ihr Leben wieder zur Normalität zurückkehren.

Als Psyche zu ihrem Truck zurückkehrte und zu ihrem Laden fuhr, fühlte sie sich besser als nach dem Aufstehen. Sie machte sich an die Arbeit und stellte einige Arrangements aus Blumen, Blättern und Gräsern zusammen. Sich in ihre Arbeit zu vergraben, beruhigte sie irgendwie und bis sie zwei Stunden später damit fertig war, hatte sie es geschafft, ihre Bedenken über Aphrodite und Eros aus ihrem Bewusstsein zu verdrängen.

Etwas später parkte sie ihren Truck vor dem Olympus Inn und lud die Blumenarrangements ab. Sie trug eines nach dem anderen hinein und stellte sie in eine Nische im ersten Stock.

Im Haus wimmelte es von Gästen. Das Frühstücksbuffet war im Esszimmer angerichtet und einige Gäste aßen dort, lasen die Zeitung und planten ihren Tag. Ein junges Paar genoss sein Frühstück auf der Terrasse und Alice, die Köchin, summte in der Küche. Die Tür zu Tritons Büro war geschlossen und über ihr, im zweiten Stock, hörte Psyche Schritte. Wahrscheinlich die Putzfrau, die die Zimmer saubermachte.

Psyche betrat die Küche. „Morgen, Alice."

Alice drehte den Kopf zu ihr. „Morgen, Psyche. Du bist früh dran."

Psyche lächelte. „Ich konnte nicht schlafen, also bin ich früh in den Laden. Ich kann bis nach dem ersten Ansturm damit warten, die Blumen auszutauschen, wenn ich im Weg bin."

„Oh nein, du störst nicht. Mach einfach, was du tun musst." Sie nahm den Bacon, den sie gerade gebraten hatte, aus der Pfanne. „Hattest du schon einen Kaffee?"

„Nein. Irgendwie habe ich es vergessen, mir auf dem Weg zum Laden einen zu holen."

Alice goss bereits eine Tasse ein und gab sie ihr. „Hier, bitte. Man kann doch den Tag nicht ohne Kaffee beginnen. Ohne wäre ich ein Zombie." Alice kicherte. „Greg geht mir morgens so lange aus dem Weg, bis ich meine erste Tasse hatte."

Psyche nahm einen Schluck. „Mmm, danke, Alice. Der ist gut. Warum schmeckt dein Kaffee immer besser als das Zeug aus dem Coffee Shop?"

„Weil du meinen aus einer echten Tasse trinkst und nicht aus diesen Pappbechern. Durch die schmeckt der Kaffee seltsam", behauptete sie, nahm den Teller mit Bacon und trug ihn ins Esszimmer, um das Frühstücksbuffet aufzufüllen.

Psyche trank noch etwas Kaffee und schaute dabei durch eines der Küchenfenster in den Garten hinunter. Die Blumenbeete, die sie vor fast einer Woche gepflanzt hatte, sahen gesund aus, obwohl sie vielleicht noch etwas Wasser vertragen könnten. Sie würde sich darum kümmern, nachdem sie die Blumengestecke ausgetauscht hatte.

„Oh, guten Morgen, Psyche."

Beim Klang von Sophias Stimme drehte sich Psyche um. „Morgen, Sophia." Sie zeigte auf ihre Kaffeetasse. „Alice hat mir einen Kaffee angeboten. Ich werde mich sofort um die Blumen kümmern."

Sophia machte eine wegwerfende Handbewegung. „Keine Eile. Ich brauche selbst noch eine Tasse. Ich leiste dir Gesellschaft."

Nachdem Sophia sich eine Tasse von Alices Kaffee eingeschenkt hatte, kam sie näher und zeigte auf die kleine Essecke an einem der Fenster. Sophia setzte sich und Psyche nahm die Einladung an und gesellte sich zu ihr.

Sophia blickte in den Garten hinaus. „Ich liebe mein Haus. Und der Garten ist jetzt dank dir auch endlich schön. Ich wünschte, Eleni hätte das sehen können."

Psyche spürte, wie sie bei dem Kompliment errötete. „Eleni?"

„Meine Tante. Ich habe das Haus von ihr geerbt." Sophia nahm noch einen Schluck Kaffee und wechselte das Thema. „Es hat mich gefreut, dass du bei Pennys Feier dabei warst."

„Ja, das hat Spaß gemacht", sagte Psyche.

„Also, du und Eros ...", sagte Sophia lächelnd. „Wenn ich gewusst hätte, dass es zwischen euch funkt, hätte ich euch schon eher bekannt gemacht."

Unsicher, wie sie antworten sollte, trank Psyche von ihrem Kaffee und blickte zum Fenster hinaus. „Oh, es war nur ein Date."

„So sah es aber nicht aus. Meiner Meinung nach schien Eros sehr angetan von dir zu sein", sagte Sophia.

„Das bezweifle ich. Er ist bei allen Frauen so, da bin ich mir sicher." Schließlich hatte er auch sehr vertraut mit Aphrodite gewirkt.

Sophia runzelte die Stirn. „Ich kenne Eros nun schon einige Zeit und ehrlich gesagt hat er schon lange niemanden mehr so angesehen wie dich."

Psyche zuckte mit den Schultern. Sophia irrte sich. „Er ist mehr an anderen Frauen interessiert als an mir."

„Welche anderen Frauen?"

Psyche hob ihre Hand. „Naja, Frauen wie seine Sandkastenfreundin. Wie hieß sie nochmal? Aphrodite."

Sophias Augen weiteten sich und ihre Kinnlade klappte auf. „Aphrodite?"

„Ja, kennst du sie? Sie hat ihn gestern besucht. Ich glaube, sie stehen sich nahe." Zu nahe für Psyches Geschmack.

„Du denkst, er interessiert sich für Aphrodite?"

Psyche zuckte verhalten mit den Schultern und versuchte, unbekümmert zu wirken. „Warum auch nicht? Sie ist wunderschön. Naja, es ist egal. Wir waren ja nur ein paarmal aus. Es ist nichts Ernstes."

„Ein paar Dates? Vorhin hast du gesagt, dass es nur eines war", merkte Sophia mit hochgezogenen Augenbrauen an.

„Ich will nur sagen, dass es egal ist. Er kann sich treffen, mit wem er will."

„Nun, offensichtlich macht es dir doch etwas aus."

Psyche sprang auf. „Ich kümmere mich besser um die Blumenarrangements, bevor sie noch jemandem im Weg stehen."

Sophias fester Griff um ihr Handgelenk stoppte sie und Psyche musste sich wieder zu ihr wenden.

„Die Blumen können warten." In Sophias Blick lag eine Entschlossenheit, die sie noch nie zuvor gesehen hatte.

Psyche zögerte.

„Eros hat kein Interesse an Aphrodite. Sie kennen einander, seit er ein Baby war. Ja, sie stehen sich nahe, sehr nahe. Aber ich kann dir garantieren, dass es nichts Sexuelles zwischen ihnen gab oder je geben wird.“

„Wie kannst du dir da so sicher sein? Ich meine, hast du sie gesehen?“

Sophia nickte. „Schon oft. Ich kenne sie gut. Und ich kenne auch den Mann, den sie liebt. Und das ist nicht Eros.“

„Sie ist glücklich verheiratet?“

Sophia seufzte. „Leider nicht.“

Neugierig setzte sich Psyche wieder auf die Bank. „Was meinst du damit?“

„Ihr Schwiegervater billigt die Verbindung nicht. Er hat schon alles getan, um sie voneinander fernzuhalten. Aber über die Jahre hinweg haben sie sich immer irgendwie zusammengefunden. Bis sein Vater wieder einen Keil zwischen sie treibt. Aber wahre Liebe kann man nicht ewig trennen. Sie werden immer einen Weg finden, zusammen zu sein. Aphrodite wird nie aufgeben, mit dem Mann zusammen zu sein, den sie liebt. Egal wie viele Hürden sie überwinden muss. Eros steht ihr schon all diese Jahre zur Seite, unterstützt sie, hilft ihr und bietet ihr eine Schulter zum Ausweinen, wenn sie eine braucht. Und sie würde dasselbe für ihn tun.“

„Oh.“ Psyche fühlte sich plötzlich dumm. Eros und Aphrodite waren wirklich Freunde. Und in ihrem Kopf hatte sie Eros beschuldigt, sie zu betrügen. „Ich dachte ... oh mein Gott, ich fühle mich so schlecht, weil ich gedacht habe, dass ...“ Sie zögerte und hob ihre Augen, um Sophia anzublicken. „Meine Erfahrungen mit Männern haben mich dazu gebracht, zu glauben, dass Eros wie alle anderen ist.“

Sophia tätschelte ihre Hand. „Er ist ein Mann. Und ja, er ist ein Charmeur. Aber wenn er jemanden mag, ist er treu. Er ist keiner, der eine Frau betrügen würde.“

„Er sah so schuldig aus, als ich sie überrascht habe“, sagte Psyche. „Und ich habe sofort angenommen ...“

„Sie haben wahrscheinlich über etwas gesprochen, was niemand anderes hören sollte. Sie besucht ihn oft, wenn sie sich etwas von der Seele reden muss. Das war es wahrscheinlich.“

„Sophia, ich kann nicht glauben, wie dumm ich gewesen bin.“

Sophia lächelte. „Wer weiß, ich hätte in deiner Lage vielleicht genauso reagiert.“

„Danke.“ Psyche stand auf. „Ich sollte mich jetzt an die Arbeit machen.“

„Also gibst du ihm noch eine Chance?“

Lächelnd nickte Psyche. Nicht alle Männer waren wie Wayne.

~ ~ ~

Nachdem Psyche ihre Arbeit im Bed and Breakfast erledigt hatte, fuhr sie zum Friedhof, wo sie auf einem der Parkplätze am Eingang ihr Auto abstellte. Sie ging beim Schuppen des Platzwarts vorbei, um sich eine Schubkarre zu borgen, und lud dann ihre Werkzeuge und Pflanzen aus. Als sie das Grab erreichte, das sich nahe einer riesigen Weide in der Mitte des Friedhofs befand, wartete Mrs. Lloyd schon auf sie.

Psyche parkte die Karre neben dem Grab und lächelte die alte Dame an. „Ich hoffe, ich habe Sie nicht zu lange warten lassen. Ich bin gerade erst mit einem anderen Job fertig geworden."

„Oh nein, meine Liebe, überhaupt nicht. Ich habe die Zeit genutzt, um mich mit ein paar alten Freunden zu treffen." Sie zeigte auf die Grabreihe weiter oben an dem leichten Hang. „Komisch, wie viele meiner Freunde jetzt hier sind." Sie kicherte unerwartet. „Wenn die Wissenschaft nicht bald etwas erfindet, werden wir alle hier enden."

Psyche konnte nicht anders, als über Mrs. Lloyds lustige Bemerkung zu lachen. Aber sie hatte keine geistreiche Antwort darauf, also blickte sie nur auf das Grab und sagte: „Ich habe eine Auswahl an Blumen und Pflanzen mitgebracht, um zu sehen, was am besten passt." Sie zeigte auf die Karre. „Ist etwas dabei, was Ihnen gefällt?"

Mrs. Lloyd trat an die Schubkarre und beugte sich darüber, um sich die verschiedenen Pflanzen anzusehen. „So schön. Alle sind wirklich sehr hübsch. Was schlagen Sie vor, Psyche?" Sie blickte hoch und ihre Augen waren nun mit einem Film aus Feuchtigkeit überzogen.

Instinktiv legte Psyche ihre Hand auf den Arm der Frau und drückte ihn. „Warum setzen Sie sich nicht da drüben in den Schatten, wo die kleine Bank ist, und lassen mich etwas zaubern, was Ihrem Ehemann sehr gefallen hätte?"

„Sie sind so ein Schatz." Mrs. Lloyd nickte dankbar und ging zur Weide. Um deren Stamm war eine runde Bank errichtet, damit die Besucher dort sitzen und in alle Richtungen schauen konnten.

Psyche blickte auf die Schubkarre. Zuvor hatte sie sich nicht entscheiden können, welche Pflanzen und Blumen sie mitbringen sollte, doch jetzt, wo sie ihre Auswahl ansah, wusste sie plötzlich genau, was Mrs. Lloyd am besten gefallen würde. Psyche liebte Blumen nicht nur wegen ihrer Schönheit, sondern auch wegen ihrer Bedeutung. Und obwohl andere Gärtner die Blumen, die sie auf Albert Lloyds Grab pflanzen wollte, als seltsam erachten würden, repräsentierten sie für Psyche genau die Gefühle, die Mrs. Lloyd vermitteln wollte: eine Liebe, die sie nie vergessen würde.

Die Zeit verging schnell und mit jeder Minute wurde ihre Vision deutlicher. Als sie fertig war, bewässerte sie das Grab und ging dann zu der Weide, um Mrs. Lloyd zu holen. Sie war eingenickt, doch als Psyche leise ihren Namen murmelte, erwachte sie sofort.

„Wollen Sie es sehen?", fragte Psyche.

Mrs. Lloyd stand auf. „Sie sind schon fertig? Mein Gott, das ging aber schnell. Ich habe mich doch gerade erst hingesetzt."

Psyche lächelte, doch sie hielt sich davon ab, Mrs. Lloyd darauf hinzuweisen, dass sie mindestens eine Stunde lang gedöst hatte. „Kommen Sie."

Am Grab blieben sie beide stehen und betrachteten es schweigend. In der Mitte war ein kleiner Rosenstrauch mit winzigen roten Knospen, die sich zur Blüte öffnen würden, sobald das Wetter wärmer wurde. Außen herum hatte Psyche mehrere Vergissmeinnicht gepflanzt. Die blaue Farbe stand im Kontrast zu den roten Rosenblüten und den grünen Blättern. Um das Grab einzurahmen, hatte sie Sternlilien gepflanzt, eine grasartige Pflanze mit weißen Lilien.

Mrs. Lloyd drehte sich zu ihr und ergriff Psyches Hände. „Oh Psyche, ich weiß nicht, was ich sagen soll." Ihre Stimme krächzte. „Das ist genau, was ich empfinde." Sie zeigte auf den Rosenbusch. „Meine Liebe zu Albert." Dann zeigte sie auf die Vergissmeinnicht. „Er wird wissen, dass ich ihn nie vergessen werde." Eine einzelne Träne floss ihre Wange hinab und sie holte ein Taschentuch aus ihrer Tasche und tupfte die Träne weg. „Vielen Dank."

„Ich bin so froh, dass es Ihnen gefällt."

Die alte Dame schniefte und öffnete ihre Handtasche. „Wie viel schulde ich Ihnen?"

Psyche schüttelte den Kopf. „Nichts, wirklich. Die Pflanzen sind mir von einem anderen Auftrag übrig geblieben", log sie. „Das passt schon so."

Mrs. Lloyd schüttelte den Kopf. „Nein, nein, das kann ich nicht annehmen. Sie haben schwer gearbeitet. Und eine alte Frau sehr glücklich gemacht." Sie nahm ihre Geldbörse heraus und öffnete sie.

Psyche seufzte. Sie wusste, dass Mrs. Lloyd kaum über die Runden kam. Es war nicht richtig, ihr Geld zu nehmen. Und Psyche hatte in letzter Zeit auch viel Glück gehabt. Da ihre Rohre kostenlos repariert worden waren, machte sie sich nicht mehr so viele Sorgen wie noch vor einer Woche. Sie musste die alte Dame davon überzeugen, dass sie nichts zahlen musste.

„Bitte, Mrs. Lloyd. Das ist ein Geschenk."

„Das kann ich nicht annehmen, meine Liebe. Ich muss dafür bezahlen. Albert würde das wollen." Und das war Mrs. Lloyds letztes Wort zu dem Thema, bevor sie Psyche mehrere Geldscheine in die Hand drückte.

# 25

Eros hatte gehofft, Psyche zu erwischen, bevor sie zur Arbeit ging, hatte sie jedoch verpasst. Er wusste, dass er Mist gebaut hatte. Seine Mutter als Sandkastenfreundin vorzustellen, war nicht gut ausgegangen. Er war nicht dumm. Er wusste, wie das für eine Außenstehende ausgesehen haben musste, doch er hatte keine Erklärung finden können, der Psyche Glauben geschenkt hätte. Er musste die Sache klären, denn wenn Psyche dachte, dass er sich hinter ihrem Rücken mit jemand anderem traf, würde sie sogar noch mehr Grund haben, wieder zu ihrem Exfreund zurückzukehren. Und es war gut möglich, dass sie gerade im Moment Pläne schmiedete, das zu tun.

Er fand Psyches Geschäft geschlossen vor und machte sich deshalb auf den Weg zu Waynes Arbeitsplatz. Wayne war dort, doch zu Eros' Erleichterung gab es kein Anzeichen von Psyche. Da erinnerte er sich daran, dass Psyche erwähnt hatte, sie würde bei Sophia Arbeit erledigen müssen. Er kam gerade dort an, als sie auch schon wieder wegfuhr, also folgte er ihr. Es war Mittagszeit. Würde sie sich mit Wayne treffen?

Neugierig folgte Eros ihr, doch zu seiner Überraschung machte sie keine Mittagspause, sondern stoppte am Friedhof und lud dort Pflanzen aus. Zufrieden, dass sie eine Weile beschäftigt sein würde, fuhr er weiter, denn ihm war gerade eine Idee gekommen.

Über eine Stunde später parkte er wieder auf dem Parkplatz des Friedhofs und marschierte hinein. Büsche und Bäume säumten den Friedhof und schenkten den alten Gräbern Schatten. Er sah Psyche mit einer älteren Dame an einem Grab stehen. Anscheinend war Psyche gerade damit fertig geworden, die Blumen zu pflanzen und die Dame bezahlte sie jetzt. Eros näherte sich. Psyche hatte ihn nicht noch entdeckt.

Die ältere Frau stellte ihre Handtasche neben dem Grab ab, bückte sich und machte ein Kreuzzeichen auf ihrer Brust. Dann schaute sie sich plötzlich um.

„Ich hätte fast meine Strickjacke vergessen", sagte die Frau.

„Wo haben Sie sie gelassen?"

„An der Weide."

„Ich hole sie für Sie", bot Psyche an, doch die Frau lehnte ab.

„Nein, nein. Ich hole sie schon. Sie müssen doch noch Ihre Werkzeuge einpacken. Es ist schon nett genug von Ihnen, mich nach Hause zu fahren."

Dann wandte sich die Dame um und ging in Richtung der Weide. Eros war im Begriff, sich Psyche zu nähern, als diese sich zur Handtasche der Frau bückte und einen flüchtigen Blick in Richtung der Weide warf. Die alte Frau kehrte ihr immer noch den Rücken zu.

Psyche griff in die Handtasche und zog eine Geldbörse heraus. Eros’ Herz stockte.

Bei den Göttern! Psyche war eine Diebin? Seine Hände ballten sich zu Fäusten. Er wollte wegschauen, wollte nicht Zeuge sein, wie die Frau, für die er Gefühle entwickelt hatte, bewies, dass sie seiner Zuneigung nicht wert war. Dennoch zwang ihn etwas hinzusehen, genau wie man hinsehen musste, wenn sich ein Unheil ereignete.

Psyche öffnete die Geldbörse, doch anstatt das Bargeld darin herauszunehmen, griff sie in ihre Hemdtasche. Sie zog mehrere Geldscheine – deren Wert er nicht sehen konnte – heraus und steckte sie in die Geldbörse der alten Dame. Mit einem weiteren schnellen Blick zur Weide und zu ihrer Kundin schob sie schnell die Geldbörse zurück in die Handtasche und drehte sich um, um ihre Werkzeuge zusammenzusammeln.

Eros’ Kehle wurde trocken. Zum ersten Mal in seinem Leben war er vollkommen sprachlos. Psyche hatte das Geld, das die Frau ihr nur Momente zuvor gegeben hatte, zurückgesteckt. Er hatte noch nie gesehen, dass jemand etwas Ähnliches getan hatte. Und bei Psyche war es sogar noch bewundernswerter, dass sie so etwas Barmherziges tat. Eros kannte ihre finanzielle Situation: Ihr Geschäft lief nicht gut. Sie benötigte sämtliches Einkommen, das sie verdienen konnte, dennoch hatte sie kostenlos für diese Dame gearbeitet. Nicht nur das, Psyche hatte ihr eigenes Geld ausgegeben, um die Pflanzen zu kaufen, die sie für das Grab verwendet hatte.

Als die zwei Frauen sich fertig machten zu gehen, versteckte sich Eros hinter einem Busch und ließ das einsinken, was er gerade gesehen hatte. Psyche war durch und durch gut. Sie war nicht die Art Frau, die stehlen würde oder lügen oder fremdgehen. Er musste ihr vertrauen, dass sie ihm gegenüber genauso ehrlich sein würde. Sie würde ihn nicht mit ihrem alten Freund hintergehen. Das wusste er jetzt. Und er musste dafür sorgen, dass sie wusste, dass sie auch ihm vertrauen konnte.

Als er sah, wie Psyches Truck mit beiden Frauen darin losfuhr, eilte Eros zurück zu seinem Auto. Da Psyche einen Umweg machen musste, um die alte Frau nach Hause zu fahren, kam er vor ihr am Laden an. Er wartete vor der Tür von Psyches Geschäft, als Psyche ihren Truck parkte. Noch bevor sie ausstieg, bemerkte er ihren überraschten und etwas besorgten Gesichtsausdruck.

Psyche näherte sich ihm. „Eros, was machst du hier?“

„Hast du schon zu Mittag gegessen?“

Sie schüttelte den Kopf. „Ich wollte mir gerade ein Sandwich aus dem Deli holen.“ Sie zeigte zum Laden nebenan.

„Ich habe eine bessere Idee.“ Er nahm ihre Hand. „Wie wäre es mit einem

Picknick? Ich habe einen netten kleinen Korb für uns zusammengestellt."

„Aber …"

„Wir müssen reden", unterbrach er. Was er sagen musste, konnte nicht warten. „Wegen gestern."

„Oh." Ein unbehaglicher Ausdruck breitete sich auf ihrem Gesicht aus. „Ich wollte nicht –"

„Bitte, ich muss das erklären." Er zeigte zu seinem Wagen. „Aber nicht hier. Lass uns irgendwohin gehen, wo wir in Ruhe und Frieden reden können."

„Ich muss mich kurz umziehen. Meine Klamotten sind schmutzig. Ich habe etwas Sauberes in meinem Büro."

„Kein Problem."

Eine halbe Stunde später kamen sie am Strand auf Sullivan's Island an. Eros parkte das Auto, schnappte sich den Picknickkorb und eine Decke vom Rücksitz und stieg aus. Psyche folgte ihm. Eros wählte eine der abgelegeneren Ecken, wo hohe Sanddünen und leichte Vegetation etwas Privatsphäre boten, und breitete die Picknickdecke aus.

Während er die Lebensmittel herausnahm und Psyche sich auf der Decke niederließ, dachte er über seine nächsten Worte nach. Er wusste, dass er Psyche nicht die Wahrheit über Aphrodite sagen konnte, da sie nie glauben würde, dass sie seine Mutter war. Und er könnte ihr auch nicht offenbaren, dass er ein Gott war. Er konnte nur versuchen, sie davon zu überzeugen, dass er keine romantischen Gefühle für Aphrodite hegte.

„Ich weiß, dass du wegen gestern Abend verärgert bist."

Sie zuckte mit den Schultern. „Ich muss dir das erklären –"

Eros stoppte sie, indem er seine Hand hob. „Bitte, lass mich erklären."

Psyche nickte langsam.

„Danke. Gestern Abend, als du zurückkamst und mich und Aphrodite sahst, wurde mir bewusst, wie die Situation für dich ausgesehen haben muss. Ich hätte das besser handhaben sollen, aber ich war zu überrascht." Er suchte Psyches Augen, während sie schweigend zuhörte. „Aphrodite und ich, wir haben eine gemeinsame Vergangenheit, aber nichts davon ist auch nur im Entferntesten romantisch oder sexuell. Ich habe sie nie auf diese Art berührt, noch werde ich das je tun. Aber sie ist mir wichtig. Wir sind immer füreinander da, wenn es darauf ankommt."

„Echte Freunde", sagte sie nickend.

„Ja. Sie hat mir schon oft aus schwierigen Situationen herausgeholfen, und als ich vor einem Jahr entdeckte, dass Gloria, meine Exfreundin, mich mit einem anderen Mann betrog und nie wirklich geliebt hatte, war Aphrodite da, um mich zu unterstützen."

„Was war mit Gloria?", fragte Psyche leise.

Eros seufzte. Über dieses Thema musste er ihr die absolute Wahrheit sagen. „Ich wollte Gloria heiraten. Ich kaufte das Haus für mich und für sie, damit wir es mit Kindern füllen könnten."

„Oh."

„Ich dachte, dass ich endlich die Frau gefunden hätte, der ich alles geben könnte, mein Herz, meinen weltlichen Besitz, meine Zukunft. Ich liebte sie." Er verstand, dass es für eine andere Frau schwer sein musste, diese Worte zu hören, doch er wollte die Wahrheit nicht verleugnen oder verschönern. „Aber sie teilte meine Gefühle nicht."

„Sie hat dich abgewiesen?"

Er stieß ein bitteres Lachen aus. „Wenn es nur das wäre. Es wäre einfacher gewesen, hätte sie meinen Antrag einfach abgelehnt. Aber so weit kam es nie. Ich hatte nie die Gelegenheit, ihr einen Heiratsantrag zu machen, weil ein anderer Mann mir zuvor kam. Sie hatte sich während der gesamten Zeit, in der wir zusammen waren, noch mit einem anderen Mann getroffen. Und im Vergleich zu mir schien er reicher zu sein und einen höheren Status in der Gesellschaft zu haben. Also wählte sie ihn. Ich war zufällig im selben Restaurant, als er ihr den Antrag machte. Sie tat so, als würde sie mich nicht kennen, denn sie brauchte mich ja nicht mehr. Sie hatte einen größeren Fang an Land gezogen."

Psyche legte ihre Hand auf seinen Arm. „Das tut mir leid."

Er sah sie eindringlich an. „Ich weiß, wie sehr es schmerzt, betrogen zu werden. Ich würde das nie jemandem antun, den ich gern habe. Eher würde ich eine Beziehung beenden, als jemandem dasselbe anzutun, was ich durchgemacht habe." Er hob seine Hand und streichelte ihre Wange. „Ich könnte dich nie so verletzen. Glaub mir bitte: Aphrodite ist nicht meine Geliebte und wird es auch nie sein."

„Ich glaube dir." Sie senkte ihre Augenlider beschämt. „Aber es gibt auch etwas, das ich dir erzählen muss."

Sein Herz setzte kurz aus. Ging es um Wayne? „Ja?"

„Heute Morgen, als ich die Blumen zum Bed and Breakfast brachte, sprach ich mit Sophia." Sie schluckte. „Sie erzählte mir von dir und Aphrodite."

„Hat sie das?", fragte Eros etwas besorgt. Was genau hatte Sophia ihr erzählt?

Psyche nickte. „Sie sagte mir, dass ihr nur Freunde seid. Und dass Aphrodite dich oft besucht, wenn sie sich wegen des Mannes, den sie liebt, an deiner Schulter ausweinen muss."

„Oh. Also wusstest du es bereits."

„Das war es, was ich dir vorher sagen wollte."

Er schmunzelte, erleichtert, dass Sophia seine Geschichte irgendwie unterstützt hatte, ohne überhaupt zu wissen, was er Psyche sagen würde. Er zwinkerte ihr zu. „Ich nehme an, du hieltest es nicht für angebracht, mich zu stoppen, während ich dir mein Herz ausgeschüttet habe, oder?"

Psyche grinste verschmitzt. „Es ist selten, dass ein Mann so offen über seine Gefühle spricht. Ich wollte dich wirklich nicht unterbrechen, als du gerade dabei warst.“

„Du kleines Luder“, tadelte er sie grinsend. „Was hältst du für eine passende Bestrafung dafür?“

„Bestrafung?“ Sie zog ihre Augenbrauen hoch.

Eros blickte sich flüchtig um. Sie waren noch immer alleine. „Ja. Du glaubst doch nicht, dass ich dir das durchgehen lasse, oder?“ Er griff nach ihr und zog sie näher an sich.

Sie protestierte nicht. Stattdessen legte sie ihre Arme um ihn und schmiegte sich an ihn.

„Gestern Abend wollte ich an deine Tür klopfen und mit dir sprechen und dich in die Arme nehmen. Aber ich hatte Angst, dass du ausziehen würdest und ich dich nie wieder sehen würde, wenn ich dir meine Gesellschaft aufgezwungen hätte.“

Psyche fuhr mit ihrer Hand durch sein Haar. „Es tut mir leid, dass ich so reagiert habe. Ich wollte das nicht. Aber gestern Abend hätte ich dir nichts geglaubt, egal, was du gesagt hättest. Oder dir erlaubt, mich zu berühren.“

„Und jetzt? Darf ich dich jetzt berühren?“

„Tust du das nicht bereits?“

Er grinste verschmitzt. „Ich dachte an etwas Intimeres.“ Langsam ließ er seine Hand ihren Schenkel hinuntergleiten, bis er den Saum ihres Rocks erreichte. „Ich dachte daran, dich kommen zu lassen, um dich daran zu erinnern, auf was du gestern Abend verzichtet hast.“

Psyche drehte ihren Kopf zur Seite, um sich umzuschauen. „Hier?“

„Ja, hier. Keine Sorge. Ich halte die Augen offen, damit uns niemand sieht.“

„Aber –“

Er schob seine Hand unter ihren Rock. „Du behältst deine Kleidung an.“ Als er den Scheitelpunkt ihrer Schenkel erreichte, zog er an ihrem Höschen. „Außer dem hier.“ Um sie dazu zu bringen, seinem Vorschlag zuzustimmen, schob er seine Finger unter den Stoff und strich leicht ihr Geschlecht entlang.

Psyche rang nach Luft. Einladend öffneten sich ihre Beine weit.

„Ist das ein Ja?“, murmelte er gegen ihre Lippen.

„Ja.“

Er fing ihre Lippen für einen Kuss ein, während sie ihm half, sie von ihrem Höschen zu befreien. Dann hob er sie auf seinen Schoss und drehte sich so, dass er sie mit seinem Körper abschirmte. Selbst wenn sich ihnen jemand genähert hätte, hätte derjenige nicht gesehen, was Eros tat. Seine Hand war unter ihrem Rock versteckt und sie war von den Knien aufwärts vollständig bekleidet. Trotzdem machte ihn die Sache an. Ihr süßer Po rieb gegen seinen Unterleib und seine Finger waren bereits mit ihren Säften überzogen, obwohl er kaum angefangen hatte, sie zu streicheln. Er konnte bereits spüren, wie Hitze ihn durchflutete. Doch er drängte seine wachsende Lust zurück und konzentrierte sich stattdessen auf Psyche.

Während er sie innig küsste, streichelte er ihre nassen Falten und rieb ihren Spalt entlang, sammelte die Feuchtigkeit auf, um das winzige Organ am Ansatz ihrer Schamhaare damit zu benetzen. Als er mit seinem Finger darüber fuhr und ihren Lustknopf leicht rieb, wand sie sich in seinen Armen. Ihre Hüften bewegten sich auf und ab und ihr Po rieb fester gegen seinen immer härter werdenden Schwanz.

Er riss seine Lippen von ihren, fuhr jedoch fort, sie zu streicheln. „Langsam, meine Schöne“, murmelte er, „oder ich komme in meiner Hose.“

Ihre Augen flogen auf und suchten die seinen. Sie sah ihn unter flatternden Wimpern hervor an und er rieb ihre Klitoris schneller. Ihre Lippen öffneten sich mit einem Stöhnen.

„Bist du sicher, dass uns niemand sehen kann?“, flüsterte sie mit angespannter Stimme, bevor ein weiteres Stöhnen über ihre Lippen rollte.

„Ich bin mir sicher, meine Schöne. Entspann dich einfach.“ Er streichelte sie wilder, nahm seinen Daumen zu Hilfe, um ihr noch mehr Vergnügen zu bereiten, während er mit seinem Mittelfinger ihre feuchte Spalte entlangstrich. „Ich möchte spüren, wenn du kommst“, murmelte er gegen ihre Lippen. Er tauchte seinen Finger in ihren engen Kanal und spürte, wie sie sich um ihn verkrampfte.

Ihre Hände gruben sich in seinen Rücken und seine Schulter, während sie ihm ihr Becken entgegenstieß. „Oh Gott!“

Langsam und sanft stieß er in sie. „Heute Abend wird das mein Schwanz sein“, versprach er ihr und sich selbst.

Als er bemerkte, wie sich ihre Atmung veränderte und schneller und abgehackter wurde, passte er sich ihrem Rhythmus an und malte engere, schnellere Kreise um ihre Klitoris.

„Ja, komm für mich“, drängte er sie und wünschte sich nichts mehr, als sie in seinen Armen erbeben zu spüren.

Er nahm ihre Lippen wieder zu einem leidenschaftlichen Kuss gefangen und tauchte seine Zunge auf dieselbe Weise in sie, wie er seinen Schwanz in ihr Geschlecht stoßen wollte, um ihr einen Vorgeschmack auf den heutigen Abend zu geben, wenn sie wieder in seinem Bett sein würde.

Dann spürte er es: Ihr Körper versteifte sich und ihre inneren Muskeln klammerten sich um seinen Finger, als sie kam. Er schluckte ihr Stöhnen und seine Finger beruhigten sich, um sie ihren Orgasmus auskosten zu lassen. Als sie seufzte und sich in seinen Armen entspannte, gab er ihre Lippen frei.

„Ich kann dich noch nicht gehen lassen“, sagte er und rieb wieder über ihren Lustknopf.

Da ihr Körper immer noch überempfindlich von ihrem Orgasmus war, dauerte es nur Sekunden, um sie wieder zum Höhepunkt zu bringen. Dieses Mal schrie sie vor Vergnügen auf und er musste das Geräusch mit seinen

Lippen ersticken, damit die Laute ihres Liebesspiels nicht neugierige Strandbesucher anzogen.

„Eros“, flüsterte sie jetzt und hob ihre Augenlider, als wären sie so schwer wie Blei.

Er lächelte sie an. „Ich hoffe, dass du dein Mittagessen genossen hast.“

Psyches Wangen erröteten. „Du verwöhnst mich.“

„Darf ich dich noch ein wenig mehr verwöhnen?“

Sie wich zurück und legte ihre Hände auf seine Brust, um ihn zurückzuhalten. „Ich glaube nicht, dass ich noch mehr aushalte.“

Eros lachte. „Ich meinte heute Abend. Darf ich dich zum Abendessen ausführen?“

Sie gab ein erleichtertes Lachen von sich. „Das wäre schön.“

Dann lehnte er sich vor und brachte seinen Mund an ihr Ohr. „Und nach dem Abendessen, wie wäre es, wenn du mit zu mir kommst?“

„Wenn ich dich daran erinnern darf, wohne ich zurzeit bei dir.“

„Ich weiß. Aber ich meinte mein Schlafzimmer. Ich möchte, dass du heute Nacht in meinem Bett schläfst. Das heißt, falls ich dich überhaupt schlafen lasse.“

Ihre Augen funkelten, als sie ihn ansah. „Mach keine Versprechen, die du nicht halten kannst.“

„Ist das eine Herausforderung?“

„Bist du dazu bereit?“

Er zwinkerte ihr zu und drückte sie gegen seinen immer noch harten Schwanz. „Was denkst *du*?“

Als ihre Augen sich genüsslich weiteten, lächelte er und sagte: „Jetzt lass uns was essen und dann fahre ich dich zurück zu deinem Geschäft. Ich habe Justin für heute Nachmittag eine Stunde Bogenschießen versprochen. Aber danach gehöre ich ganz dir.“

Und Psyche würde ganz alleine ihm gehören, für eine Nacht ungezügelter Leidenschaft.

# 26

Das Abendessen in dem kleinen, romantischen Restaurant war wunderbar. Eros war der perfekte Gentleman und behandelte sie, als wäre sie die einzige Frau auf der ganzen Welt. Psyche hatte sich noch nie so vergöttert gefühlt. Und begehrt. Den ganzen Abend hatte er sie wie eine leckere Köstlichkeit angesehen und jetzt, als er die Tür zu seinem Haus öffnete, zog er sie bereits in seine Arme. Die Tür war kaum hinter ihnen zugefallen, da küsste er sie schon im dunklen Foyer. Die Erinnerung an den Abend, an dem er sie dort am Fuße der Treppe befriedigt hatte, sandte eine sengend heiße Flamme durch ihr Inneres.

Psyche erwiderte seinen Kuss mit uneingeschränktem Verlangen, packte ihn an den Schultern und drückte ihn gegen die Tür. Sie wollte sich an ihm reiben und jeden Zentimeter dieses vor Leben strotzenden Mannes spüren. Und anscheinend gefiel ihm diese Idee, da seine Hand nun zu ihrem Po wanderte und diesen besitzergreifend packte, während er seine Hüften so neigte, dass sie spüren konnte, wie sein wachsender Schwanz gegen ihr Zentrum drückte.

„Meine Schöne“, murmelte er zwischen den Küssen.

Plötzlich erleuchtete grelles Licht das Foyer.

„Überraschung!“, rief ein Chor aus Stimmen.

Schock lähmte sie.

Eros fluchte: „Fuck!“

Psyche drehte den Kopf und starrte fassungslos auf die Szene vor ihr. Im Eingang zum Wohnzimmer standen Eros’ Freunde und deren Frauen und auf einer Girlande über dem Torbogen stand: *Alles Gute zum Geburtstag, Eros.*

Psyche löste sich aus Eros’ Umarmung.

„Alles Gute zum Geburtstag, Onkel Eros“, sagte Thoas plötzlich und schwankte mit einem kleinen Geschenk in den Händen in ihre Richtung.

Alle Erwachsenen fingen an, gleichzeitig zu sprechen und ihre Geburtstagswünsche zu äußern, während Psyche verzweifelt versuchte, sich zu sammeln. Sie sah, wie Triton Dionysos mit dem Ellbogen in die Seite schubste, eine Geste, die sie nur als triumphierend interpretieren konnte.

Eros schien seine Stimme wiedergefunden zu haben und dankte jetzt seinen Freunden: „Wow, was für eine Überraschung. Ich dachte nicht, dass jemand daran denken würde.“ Er beugte sich zu Thoas hinab. „Ist das für mich?“

Der kleine Junge nickte. „Alles Gute zum Geburtstag!“ Dann blickte er über seine Schulter zu seiner Mutter Ariadne, um Zustimmung zu erhalten. Als sie freudig in die Hände klatschte, breitete sich ein enormes Grinsen auf dem Gesicht des Kleinkindes aus.

„Der Champagner wird warm!“, rief Dio aus und winkte sie heran.

Während sie alle ins Wohnzimmer gingen, legte Eros seinen Arm um Psyches Taille.

„Warum hast du mir nicht gesagt, dass heute dein Geburtstag ist? Ich hätte dir ein Geschenk besorgt“, sagte Psyche.

Eros zwinkerte ihr zu. „Mach dir keine Gedanken, du kannst mir immer noch etwas schenken. Später, wenn alle weg sind.“

„Benimm dich!“, tadelte sie ihn und warf einen flüchtigen Blick in Richtung des Wohnzimmers und hoffte, dass niemand ihn gehört hatte.

„Ich benehme mich, aber nur solange meine Freunde hier sind.“

Als sie das Wohnzimmer betraten, schenkte Dio bereits Champagner in feine Flöten, die Triton den Gästen reichte. Ari hielt Thoas davon ab, sich eine Handvoll Pralinen von einem silbernen Tablett zu schnappen, das mitten auf dem Couchtisch stand, während Penny und Sophia etwas tuschelten. Hermes war damit beschäftigt, eine weitere Flasche Champagner zu öffnen.

Psyche nahm einen tiefen, festigenden Atemzug. Alle hatten gesehen, wie sie und Eros sich leidenschaftlich geküsst hatten und mussten bemerkt haben, dass sie im Begriff gewesen waren, einander die Kleidung vom Leib zu reißen. Und obwohl das perfekt zu der Täuschung passte, die sie für Eros’ Freunde gespielt hatten, ließ die Tatsache, dass dies jetzt echt war, sie vor Scham im Boden versinken. Sie waren wirklich dabei erwischt worden, wie sie rumgemacht hatten. Sie konnte sich nicht erinnern, dass ihr so etwas schon jemals passiert war.

Als jeder ein Glas Champagner in Händen hielt, sprach Hermes einen Toast aus: „Auf meinen besten Freund, alles alles Gute zum Geburtstag und noch viele Tausende mehr!“

Alle jubelten und erhoben ihre Gläser. Psyche nahm ein Schlückchen, während Sophia sich zu ihr gesellte.

„Tausende?“, fragte Psyche mit einem Stirnrunzeln.

Sophia machte eine wegwerfende Handbewegung. „Das ist eine griechische Sache.“ Dann fügte sie hinzu: „Also, ich nehme an, es ist wieder alles in Ordnung?“

Psyche nickte. „Wir haben geredet. Eros hat mir alles über Aphrodite erzählt.“

„Ich freue mich für dich.“

Sie wandte ihren Kopf zu den vier Männern, als sie Hermes mit lauter Stimme sagen hörte: „Tradition ist Tradition.“

Sophia verdrehte bereits die Augen. „Oh-oh.“

„Okay, okay, aber ich bin mir nicht sicher, ob ich diese Art Musik hier habe“, sagte Eros zu seinen Freunden.

„Was haben sie vor?“, flüsterte Psyche Sophia zu.

„Du wirst schon sehen. Das ist eine griechische Sache.“

„Es scheint viele griechischen Sachen zu geben.“

„Wie ich bereits erwähnte, sind die vier aus Griechenland hierher gezogen, aber sie haben die alten Traditionen aufrechterhalten“, erklärte Sophia.

Plötzlich drang laute Musik aus den Lautsprechern und rüttelte sie auf, während die Männer einige Möbelstücke beiseite rückten und sich dann mit ineinander eingehakten Armen nebeneinander ausrichteten.

„Sie werden dazu tanzen?“, fragte Psyche, als sie die Musik eines alten Films erkannte.

„Zweifellos!“, sagte Sophia und kicherte.

Die Männer begannen langsam, sich von einer Seite zur anderen zu bewegen, wobei ihre Beine sich synchron bewegten und ihre Köpfe zu einer Seite hin ausgerichtet waren. Psyche traute ihren Augen nicht. Sie tanzten den Sirtaki, den Tanz, den Anthony Quinn in dem Film *Alexis Sorbas* getanzt hatte.

Klatschend und lachend standen die Frauen an einer Seite des Wohnzimmers und beobachteten, wie ihre Männer tanzten. Psyche ließ ihre Augen umherschweifen. Da wurde ihr etwas immer deutlicher: Alles um sie herum war griechisch, nicht nur die Namen der vier Freunde. Sogar die Kunst an den Wänden und die Artefakte auf den Regalen stellten Szenen der griechischen Mythologie dar. Die Bücher auf den Regalen sahen alt aus und viele waren in kyrillischer Schrift. Andere waren Bücher über Griechenland oder griechische Mythologie.

Sie blickte zurück zu den Männern, die immer noch tanzten. Das Licht spiegelte sich an etwas auf Hermes’ Schuhen wider. Er trug keine normalen Schuhe, sondern Sandalen. War der Gott Hermes nicht für seine Sandalen berühmt? Sie hätte es nicht beschwören können, aber es war gelinde gesagt sonderbar.

Psyche drehte sich, um ihr leeres Glas auf einem Beistelltisch abzustellen, als ihr Blick auf den Bogen fiel, der an der Wand lehnte.

Eros hatte früher am Tag mit Justin geübt und ihn vermutlich dort gelassen. Zum ersten Mal bemerkte sie, wie alt er war. Warum behielt Eros solch einen alten und überholten Bogen, wenn er offenbar ein begabter Bogenschütze war, der sich einen besseren leisten könnte? Warum hielt er an so einem alten Ding fest?

Plötzlich stoppte die Musik und die Frauen jubelten. Eine von ihnen pfiff sogar. Psyche drehte sich um und sah, dass Eros’ Augen auf sie gerichtet waren. Er hatte sie beobachtet.

Psyche klatschte. „Das war erstaunlich! Ich wusste nicht, dass du so gut tanzen kannst!“

Eros grinste, kam ihr entgegen und stahl sich einen Kuss. „Es gibt viele Dinge, die du noch nicht über mich weißt.“

# 27

Zeus sah von seinem Schreibtisch hoch und starrte seinen Besucher finster an.

„Du hast mich gerufen“, sagte Hermes mit kühler und kontrollierter Stimme.

„Ja“, knurrte Zeus zähneknirschend. „Die Hälfte eurer Zeit ist um und was habt ihr vorzuweisen? Nichts! Eros hat noch keinen einzigen Pfeil verschossen!“ Er schlug mit seiner Faust auf den Schreibtisch.

Hermes trat einen Schritt zurück und hob verteidigend seine Arme. „Hey, hey, wieso so ein aggressiver Ton? Triton, Dio und ich haben große Fortschritte gemacht. Eros ist offenbar von seiner neuen Freundin hingerissen. Was, wenn ich hinzufügen darf, das Resultat unseres Handelns war. Meine Freunde und ich haben das arrangiert und er ist ihr verfallen, ohne den Braten zu riechen. Um Hades’ willen, sie wohnt sogar bei ihm! Das kannst du nicht nichts nennen! Wir haben unseren Teil erledigt. Jetzt ist es nur eine Frage der Zeit.“

„Eine Frage der Zeit?“, donnerte Zeus. „Ich habe keine Zeit!“

„Was sollen wir sonst noch tun? Ihm eine Waffe an den Kopf halten? Du weißt, dass das nicht funktionieren würde. Du kennst deinen Enkel. Er ist störrisch und je mehr er gedrängt wird, umso mehr wehrt er sich. Ich sage, dass wir abwarten sollten, um zu sehen, wie sich die Sache entwickelt. Wenn wir uns jetzt einmischen, kann niemand vorhersehen, was geschehen wird.“

Zeus sprang auf, verärgert über Hermes’ Widerwillen, die Ärmel hochzukrempeln und anzupacken. „Abwarten? Welchen Teil meiner Drohung, dich und deine verdammten Freunde von euren Frauen und Kindern zu trennen, hast du nicht verstanden? Glaubst du, ich scherze?“

„Diesen Fehler würde ich nicht machen. Schließlich hast du keinen Sinn für Humor“, biss Hermes zurück.

„Wohingegen du immer noch denkst, dass das ein Spiel ist. Lass mich dir eins versichern: Das ist es nicht. Eros mit dieser … dieser Frau zu verkuppeln, ist schön und gut, aber es ist nicht genug. Die gesamte Situation muss eskaliert werden.“

„Eskaliert?“, fragte Hermes mit hochgezogenen Augenbrauen.

„Ja! Im Moment hat Eros keinerlei Anreiz, diese Beziehung auf die nächste Ebene zu bringen und wieder zu dem zurückzukehren, was er als der Gott der Liebe tun muss.“

Hermes zuckte mit den Schultern. „Was meinst du mit Anreiz? Ich kann dir versichern, dass die beiden wie die Karnickel rammeln.“

Zeus machte eine abweisende Handbewegung. „Das bedeutet nichts! Es ist mir egal, ob er die halbe weibliche Bevölkerung von Charleston fickt. Was ich wissen will ist, ob er sie liebt. Ob er alles für sie tun würde.“

„Da fragst du den Falschen.“

„Offensichtlich!“

„Hör zu, Vater –“

„Oh, *Vater* heißt es jetzt?“ Zeus funkelte ihn an. „Du denkst, du kannst mich beschwichtigen, indem du mich Vater nennst?“

„Ich würde nie annehmen, dass dich so etwas beeinflussen könnte“, sagte Hermes und sein Mund verkrampfte sich. „Aber du bist mein Vater.“

„Erinnere mich nicht daran.“ Zeus wandte sich zur Glastür, die auf die Terrasse seines Palastes hinaus führte. „Weder du noch deine Freunde scheinen zu verstehen, wie ihr Eros dazu bringen könnt, sich an Psyche zu binden.“

„Ich sagte dir bereits, dass Druck bei ihm nicht funktioniert.“

„Wird es jedoch, wenn er glaubt, dass er mit einem anderen Mann konkurriert.“ Zeus wandte sich wieder Hermes zu.

„Sprichst du davon, ihn eifersüchtig zu machen? Dieser alte Trick funktioniert nie.“

„Hat er bereits.“ Schließlich hatte Zeus Eros damit in die richtige Richtung gelenkt, als er Wayne zurück in Psyches Leben geschleust hatte. Zeus hatte nur eine kleine unterbewusste Suggestion in Waynes Gedanken eingeflößt. Jetzt musste Wayne nur noch einen weiteren Versuch starten, in Eros’ Revier einzudringen, und Eros würde handeln. Und sobald er das tat, würde Zeus die richtige Munition haben, um Eros zu zwingen, seine Pflicht zu tun.

„Ich mache sie zum Druckmittel.“ Er könnte Psyche nicht nur verwenden, um Eros endlich eine Lektion zu erteilen und sich an ihm dafür zu rächen, den Gott der Götter beleidigt zu haben, nein, sie wäre auch der Schlüssel dazu, dass Eros wieder seine Pfeile verschoss.

„Geh!“, befahl er Hermes. „Und kein Wort über unser Gespräch zu Eros oder du findest dich in einem sehr einsamen Palast auf dem Olymp wieder. Ohne deine reizende Frau und deinen Sohn.“

~ ~ ~

Die Tage nach der Überraschungsparty verstrichen wie im Flug. Wenn Eros nicht Justin trainierte, verbrachte er die Zeit mit Psyche, sowohl im Bett als auch außerhalb. Sie wurden sich mit jedem Tag vertrauter und Eros’ Furcht, dass Psyche möglicherweise noch Gefühle für Wayne hatte und ihn zurücknehmen würde, verschwand langsam. Jedoch gab es Momente, in denen Eros Psyche dabei ertappte, wie sie ihn auf eine sonderbare Art ansah, wenn sie dachte, dass er nicht aufpasste. Sah sie etwas, das sie nicht mochte? Verglich sie ihn mit jemandem? Eros versuchte, sich davon nicht beunruhigen zu lassen, da er keinen Staub aufwirbeln wollte. Alles schien perfekt, also schrieb er es seiner eigenen Paranoia zu. Aphrodite hatte ihn davor gewarnt und er vertraute ihrem Urteil und war bereit, diese Beziehung ihren natürlichen Lauf nehmen zu lassen.

Er musste nicht mehr zugunsten seiner Freunde vortäuschen, dass er in einer Beziehung war. Sie hatten die Art und Weise gesehen, wie er Psyche geküsst hatte. Es interessierte ihn nicht mehr, dass sie ihn aus irgendwelchen egoistischen Gründen verkuppelt hatten. Er war froh, dass sie es getan hatten, obgleich er nicht bereit war, das ihnen gegenüber zuzugeben.

Eros trat auf seine Terrasse hinaus und war im Begriff, sich auf seine Lieblingsliege plumpsen zu lassen, als er Justin hörte, der ihm vom Zaun aus zurief.

„Mr. Eros! Mr. Eros, Sie müssen sich ansehen, was meine Eltern mir gekauft haben!“ Er winkte aufgeregt.

Eros lächelte und ging in Richtung Zaun, damit er sehen konnte, was Justin in seiner Hand hielt. Stolz hob es der Junge höher an.

„Sehen Sie das? Ich habe meinen eigenen Bogen!“

„Das ist wunderbar, Justin! Jetzt bist du ein Profi.“ Eros betrachtete den Bogen. Er war größer als seiner und viel moderner.

Mrs. Clayton grüßte ihn von der Terrasse aus: „Hallo! Justin konnte es nicht erwarten, Ihnen den Bogen zu zeigen. Er hätte schon um fünf Uhr morgens an Ihrer Tür geklopft, wenn ich ihn nicht gestoppt und gebeten hätte, Sie nicht zu stören.“

„Mutter!“, mahnte Justin.

„Keine Sorge, Mrs. Clayton. Er stört mich doch nicht.“

„Kommen Sie und sehen Sie sich den Wettbewerb heute Nachmittag an?“, fragte Justin aufgeregt.

„Soll ich?“

Er nickte mehrmals mit dem Kopf.

„Dann komme ich selbstverständlich.“

Justin lächelte, offenbar erleichtert, dass sein Trainer dabei sein würde, um ihn anzufeuern. Er lehnte sich über den Zaun und senkte seine Stimme. „Was, wenn alle anderen besser sind als ich?“

„Sind sie nicht“, versicherte ihm Eros. „Aber du solltest mit diesem Bogen ein wenig üben, bevor du aufs Sportfest gehst, okay? Damit du ein Gefühl dafür bekommst.“

Justin nickte. „Der Lehrer sagte, dass jeder auf den wirklichen Zielen üben darf, bevor der Wettbewerb anfängt.“

„Perfekt.“

„Justin, ich habe dir einen Snack gemacht. Du solltest etwas essen“, sagte seine Mutter, als sie Richtung Zaun kam.

„Okay“, antwortete er widerwillig. Dann blickte er wieder zu Eros. „Es beginnt um drei.“

„Ich werde dort sein.“

Justin ging die Treppe zur Terrasse hinauf, während seine Mutter zum Zaun kam. Sie schaute über ihre Schulter und wartete, bis Justin im Haus verschwunden war, bevor sie sprach.

„Er ist nervös, aber ich glaube, es beruhigt ihn, dass Sie zugestimmt haben, zum Sportfestival zu kommen und ihm zuzusehen. Ich kann Ihnen wirklich nicht genug danken.“

„Es ist mir ein Vergnügen, ihm beim Wettbewerb zuzusehen. Vielleicht bringe ich meine Freundin mit, wenn sie Zeit hat.“ Schließlich war es Samstag und Psyche schloss das Geschäft vermutlich früher.

„Schön. Ich würde sie gerne kennenlernen“, sagte Mrs. Clayton. „Nun, ich bereite besser alles für später vor. Nochmal danke, Mr. Eros.“

„Ich sehe Sie dann heute Nachmittag in der Schule“, antwortete er und sah zu, wie Mrs. Clayton zur Terrasse hinaufging.

# 28

Justins Schule hatte ein angemessen großes Sportstadion mit Zuschauertribünen rundherum, ein Teil der Sitzplätze war überdacht, um bei Regen Schutz zu bieten. In der Mitte, im begrünten Bereich, war Ausrüstung für verschiedene Leichtathletiksportarten aufgestellt worden, und auf den Bahnen um das Feld wärmten sich Schüler für ihre Sprints auf.

Eros hielt Psyches Hand und steuerte durch die Menschenmenge. Er fand leere Sitzplätze in der Nähe des abgesperrten Bereichs, in dem der Bogenschießwettbewerb stattfinden würde. Aus Sicherheitsgründen waren die Plätze hinter den Zielen gesperrt, für den Fall, dass ein Schüler zu weit schoss.

„Kannst du ihn sehen?", fragte Psyche, als sie sich neben Eros hinsetzte.

„Ich suche nach ihm." Eros scannte den Bereich, in dem eine Gruppe Kinder sich um zwei Erwachsene – höchstwahrscheinlich die Schiedsrichter oder andere Schulbeauftragte – versammelt hatten, und versuchte, Justin in der Menge ausfindig zu machen. „Er muss bei dieser Gruppe da unten sein."

Psyche lehnte sich an ihn. „Es ist wirklich nett von dir, dass du das für Justin tust."

Er drehte seinen Kopf und sah sie an. „Dass ich was tue?"

„Ihn trainieren, ihn aufbauen, du weißt schon. Das ist wirklich lieb."

Er schmunzelte und legte seinen Arm um ihren Rücken, um sie enger an sich zu ziehen. „Wie lieb?"

Psyche warf ihren Kopf zurück und lachte laut. „Du bist schrecklich!"

„So schrecklich kann ich nicht sein", protestierte er. Dann senkte er seine Stimme, dass nur sie ihn hören konnte. „Oder du würdest nicht jede Nacht in meinem Bett verbringen."

Sie blickte ihm in die Augen. Zuneigung funkelte in ihnen und einen Augenblick lang existierten nur sie beide. Er zog sie näher heran, sodass sein Mund den ihren fast berührte.

„Mr. Eros! Mr. Eros!"

Eros wandte den Kopf in Richtung der Stimme. Justin stand am Rand der Bahn und winkte wild.

„Hey Justin!", rief Eros über die Geräusche im Stadion zurück.

„Er funktioniert nicht!"

„Was?"

„Der Bogen! Er funktioniert nicht." Justin hob den Bogen hoch, den seine Eltern ihm gekauft hatten und zeigte darauf. „Ich kann ihn nicht hören. Er singt nicht."

Eros ließ Psyche los, die ihm einen neugierigen Blick zuwarf. „Wovon spricht Justin?“

„Entschuldige mich eine Minute. Er ist vermutlich nur nervös. Ich rede mit ihm.“ Eros stand auf und ging hinab zu Justin. Er legte eine Hand auf die Schulter des Jungen. „Sag mir, was los ist.“

„Das. Alles. Ich kann damit nicht schießen. Er funktioniert nicht wie Ihr Bogen.“ Er ließ den Kopf fallen. „Ich werde verlieren. Und alle werden mich auslachen. Und meine Eltern werden so enttäuscht sein.“ Er zeigte nach links und Eros erblickte die Claytons, die gerade Getränke an einem Stand kauften.

Eros ging in die Hocke, um vertraulich mit Justin zu reden. „Hör zu, Justin, dieser Bogen ist nicht anders als meiner. Du bist nur nervös. Das ist normal. Ich habe gesehen, wie du zu Hause geschossen hast. Du bist sehr gut. Du bist talentiert.“

Justin schniefte. „Aber der Bogen singt nicht. Ich kann ihn nicht hören. Wenn ich Ihren halte, weiß ich, was ich tun muss.“ Er zeigte auf den modernen Bogen in seiner Hand. „Dieser macht nichts.“

Eros seufzte. Vielleicht hätte er Justin früher an einen anderen Bogen gewöhnen sollen. Es war sein Fehler, nicht der des Jungen. Deshalb musste er ihm jetzt helfen. „Wie wäre es, wenn du für den Wettbewerb meinen Bogen benutzt?“

Justin zeigte auf die große Uhr im Stadion. „Aber es ist zu spät. Sie werden den Bogen nie rechtzeitig herbringen können.“

Eros lächelte. „Er ist im Auto. Ich habe ihn für alle Fälle mitgebracht.“

Justin warf plötzlich seine Arme um Eros. „Sie sind der Beste!“

„Lass mich ihn schnell holen. Bleib hier, okay?“

Justin nickte.

Eros ging wieder zur Tribüne und rief Psyche zu: „Bin in einer Minute wieder da. Ich muss nur etwas aus dem Auto holen.“ Doch er ging nicht zu seinem Wagen, da der Bogen nicht dort war. Stattdessen marschierte er zum nächsten Gebäude, der Sporthalle, betrat sie und schaute sich um. Der Korridor war leer.

Sofort teleportierte er in sein Haus und holte den Bogen. Einige Sekunden später teleportierte er zurück und tauchte mit dem Bogen in der Hand wieder in der Sporthalle auf, ohne dass jemand etwas bemerkt hatte.

Er ging zurück nach draußen. Als er Justin erreichte, standen seine Eltern neben ihm. Justin übergab seinem Vater seinen modernen Bogen und griff dann nach Eros’ Bogen.

„Danke!“

„Mr. Eros“, sagte Mr. Clayton, „es tut mir leid, dass Justin Ihnen so viele Umstände macht.“

Eros schüttelte den Kopf. „Es war mein Fehler. Ich hätte Justin vor dem Wettbewerb an einen modernen Bogen gewöhnen sollen. Meiner ist ganz anders als die moderne Ausrüstung, die die Kinder heutzutage benutzen. Es wäre dasselbe, wie wenn man jemandem Tennis mit einem hölzernen Schläger beibringt und dann von ihm erwartet, dass er mit einem aus Fiberglas genauso gut ist."

Mr. Clayton fuhr mit einer Hand über den Kopf seines Sohnes. „Nun, Sie haben wahrscheinlich recht." Dann streckte er seine Hand aus. „Vielen Dank."

Eros schüttelte sie. „Jederzeit." Dann sah er Justin an. „Und du machst jetzt alles so, wie ich es dir beigebracht habe. Konzentriere dich auf deine Haltung, ziele und entspanne dich. Machst du das?"

„Ja!"

„Und pass gut auf meinen Bogen auf. Er sieht vielleicht alt aus, aber er liegt mir sehr am Herzen."

Als Justin nickte und wegmarschierte, sagte Mrs. Clayton: „Ich sorge dafür, dass er Ihnen den Bogen heil zurückbringt."

„Daran zweifle ich nicht, Mrs. Clayton."

Eros ging zurück zu seinem Platz und setzte sich zu Psyche.

„Du hast ihm deinen Bogen gegeben?"

„Ich habe ihn ihm geliehen, ja. Er kommt mit dem modernen nicht ganz zurecht. Ich muss ihn irgendwann daran gewöhnen."

„Hmm. Warum hast du überhaupt so einen alten Bogen? Werden die heutzutage nicht aus Fiberglas hergestellt und haben allen möglichen Schnickschnack?", fragte sie und zeigte auf das Feld. „Deiner ist aus Holz, nicht wahr?"

„Er ist ein Erbstück. Ich kann mich nicht dazu durchringen, ihn wegzugeben." Denn der Bogen war ein Teil von ihm, ein Teil von dem, was ihn zum Gott der Liebe machte. Er würde sich nie von ihm trennen. Doch würde er ihn je wieder auf die Art schießen, für die er gedacht war?

„Oh, sie fangen an", sagte Psyche. „Schau!"

„Großartig!"

Eros wandte seinen Blick aufs Feld und sah zu, wie die erste Schülerin ihren Platz einnahm und auf die Zielscheibe zielte. Er kam nicht umhin, ihren perfekten Stand zu bewundern. Als sie den ersten Pfeil freigab, traf dieser das Ziel in einem der Innenringe, ein guter Anfang. Sie würde zweifellos eine starke Konkurrentin für Justin sein.

Fast eine Stunde lang tauschten elf Kinder die Plätze und jedes gab seine drei Schüsse ab und bald verringerte sich das Teilnehmerfeld auf vier Personen. Justin war dabei. Er schaute nach oben zur Tribüne und winkte. Eros winkte lächelnd zurück. Er war stolz auf Justin, der in so kurzer Zeit wirklich weit gekommen war.

„Schauen wir mal, wie er im Finale abschneidet. Sie fangen vermutlich in ein paar Minuten an", sagte Eros.

„Ich gehe besser noch schnell auf die Toilette. Soll ich dir auf dem Rückweg etwas zu trinken mitbringen?", fragte Psyche, als sie aufstand.

„Nein, danke. Wir gehen sowieso, nachdem Justin fertig ist. Wir könnten noch in eine kleine Bar gehen, die ich kenne, falls du Lust hast."

„Klingt toll. Bin gleich zurück." Sie verließ ihren Platz und ging die Treppe hinauf.

Eros sah ihr hinterher, bis sie in der Menge verschwand, dann wandte er seine Aufmerksamkeit wieder Justin und dessen Konkurrenten zu. Sie machten nur eine kurze Pause, bevor der Schiedsrichter die Reihenfolge bestimmte, in der die vier Finalisten ihre letzten drei Pfeile verschießen würden.

Der erste Junge schien unter dem Druck die Nerven verloren zu haben. Zwei seiner Pfeile landeten im weißen Rand des Ziels und nur einer traf den mittleren Bereich. Mit gesenktem Kopf schleppte er sich vom Feld. Das Mädchen, das Eros zuvor bewundert hatte, war die Nächste. Alle ihre Pfeile trafen das Ziel, zwei im roten und einer im blauen Ring. Alle drei waren sehr gute Schüsse, auch wenn sie nicht die gelbe Mitte getroffen hatte.

Der dritte Schüler, ein anderer Junge, war gut, aber er konnte das Mädchen nicht schlagen. Justin war der Letzte. Er blickte über seine Schulter, bevor er seinen Platz einnahm, und Eros stand auf, damit Justin wusste, dass er ihn beobachtete. Sichtlich zufrieden richtete Justin sich aus.

Eros sah zu, wie sein Schüler einen festen Stand einnahm und seine Position justierte, bevor er einen Pfeil an der Sehne anlegte und den Bogen spannte. Eros sah, dass er sichtbar ausatmete und sich beruhigte.

„Gut", murmelte Eros vor sich hin. „Entspanne dich einfach."

Der erste Pfeil landete im roten, dem zweiten Ring. Eros riss seine Faust in die Luft. „Ja!"

Justin nahm sich Zeit, um sich auf den zweiten Schuss vorzubereiten. Er drehte seine Hüften leicht und zielte. Der Pfeil landete im blauen Ring.

Eros atmete aus. Wenn Justin seinen dritten Pfeil wieder ins Rote traf, würde er mit dem Mädchen gleichziehen, ein weiterer Pfeil ins Blaue oder sogar ins Schwarze würde bedeuten, dass er verlieren würde. Doch wenn er die gelbe Mitte treffen könnte, würde er gewinnen. Und Eros wollte, dass Justin gewann. Das würde ihm das Selbstvertrauen geben, das er benötigte.

„Du schaffst das, Justin", flüsterte Eros. „Denk einfach an das, was ich dir beigebracht habe. Hör auf den Bogen." Er ließ seine Stimme auf der leichten Brise reisen, um die Ohren des Jungen zu erreichen, und nur dessen. „Hör auf den Bogen."

Er bemerkte, dass sich Gelassenheit über den Jungen senkte, als dieser seine Position einnahm und sich vorbereitete. Er atmete gleichmäßig ein und ließ die Sehne los. Der Pfeil schoss nach vorne und ein Pfeifen erklang, als er durch die Luft schnitt. Justin war treffsicher. Sein Pfeil fand das Gelbe und nistete sich dort ein.

Eros sprang in die Luft und jubelte. Er legte zwei Finger in den Mund und pfiff.

Justin drehte sich um und hob einen Arm in die Luft, während er mit dem anderen immer noch den Bogen hielt.

„Ich habe gewonnen! Ich habe gewonnen!“

„Er hat gewonnen!“, rief Eros und drehte sich zu dem Platz neben ihm. Doch der Sitz war leer. Psyche war noch nicht zurückgekommen.

# 29

Da vor den mobilen Toiletten, die die Schule um das Stadion aufgestellt hatte, lange Schlangen gewesen waren, hatte Psyche sich entschieden, es stattdessen in der Sporthalle zu versuchen. Sie hatte Glück. Die Toiletten dort waren praktisch leer.

Da sie Justins Teilnahme am Bogenschießenfinale nicht verpassen wollte, wusch sie sich schnell die Hände und eilte wieder hinaus. Sie huschte um die Ecke des Gebäudes und erstarrte, erschrocken über die Person, die dort stand.

„Du gehst mir aus dem Weg“, sagte Wayne, drückte sich von der Wand weg und blockierte ihr den Weg.

„Was machst du hier?“, fragte sie. Sie vermutete, dass sein Auftauchen hier kein Zufall war, denn Wayne mochte Kinder nicht und ihres Wissens hatte er keine Nichten oder Neffen, die er möglicherweise auf diese Veranstaltung begleiten könnte.

„Du antwortest nicht auf meine Nachrichten. Also wollte ich mich lieber vergewissern, dass sie nicht zu einer falschen Nummer geschickt wurden. Hast du deine Nummer gewechselt?“

„Nein.“

„Dann müssest du sie erhalten haben.“

Sie kniff die Augen zusammen. „Ja. Und ich habe sie ignoriert.“

„Komm schon, Psyche, du kannst nicht immer noch sauer sein. Ich bin jetzt ein anderer Mensch. Und ich will dich immer noch.“

„Wenn du wirklich ein anderer Mensch wärst, würdest du die Andeutung kapieren.“

„Hä? Was meinst du damit?“

Verärgert stieß sie einen Atemzug aus. „*Willst* du es nicht verstehen oder *kannst* du es nicht? Ich bin nicht an dir interessiert. Lass mich in Ruhe.“ Sie versuchte, sich an ihm vorbeizudrücken, doch er packte sie.

„Psyche, das kannst du nicht so meinen. Du spielst nur die Unnahbare.“

Sie versuchte, sich aus seinem Griff zu lösen, doch er packte sie fester und drückte sie plötzlich gegen die Wand. „Lass los! Sofort!“

„Sei doch nicht so. Ich weiß, dass du mich noch willst.“

„Tue ich nicht! Lass mich los!“, protestierte sie lauter. „Oder das gesamte Stadion wird mich schreien hören.“

Anstatt sie loszulassen, drückte er seinen Unterleib gegen sie. „So willst du es also, Baby, ein wenig rau, wie?“

„Nein!“, schrie sie. „Rühr mich nicht an!“ Sie riss ihr Knie hoch, doch bevor sie damit Waynes Eier treffen konnte, wurde er zurückgerissen.

„Ich glaube, du solltest auf die Dame hören!“, sagte Eros, der hinter Wayne aufgetaucht war, mit eisiger Stimme.

„Wer zum Teufel –“ Wayne wandte sich zu seinem Angreifer um und unterbrach sich sofort selbst. „Sie?“

„Ja, ich.“

Ein Gedanke schoss durch Psyches Kopf: Die beiden kannten sich?

„Es geht Sie verdammt nochmal nichts an, was meine Freundin und ich tun“, protestierte Wayne.

„Sie ist *meine* Freundin, du verdammtes Arschloch. Und sie hat dir gerade befohlen, sie nicht anzufassen.“ Eros schwang seine Faust und verpasste Waynes Kinn einen verheerenden Schlag. Wayne schwankte und hob seine Fäuste zur Verteidigung, doch bevor er ausholen konnte, schlug Eros noch einmal zu. Der zweite Hieb brachte Waynes Nase zum Bluten und schleuderte ihn gegen die Wand.

„Verschwinde!“, warnte Eros. „Und wenn ich dich je wieder in Psyches Nähe sehe, mache ich dich fertig.“

Wayne drückte sich von der Wand weg. Benebelt und verwirrt taumelte er und trat den Rückzug an. Erst als er um die Ecke verschwunden war, wagte Psyche wieder zu atmen. Wenn Eros sie nicht rechtzeitig gefunden hätte … Sie wollte diesen Gedanken nicht beenden und zitterte stattdessen. Schock und Erleichterung prallten aufeinander.

„Bist du verletzt?“, fragte Eros und kam näher.

Sie schüttelte den Kopf, doch ihr Körper wollte nicht aufhören zu zittern.

Eros legte seine Arme vorsichtig um sie und zog sie an sich. „Du bist jetzt sicher. Wayne wird es nicht wagen, dir noch einmal nahe zu kommen. Dafür sorge ich.“ Sie spürte, wie seine Hände ihren Rücken rieben, um sie zu beruhigen.

„Wenn du nicht gekommen wärst …“

„Aber das bin ich“, stoppte er sie. „Jetzt ist alles gut.“

Sie legte ihre Arme um ihn und klammerte sich verzweifelt an ihn. „Danke.“ Langsam wurde ihre Atmung wieder normal und ihr Körper hörte auf zu zittern.

Eros drückte ihr einen Kuss auf Stirn. Da erinnerte sie sich wieder an das, was sie während der kurzen Konfrontation bemerkt hatte.

„Woher wusstest du, dass das Wayne war? Er schien dich zu kennen.“

Eros seufzte und ein bedauernder Ausdruck erschien auf seinem Gesicht. Instinktiv zog Psyche sich aus seinen Armen.

Eros fuhr sich mit der Hand durchs Haar. „Es tut mir leid, Psyche. Ich habe die Nachricht gesehen, die er dir geschickt hat.“

„Was? Du hast mir nachspioniert?“

„Nein.“ Er fluchte. „Doch, aber es ist nicht, was du denkst.“

Sie starrte ihn schweigend an.

„Du warst an dem Tag unter der Dusche und ich wollte mich gerade zu dir gesellen, als dein Handy klingelte. Ich habe darauf geschaut. Es war ein Reflex und ich hätte die Mitteilung nie gelesen, aber dann sah ich den Namen des Absenders. Wayne. Du hast mir von ihm erzählt. Ich wusste nicht, warum er dich aus heiterem Himmel kontaktieren würde. Also las ich die Mitteilung." Er senkte seinen Blick zum Boden. „Und da stand, dass du ihn kurz davor gesehen hattest. Ich war eifersüchtig. Und als du das Treffen nicht erwähntest, als ich dich nach deinem Tag fragte, dachte ich, dass du etwas vor mir verbirgst."

Psyche ließ die Luft aus ihrer Lunge weichen. „Oh Gott."

„Es tut mir leid", murmelte er.

„Ich habe dir nichts von ihm erzählt, weil …" Sie zögerte, da sie nicht wusste, wie sie es erklären sollte.

Er blickte hoch und schaute ihr in die Augen. Er wartete.

„… weil du bereits all diese Sachen für mich repariertest. Meinen Truck, meine Wohnung, alles. Ich will mich nicht wie die Jungfer in Nöten fühlen, die einen Ritter in glänzender Rüstung braucht, der all ihre Probleme regelt."

„Aber ich helfe dir doch gerne."

„Ich weiß. Aber ich muss bestimmte Sachen selbst erledigen. Ich wollte das mit Wayne selbst regeln. Ich sagte ihm, dass ich kein Interesse daran habe, wieder mit ihm zusammenzusein. Ich hoffte, er würde verschwinden, wenn ich ihn lange genug ignoriere. Deshalb habe ich dir nichts gesagt. Ist jetzt alles okay?"

Er nickte. „Es gibt noch etwas. Der Grund, warum Wayne mich erkannt hat."

„Ich höre."

„Ich bin zu dem Autohändler gegangen, bei dem er arbeitet und habe vorgetäuscht, ein Kunde zu sein. Ich fing ein Gespräch mit ihm an."

„Welche Art Gespräch?"

„Wir sprachen über Frauen. Er prahlte, wieder mit seiner Exfreundin zusammenzusein und dass er das erzielt hatte, indem er zu Kreuze kroch, damit sie glauben würde, dass er sich geändert hat und ihm alles, was er getan hatte, leidtat. Aber es tat ihm nicht leid. Und er hat sich nicht geändert."

Psyche nickte. „Ich habe ihm nicht eine Sekunde lang geglaubt, als er sagte, dass es ihm leidtat." Dann griff sie nach Eros Hand. „Hast du ihm geglaubt, als er sagte, dass er wieder mit mir zusammen ist?"

Eros zögerte. „Einen sehr kurzen Augenblick lang hatte ich Zweifel. Sie fraßen mich auf. Ich hatte Angst, dass du wie Gloria sein könntest. Dass du mich hintergehst. Aber dann sprach ich mit Aphrodite. Deshalb war sie an dem Tag da. Sie half mir, zu sehen, was ich selbst hätte sehen sollen."

„Und was ist das?"

„Dass ich dir vertrauen kann." Er drückte ihre Hand und griff dann nach der anderen und zog beide zu seinen Lippen, um ihre Fingerknöchel zu küssen. „Verzeihst du mir?“

„Wirst du aufhören, eifersüchtig zu sein, wenn ich dir sage, dass ich an keinem anderen Kerl außer dir interessiert bin?“

Ein Lächeln breitete sich auf seinem Gesicht aus. „Versprochen.“

„Dann verzeihe ich dir.“ Sie beugte sich näher und brachte ihren Mund ganz nahe an seinen. „Küss mich.“

„Ja, Ma’am.“

Sie musste bei seiner Antwort kichern, doch Eros brachte sie sofort zum Schweigen, indem er seine Lippen erst leicht und dann mit mehr Druck auf ihre presste. Sie öffnete ihren Mund, um ihn einzuladen. Er schmeckte nach besitzergreifendem Mann, doch in seinem Kuss lag auch eine unterschwellige Sanftheit, die ihr zeigte, dass er sie schätzte und respektierte. Er würde nie etwas gegen ihren Willen tun.

Psyche zog ihn zu sich und wollte seinen Körper spüren. Sie ließ ihre Hände seinen Rücken hinabwandern und spürte seine trainierten Muskeln. Dann schob sie sie weiter nach Süden und packte seinen Hintern.

Eros gab ihren Mund frei und blickte über seine Schulter, dann zurück zu ihr. „Ich glaube nicht, dass das der richtige Ort für das ist, was in wenigen Sekunden geschehen wird, wenn du mich so berührst.“

Psyche kicherte, aufgeregt, dass sie Eros’ Leidenschaft so schnell entzünden konnte. „Du bist aber einfach zu erregen …“

„Einfach?“ Er sah sich um und zog sie dann in Richtung der Tür zum Sportzentrum. „Dann lass uns doch mal sehen, wie einfach du zu erregen bist, wenn ich uns ein wenig Privatsphäre verschaffe.“

Er öffnete bereits die Tür, als eine Stimme rief: „Mr. Eros, Mr. Eros.“

Psyche erkannte Justins Stimme. Sie erstarrte. Eros warf ihr einen gespielt ernsten Blick zu und flüsterte: „Denk nicht, dass du deshalb aus dem Schneider bist.“

Sie kicherte und drehte sich um.

Justin kam mit Eros’ Bogen in der Hand laufend auf ihn zu, seine Eltern hinter ihm.

„Hey, Justin“, sagte Eros und ging ihm entgegen. „Du warst großartig! Herzlichen Glückwunsch zu deinem Sieg!“

Der Junge umarmte ihn.

Psyche lächelte die beiden an. Eros war toll mit Kindern. Sie konnte es sehen und das füllte ihr Herz mit Wärme. Sie richtete ihren Blick auf Justins Eltern und ging mit ausgestreckter Hand auf sie zu. „Hallo, ich bin Psyche. Wir sind uns noch nicht vorgestellt worden, aber ich habe schon viel von Justin gehört.“

Sie schüttelte Mr. und Mrs. Clayton die Hand.

„Freut mich, Sie endlich kennenzulernen“, sagte Mrs. Clayton und ihr Ehemann stimmte zu.

„Wir sind froh, dass wir Sie noch erwischt haben, Mr. Eros“, fügte Mr. Clayton hinzu, „damit Justin den Bogen zurückbringen kann. Er hat den Unterschied gemacht.“

Eros nahm den Bogen von Justin entgegen. „Ich bin froh, dass er geholfen hat. Ich glaube, nächstes Mal, wenn wir üben, benutzt du deinen Bogen, Kumpel?“

„Ja, Mr. Eros“, stimmte Justin zu.

„Gut“, sagte Mr. Clayton, „wir werden dann gehen. Danke nochmal!“

Als die Claytons verschwunden waren, wandte Psyche sich wieder zu Eros. Etwas in dem Gespräch hatte sie stutzig gemacht.

„Weißt du, wie komisch es ist, dass dich alle *Mr. Eros* nennen. Als hättest du keinen Nachnamen.“

Eros warf ihr einen überraschten Blick zu. „Oh. Ja, das.“

„Und jetzt, wo ich daran denke, glaube ich, dass ich überhaupt noch nie jemanden deinen Nachnamen habe sagen hören. Du musst doch einen haben.“

„Selbstverständlich“, sagte Eros schnell. Vielleicht ein wenig zu schnell. „Er lautet Aresopoulos. Die meisten Leute finden die Aussprache zu schwierig.“ Dann wechselte er das Thema. „Komm, lass uns von hier verschwinden.“

Er nahm ihre Hand und sie ließ sich von ihm in Richtung Ausgang führen. Doch ihr Verstand verarbeitete immer noch seine Worte. Er hatte also einen griechischen Nachnamen. Nicht überraschend, da er als Kind aus Griechenland eingewandert war. Aber da war noch etwas anderes. Etwas, das sie noch nicht sah. Oder möglicherweise etwas, das sie nicht sehen wollte, weil es unmöglich wahr sein konnte.

# 30

*Sohn des Ares*. Das war die Bedeutung des Familiennamens, den er Psyche gegeben hatte. Es war ein Name, den Eros verwendete, wann immer er einen Nachnamen in der Welt der Sterblichen brauchte. Die Tatsache, dass Psyche ihn gefragt hatte, wie er mit Nachnamen hieß, war an sich nicht ungewöhnlich. Doch damit erinnerte sie ihn noch einmal daran, dass er ihr noch nicht die Wahrheit über sich gestanden hatte. Dazu war er noch nicht bereit. Um sein Geheimnis mit ihr zu teilen, musste er sich über seine, sowie auch ihre, Gefühle absolut sicher sein. Ein Gott zu sein war nichts, was man jeder beliebigen Freundin preisgab. Was die Frage aufwarf: Wie ernst war ihre Beziehung? Eins war sicher: Um diese Frage beantworten zu können, musste er den nächsten Schritt unternehmen.

„Ich habe eine Überraschung für dich“, sagte Eros, als Psyche sich auf den Beifahrersitz seines Autos setzte.

„Was für eine Überraschung?“, fragte sie neugierig und etwas erstaunt.

Er griff nach ihrer Hand und drückte sie, um sie zu bestärken. „Keine Sorge, es ist eine schöne Überraschung. Aber mehr kann ich dir nicht sagen, sonst ist es ja keine Überraschung mehr, oder?“

„Okay.“

„Gut, jetzt öffne das Handschuhfach und hol die Schlafmaske heraus, die du dort findest.“

„Schlafmaske?“, fragte sie misstrauisch.

Er nickte. „Damit du nicht sehen kannst, wohin wir fahren.“ Als Psyche immer noch zögerte, zog er ihre Hand an seine Lippen und küsste sie. „Vertraust du mir?“

Schließlich nickte Psyche und öffnete das Handschuhfach. Sie holte die schwarze Schlafmaske heraus und zog sie über ihre Augen.

Fünfzehn Minuten später parkte Eros das Auto vor Psyches Eigentumswohnung. „Wir sind da. Ich helfe dir aus dem Wagen.“

Eros ging um das Cabrio herum, öffnete die Beifahrertür und half Psyche heraus. Hinter ihr schloss er das Auto ab, dann führte er sie den kurzen Weg zum Eingang.

„Jetzt kommen Stufen“, warnte er sie und hielt dann an, um die Tür zu entriegeln. Er hielt sie ihr offen und legte seinen Arm um ihre Taille, während er ihre Hand festhielt.

„Wo sind wir?“

„Siehst du in einer Minute. Geduld.“

Eros führte sie die Treppe hinauf, bis sie die Tür zu Psyches Wohnung erreichten. Er sperrte sie auf und öffnete sie. Dann führte er Psyche hinein und schloss die Tür hinter ihnen.

„Jetzt kannst du die Maske abnehmen“, sagte er.

Sofort zog Psyche die Schlafmaske von ihrem Gesicht und sah sich um. „Das ist meine Wohnung.“

Sie ließ ihren Blick schweifen. Dann ging sie in Richtung Badezimmer und schaute hinein, lief zum Schlafzimmer und tat dort dasselbe. „Oh mein Gott!“ Sie machte kehrt und warf sich in seine Arme. „Es ist alles repariert. Und alles ist wieder an seinem Platz. Ich kann es kaum glauben.“

Eros lächelte. „Der Zimmerer rief mich gestern an, um mir mitzuteilen, dass er fertig ist. Also habe ich den gestrigen Nachmittag damit verbracht, all deine Möbel wieder hinzustellen, wo sie hingehören.“

„Du hast das alles für mich getan?“ Sie küsste ihn. „Und es sieht so sauber aus! Hast du die Wohnung auch noch geputzt?“

Er zuckte mit den Schultern. Die Feen hatten die Reinigung übernommen, aber sie waren jetzt nicht hier, um Psyches Dank entgegenzunehmen. „Ich hoffe, dass ich alles zurück an seinen rechten Platz gestellt habe.“

„Es ist perfekt.“ Sie drückte ihn fest und wich dann mit einem nachdenklichen Gesichtsausdruck zurück. „Also …“ Sie schluckte.

„Stimmt etwas nicht?“, fragte er.

„Nein, es ist alles in Ordnung. Aber ich glaube, es ist an der Zeit, dass ich meine Sachen packe und wieder hier einziehe. Es gibt keinen Grund mehr, in deinem Haus zu bleiben.“ Sie lächelte ihn an, doch er kannte sie bereits gut genug, um zu wissen, dass ihr Lächeln nicht echt war. Sie blickte in Richtung des Badezimmers und des Schlafzimmers.

„Eigentlich gibt es schon einen Grund“, meinte er.

Psyche drehte den Kopf zu ihm zurück. „Ist noch etwas kaputtgegangen?“

Eros schüttelte schnell den Kopf, dann nahm er eine Strähne ihres Haares und strich sie hinter ihr Ohr. „Nein, deine Wohnung ist definitiv wieder bewohnbar. Aber wie wäre es, wenn du sie vermieten würdest?“

„Aber, wo würde ich …“ Sie stoppte sich mitten im Satz. Überraschung tauchte in ihren schönen grünen Augen auf.

„Ich habe einen der begehbaren Schränke in meinem Schlafzimmer geleert. Er reicht für all deine Sachen. Psyche, ich habe dich gerne um mich. Ich genieße deine Gesellschaft.“ Er fühlte sich ungewöhnlich nervös, da er nicht wusste, ob Psyche annehmen würde, und sah weg. „Und seien wir doch ehrlich, selbst wenn du wieder hier einziehen würdest, würdest du sowieso jede Nacht in meinem Haus verbringen. Du könntest dir die Zeit sparen, ständig in deine Wohnung gehen zu müssen, um saubere Kleidung zu holen.“

„Eros, ich – ich weiß nicht, was ich sagen soll.“

Er hob seine Augen, um sie anzusehen. „Ich weiß, dass sich das, was zwischen uns ist, sehr schnell entwickelt hat. Und ich möchte dich nicht verschrecken. Aber ich mag dich wirklich, wirklich, wirklich, wirklich sehr, Psyche. Und ich glaube, dass du mich auch magst. Ich hätte gerne die Chance, herauszufinden, ob wir uns sogar noch mehr mögen könnten."

„Bist du sicher? Nach allem, was uns beiden in der Vergangenheit passiert ist?"

„Ich bin mir sicher."

Sie warf ihre Arme um ihn und er nutzte die Gelegenheit, sie tief und innig zu küssen, bevor er ihre Lippen wieder freigab. „Bedeutet das, dass du bei mir einziehst?"

„Ja."

Eros entließ sie aus seiner Umarmung und gab ihr einen freundlichen Klaps auf den Po. „Dann geh noch ein paar Klamotten packen und wir fahren nach Hause. Wir holen den Rest deiner Sachen an einem anderen Tag." Er presste ihr noch einen Kuss auf die Lippen. „Du machst mich sehr glücklich. Ich hoffe, dass ich dasselbe für dich tun kann."

Ihre Augen funkelten, als sie antwortete: „Ich bin mir sicher, dass wir eine Möglichkeit finden, wie du das anstellen kannst." Dann ging Psyche in ihr Schlafzimmer und fing an zu packen.

~ ~ ~

Ihre Kleidung im Wandschrank in Eros' Schlafzimmer aufzuhängen, kam ihr fast wie ein Traum vor. Psyche fühlte sich wie in Trance. Aber es war kein Traum. Eros hatte sie wirklich gebeten, bei ihm einzuziehen. Und sie hatte angenommen, ohne lange zu überlegen. Sie war ihrem Bauchgefühl gefolgt. Mit Eros zusammen zu sein war richtig, und der Vorfall mit Wayne heute Nachmittag hatte sie in diesem Glauben bestärkt.

Psyche schloss den Wandschrank und trug ihre Tasche mit Toilettenartikeln vom Gästezimmer in Eros' Badezimmer. Sie öffnete die Tasche, griff hinein und holte ihre Pille heraus, dann ging sie ins Schlafzimmer und legte sie auf das Nachtkästchen.

„Was ist das?"

Sie drehte sich um und sah Eros nur ein paar Meter von ihr entfernt stehen. Sie hatte ihn nicht hereinkommen gehört. Er näherte sich und zeigte auf die kleine blaue Schachtel auf dem Nachtkästchen.

„Verhütungsmittel", sagte sie und blickte ihm in die Augen.

Ein Lächeln bildete sich auf seinem Gesicht und er zog sie in seine Arme. „Bedeutet das, dass wir keine Kondome mehr brauchen?"

„Ja, da klar ist, dass wir jetzt exklusiv sind, benötigen wir keine Kondome mehr."

„Psyche", sagte er mit vor Freude funkelnden Augen, „wir waren schon seit dem Tag exklusiv, an dem wir uns kennengelernt haben."

Sie verschränkte die Hände hinter seinem Hals. „Also, willst du es ohne Kondom versuchen?“

„Jetzt?“ Das Funkeln in seinen Augen verwandelte sich in Interesse, während seine Hände zu ihrem Po glitten.

„Es sei denn, dass du gerade nicht in Stimmung bist“, fügte sie hinzu.

„Nicht in Stimmung?“, wiederholte er und rieb seine wachsende Erektion an ihr. „Lass mich eine Sache ein für allemal klarstellen: Wenn ich in deiner Nähe bin, bin ich immer in Stimmung, meine Schöne.“

Sie liebte die Art, wie er das letzte Wort sagte, mit soviel Zuneigung und Leidenschaft, dass sie davon überwältigt wurde.

„Ich habe mich sogar zurückgehalten, weil ich dich zu nichts drängen wollte, oder dir nicht den Eindruck geben wollte, dass ich nur Sex will. Aber nur damit du es weißt: Wenn du in der Stimmung für Sex bist, lass es mich einfach wissen und ich mache mit. Ich habe nichts dagegen, wenn eine Frau die Initiative ergreift. Im Gegenteil: Das macht mich an.“

„Tut es das, hm?“, fragte sie und fühlte sich plötzlich verwegen. Sie senkte ihren Blick, wich ein wenig zurück und schob dann langsam und zielsicher ihre Hand zu seiner Leiste, bis sie seine Erektion umfassen konnte. Diese wuchs mit besorgniserregender Geschwindigkeit.

Eros atmete ruckartig ein und drückte sich gegen ihre Hand. „Nur zu, meine Schöne. Mach mit mir, was du willst. Ich werde keinen Widerstand leisten.“

„Das ist aber einfach“, murmelte sie und drückte seinen Schwanz durch seine Hose.

„Einfach ist in Ordnung“, antwortete er.

„Ich mag einfach“, sagte sie und trat zurück. „Zieh dich aus und leg dich aufs Bett. Ich bin gleich wieder zurück.“

Sie drehte sich um, betrat den begehbaren Kleiderschrank und schloss die Tür hinter sich. Schnell durchstöberte sie ein Fach mit Unterwäsche und zog heraus, wonach sie gesucht hatte. Sie zog sich rasch um und atmete dann tief durch. Sie hatte sich noch nie so für Sex gekleidet, aber Eros’ Beteuerung, dass sie ihn erregte, hatte sie wagemutig gemacht. Sie hatte das schwarz-rote Korsett, das ihre Brüste wie auf einem Silbertablett herauspresste, aus einer Laune heraus gekauft, es jedoch nie getragen. Mit den dazu passenden Strumpfbändern, Strümpfen und hochhackigen Sandaletten fühlte sie sich erotischer als je zuvor.

Als sie aus dem Ankleidezimmer heraustrat, lag Eros nackt auf dem Bett. Sie näherte sich ihm und bemerkte, wie seine Augen jeden Zentimeter ihres Körpers verschlangen. Genauso wie sie gerade ihre Augen über ihn schweifen ließ. Sein Körper war perfekt. Glatte, gebräunte Haut lag über trainierten Muskeln. Dunkles Haar zierte seine starken Beine und in einem Nest aus schwarzem Haar stand sein Schwanz völlig aufrecht.

„Oh mein Gott“, murmelte er und griff nach seiner Erektion. Er zerrte daran und betrachtete sie mit offenem Mund.

Sie zeigte auf seinen Schwanz. „Ich dachte, das wäre mein Job.“

Er ließ ihn los und grinste verschmitzt. „Dann solltest du anfangen, bevor ich explodiere. Denn du bist die heißeste Frau, die ich je gesehen habe.“

Lächelnd erreichte Psyche das Bett und beugte sich über Eros. Sie senkte ihren Kopf zu seinem Schritt und leckte mit ihrer Zunge über seine Schwanzspitze.

„Fuck!“, fluchte Eros und bäumte sich auf.

„Ich habe das Gefühl, mit dem Explodieren hast du nicht gelogen“, neckte sie ihn und legte ihre Hand um seine dicke Wurzel.

„Ich scherze nie über wichtige Sachen.“

Sie leckte noch einmal und stieg dann über ihn. „In dem Fall spiele ich besser nicht mit dir, oder ich bekomme nicht, was ich will.“ Sie hob sich auf ihre Knie und brachte seine Erektion an ihr Zentrum. Sie war bereits feucht.

„Was willst du denn, Psyche?“, fragte Eros mit durchdringendem Blick. „Sag mir, was du willst und ich gebe es dir.“

Psyche senkte sich auf Eros’ Schwanz und spießte sich darauf auf, sodass sie beide gleichzeitig laut aufstöhnten. „Ich habe bereits, was ich will.“ Sie beugte sich über ihn und brachte ihre Lippen zu seinen. „Deinen Schwanz in mir.“ Sie konnte sich nichts Besseres im Leben vorstellen. Mit Eros zusammen zu sein, ließ alles andere mit dem Hintergrund verschmelzen.

„Dann bist du wohl auch einfach zu haben“, flüsterte er. „Ich hätte dir alle Reichtümer dieser Welt gegeben, wenn du mich darum gebeten hättest.“

Sie kicherte über seine merkwürdigen Worte. „Ich will nur dich.“

„Du hast mich.“ Eros drückte seine Lippen auf ihre und küsste sie tief und innig, bevor er ihr wieder die Möglichkeit gab zu atmen. „Reite mich, meine sexy Göttin.“

Während sie sich auf ihm auf und ab bewegte, waren Eros’ Augen die ganze Zeit auf ihr, so als würde er nicht genug von ihr bekommen können. Seine Hände waren jedoch nicht untätig. Er drückte ihre Brüste zusammen, umfasste sie, streichelte sie. Er kniff ihre Nippel, strich darüber und rieb sie mit seinen Fingern. Sie wurden zu kleinen harten Knospen und sie konnte kaum atmen.

Eros’ Hüften kamen ihr jedes Mal entgegen, wenn sie sich auf ihn senkte und verdoppelten so die Wirkung. Immer, wenn ihre Körper zusammenstießen, spürte sie, wie er tiefer in sie eindrang. Sie fühlte, wie sich Schweiß auf ihrer Haut bildete und ein kleiner Bach zwischen ihren Brüsten wie ein Gebirgsstrom gen Süden lief.

Eros presste seinen Kiefer zusammen, seine Atmung war rau und seine Brust hob sich. Die Geräusche ihres Liebesspiels hallten von den Wänden des Schlafzimmers wider, und das Bett schien von ihren wilden Bewegungen zu rattern.

„Fuck!“, fluchte Eros und hob sie plötzlich von sich, nur um sich kurz darauf über sie zu rollen und seinen Schwanz so hart und tief in sie zu stoßen, dass sie in die Matratze gepresst wurde.

Sein Beckenknochen schlug gegen ihre Klitoris und raubte ihr den letzten Atem. Sie schrie auf und kam so stark wie noch nie zuvor zum Höhepunkt. Ihr gesamter Körper schien zu explodieren.

„Den Göttern sei Dank!“, rief Eros aus und zuckte in ihr.

Sie spürte, wie sein heißer Samen sie füllte und ihren Orgasmus verlängerte. Ihr gesamter Körper prickelte jetzt angenehm und ein zufriedenes Seufzen rollte über ihre Lippen. Erschöpft, doch befriedigt, sank sie zurück auf die Matratze.

Eros stützte sich über ihr ab und rollte sich dann auf den Rücken. Wie eine Stoffpuppe ließ sie sich mitreißen und kam auf seiner Brust zu liegen. Sie konnte nicht einmal ihren Kopf anheben.

„Wow“, murmelte sie gegen seine Haut.

Er atmete scharf aus und gab ihr einen spielerischen Klaps auf den Po. „Dieses Outfit darfst du jederzeit tragen.“ Er legte seine Hand unter ihr Kinn und hob ihren Kopf, sodass er ihr in die Augen sehen konnte. „Ich glaube, wir sollten eine Regel aufstellen, dass du dich mindestens einmal pro Woche so anziehen musst.“

„Ich vermute also, dass dir mein Outfit gefällt.“ Sie kicherte.

„Nicht das Outfit. Du darin.“ Er grinste verschmitzt und blickte sie hungrig an. „Oder eher, die vielen Sachen, die dieses windige Ding nicht verhüllt.“ Er presste ihr einen Kuss auf die Lippen. „Es tut mir leid, dass ich am Ende übernehmen musste, aber –“

Sie legte einen Finger auf seine Lippen und stoppte ihn. „Muss dir nicht leidtun. Ich mag es, wenn du ganz wild wirst.“

„Das merke ich mir für nächstes Mal.“

Psyche lächelte. Alles in ihrem Leben war perfekt.

# 31

Als der Montag heranrollte und Psyche wieder im Geschäft sein musste, fühlte sie sich so entspannt wie noch nie zuvor. Der Morgen war verhältnismäßig ruhig und sie war gerade vom Mittagessen im Laden nebenan zurückgekommen, als die Glocke über der Tür klingelte und einen Kunden ankündigte.

Ein großer Mann, gekleidet in einen Designer-Anzug und vor Selbstvertrauen und Gelassenheit strotzend, trat ein. Er war nicht die Art Kunde, die sie normalerweise hatte. Er sah zu reich und anspruchsvoll aus, und obwohl ihr Geschäft eine gute Auswahl hatte, verirrte sich normalerweise nicht die Oberschicht der Stadt hierher. Diese bevorzugte die exklusiveren Floristen anstatt ihres bescheidenen Ladens. Vermutlich hatte er sich verlaufen und wollte nur nach dem Weg fragen.

„Kann ich Ihnen helfen, Sir?“, fragte sie höflich.

Der Mann näherte sich und ließ seine Augen über sie schweifen, als würde er für ein Kleid Maß nehmen. Instinktiv griff sie in die Tasche ihrer Schürze und umklammerte ihr Handy. Etwas an diesem Mann beunruhigte sie.

„Sie sind Psyche Everly, nicht wahr?“

„Ja, das bin ich.“ Sie versuchte, professionell zu klingen, aber ihre Besorgnis stieg weiter. „Und Sie sind?“

„Das ist im Augenblick nicht wichtig. Ich habe etwas für Sie.“

„Wenn das eine Art Verkaufstaktik sein soll, können Sie gleich wieder kehrtmachen und verschwinden.“ Verärgerung durchfuhr sie. Einige Verkäufer konnten unorthodox sein, wenn es um ein Verkaufsgespräch ging. Sie taten alles, nur um einen Verkauf abzuschließen. Aber sie fiel auf so etwas nicht herein. „Ich bin nicht daran interessiert, etwas zu kaufen. Ich wünsche Ihnen einen schönen Tag.“

Der Mann warf seinen Kopf zurück und lachte. Der Ton hallte in der Luft wider wie ein Donnergrollen und ließ die Pflanzen rascheln, als hätten die Blätter einen Windstoß abbekommen.

Ein Schauer lief ihr den Rücken hinunter.

„Ich habe das Gefühl, es wird schwierig sein, Sie zu überzeugen“, antwortete er und trat näher. „Es geht um Eros.“

„Eros?“ Sie seufzte erleichtert. Der Kerl war also kein Verkäufer. „Sind Sie einer seiner Kunden?“

„Wohl kaum. Aber ich kenne ihn gut. Und deshalb bin ich gekommen, Sie vor ihm zu warnen.“

Ihr Herz setzte einen Augenblick aus, nur um doppelt so schnell neu zu starten. „Warnen?“ Sie schüttelte instinktiv den Kopf. Sie kannte Eros und es gab nichts an seinem Charakter, vor dem sie gewarnt werden musste.

„Er spielt nur mit Ihnen.“

Ihr Kiefer verkrampfte sich. „Ich glaube, Sie sollten gehen. Ich weiß nicht, was Ihr Motiv ist oder was Sie gegen Eros haben, und es interessiert mich auch nicht, aber ich werde nicht hier stehen und zuhören, wie Sie Lügen über meinen Freund verbreiten.“

Der Fremde lachte leise. „Ach, sind Sie aber eine Resolute. Also hat er Sie davon überzeugt, dass Sie die Eine sind. Dass Sie –“, er machte Anführungszeichen in der Luft, „– etwas Exklusives miteinander haben. Er hat Ihnen vermutlich gesagt, dass er schon von Anfang an exklusiv mit Ihnen war.“

Als sie die Worte hörte, die Eros nur zwei Tage zuvor benutzt hatte, rang Psyche nach Luft. „Ich möchte, dass Sie gehen.“

„Aber Sie haben doch noch nicht gehört, was ich zu sagen habe.“

„Ich bin nicht daran interessiert, was Sie zu sagen haben.“ Sie vertraute Eros und hatte keinen Grund anzunehmen, dass auch nur ein einziges Wort des Fremden wahr war.

„Na gut, möglicherweise können meine Worte Sie nicht überzeugen, aber wie sagt man so schön? Ein Bild sagt mehr als tausend Worte.“ Er zog sein Handy heraus und entsperrte es.

„Ich bin nicht daran interessiert, irgendwelche Bilder zu sehen.“

Er schaute von dem Gerät hoch und grinste verschmitzt. „Oh, an diesem hier werden Sie interessiert sein. Es zeigt die Frau, mit der er Sie betrogen hat. In seinem Bett.“

Er drehte das Handy um und hielt es vor ihr Gesicht. Psyche schaute weg.

„Sehen Sie es sich an! Oder wollen Sie die Wahrheit nicht sehen?“, beharrte der Fremde. Etwas in seiner Stimme zwang sie, ihren Kopf zurückzudrehen.

Das Foto zeigte eine nackte Frau in einem Bett, eine Bettdecke halb über sie drapiert.

„Das ist Eros’ Bett“, behauptete der Mann.

Psyche konnte das sehen. Aber das musste nichts bedeuten. „Das Foto könnte auch schon vor Jahren aufgenommen worden sein und das wissen Sie auch. Ihr Versuch, einen Keil zwischen mich und Eros zu treiben, funktioniert leider nicht.“ Sie verschränkte die Arme vor der Brust.

„Schauen Sie genauer hin“, sagte er. Er zoomte auf das Nachtkästchen. „Sehen Sie hin.“

Als ihre Augen sich auf den Gegenstand konzentrierten, der auf dem Nachtkästchen lag, rang sie nach Luft. Ein kleines blaues Päckchen befand sich dort. Es war offen und ein quadratischer Streifen mit einigen Reihen von winzigen Pillen schaute heraus. Ihr Verhütungsmittel.

„Nein, nein. Das ist unmöglich." Sie hatte diese Pillen erst vor zwei Tagen dorthin gelegt – was bedeuten würde, dass die Frau in den letzten zwei Tagen in Eros' Bett gewesen sein musste. Sie schüttelte den Kopf, dann hob sie trotzig ihr Kinn. „Photoshop. Das muss es ein. Sie haben es aus irgendeinem abartigen Grund manipuliert."

Der Mann schüttelte den Kopf. „Das muss ich Eros wirklich lassen. Er hat ziemlich gute Arbeit geleistet, Sie dazu zu bringen, ihm zu vertrauen. Sogar jetzt, angesichts der erdrückenden Beweislast, glauben Sie ihm immer noch. Er verdient Sie nicht. Er ist ein Schürzenjäger. Er nutzt Frauen nur für sein Vergnügen und wenn er mit ihnen fertig ist, wirft er sie weg. Liebe bedeutet ihm nichts."

„Raus!", schrie sie, denn sie wollte nichts mehr hören.

„Glauben Sie denn, dass, wenn ich gehe, sich das alles hier in Luft auflöst?" Er zeigte auf das Bild auf dem Handy und schüttelte den Kopf. „Warum gehen Sie jetzt nicht zu seinem Haus? Er erwartet Sie erst heute Abend. Und sie ist noch dort." Er wandte sich um und ging Richtung Tür, doch stoppte, als er diese erreichte und blickte über seine Schulter. „Oh, hätte ich fast vergessen: Wissen Sie, wer die Frau auf dem Bild ist? Gloria. Eros wollte sie heiraten. Wie sich herausstellte, wurde sie letzten Monat geschieden. Also kam sie zu ihm zurückgerannt und er empfing sie mit offenen Armen."

Der Fremde ging hinaus und die Tür fiel hinter ihm zu.

Psyche fasste sich an die Brust und rang nach Luft. Ihre Lunge verkrampfte sich und weigerte sich zu funktionieren. Ihr Herz schlug ihr bis zum Hals und ihr Puls donnerte in ihren Schläfen. Alles schien sich um sie herum zu drehen. Ihre Knie gaben nach und sie stützte sich am Tresen ab, um nicht zu stürzen.

„Nein. Das ist nicht wahr", sagte sie zu sich selbst. „Das kann nicht wahr sein. Nicht Eros. Er würde das nicht tun."

Doch egal wie oft sie die Worte wiederholte, begannen Zweifel sich einschleichen. Was, wenn Gloria zurückgekommen war? Eros hatte zugegeben, dass er sie geliebt hatte und sie hatte heiraten wollen. Was, wenn er eine zweite Chance mit ihr sah?

Sie musste es selbst herausfinden.

Eine halbe Stunde später stoppte Psyche ihren Truck vor Eros' Haus. Sie stellte den Motor ab, doch stieg nicht sofort aus. Von draußen sah alles normal aus. Keine fremden Autos parkten vor der Garage. Das Haus selbst sah ebenfalls ruhig aus. Psyche atmete tief ein. Hatte der Fremde gelogen? War er möglicherweise von Gloria angeheuert worden, um sie und Eros auseinander zu bringen, damit sie zurückkommen und Eros trösten konnte? Doch was, wenn er ihr die Wahrheit gesagt hatte? Was, wenn das Foto nicht manipuliert worden war? Was, wenn es tatsächlich heute aufgenommen worden war?

Sie konnte den Beweis nicht ignorieren. Sie musste die Wahrheit herausfinden. Selbst wenn diese wehtat.

Ihre Beine fühlten sich an wie Blei, als sie ausstieg und zur Eingangstür ging. Sie benutzte ihren Schlüssel und sperrte die Haustür auf, dann schloss sie sie leise hinter sich. Als sie das Foyer durchquerte und einen Fuß auf die erste Stufe setzte, erinnerte sie sich an all die Sachen, die hier vor nicht allzu langer Zeit geschehen waren: die leidenschaftlichen Küsse, der Sex. Sie hob ihre Augen zum Treppenansatz im ersten Stock und stieg langsam hinauf. Der dicke Teppich schluckte das Geräusch ihrer Schritte. Oben angekommen ging sie den Korridor zu Eros' Schlafzimmer entlang.

Ihre Hand war bereits am Türknauf, als sie hörte, wie sich eine Tür öffnete und schloss. Das Geräusch kam aus dem Erdgeschoss.

„Eros?", rief sie zögerlich.

„Psyche?" Schritte kamen vom hinteren Teil des Hauses und erreichten das Foyer. „Wieso bist du schon so früh zu Hause?" Eros kam die Treppe nach oben gelaufen.

Sie zögerte an der Schlafzimmertür. Wenn Eros unten gewesen war und nicht in seinem Schlafzimmer, dann waren die Worte des Fremden möglicherweise eine Lüge. Sie drehte sich gerade um, als Eros den ersten Stock erreichte. Ihr Herz blieb stehen, als sie ihn sah. Er war barfuß und trug nur Cargoshorts. Sein Gesicht war gerötet und ein Film aus Schweiß lag auf seiner Haut. Als hätte er sich körperlich angestrengt.

„Hast du das Geschäft für heute schon zugesperrt?", fragte er, während er auf sie zuging.

Psyche nickte.

„Großartig!", behauptete Eros. „Perfektes Timing! Komm mit nach unten. Ich möchte dir zeigen, was ich uns für den Garten besorgt habe." Er griff nach ihrem Arm und versuchte, sie zu sich zu ziehen, doch sie stoppte ihn.

Wenn er so darauf aus war, sie vom Schlafzimmer weg und nach unten zu ziehen, dann gab es vielleicht doch Beweise, dass Gloria hier gewesen war. Warum sonst sollte Eros halb nackt und verschwitzt sein?

„Ich muss mich nur schnell frisch machen."

„Das kannst du auch unten tun. Komm. Es ist nagelneu."

Seine Beharrlichkeit, sie nach unten zu locken, festigte ihren Entschluss, das Schlafzimmer zu inspizieren. Sie drehte sich um und öffnete die Tür weit. Sie machte nur zwei Schritte in den Raum, bevor sie alles sah, was sie sehen musste.

In Eros' Bett, das sie gestern Nacht geteilt hatten, lag eine Frau. Sie war nackt und wand sich darin, kaum von der Decke bedeckt. Und jetzt drehte sie ihren Kopf in Richtung Tür.

„Psyche, was ist los?", fragte Eros von der Tür aus und trat neben sie. Seine nächsten Worte kamen in einem völlig anderen Ton heraus. „Gloria? Was zum Teufel?"

„Hey, Babe“, schnurrte die nackte Frau verführerisch. „Willst du jetzt einen Dreier machen? Du frecher Junge.“ Sie kicherte.

Psyche hatte genug gesehen und gehört. Sie machte kehrt. „Wie konntest du mir das antun, nach allem, was du gesagt hast? Du bist nicht besser als Wayne. Nein, du bist schlimmer, weil du mich dazu gebracht hast, dir zu vertrauen!“ Sie eilte Richtung Tür.

Eros ergriff ihren Arm. „Geh nicht, Psyche! Das ist nicht, wonach es aussieht. Das ist eine Falle! Ich kann es beweisen!“

Tränen saßen bereits in ihren Augen und Psyche schüttelte den Kopf. „Mach dir nicht die Mühe! Sieh dich doch an!“ Sie zeigte auf ihn. „Du bist gerade erst aus dem Bett gestiegen.“ Sie riss sich von ihm los und lief zur Treppe.

„Ich habe einen verdammten Jacuzzi installiert!“, schrie Eros ihr nach und folgte ihr in den Gang. „Ich habe nicht mit Gloria geschlafen! Verdammt, Psyche, du musst mir glauben!“

Doch sie hatte bereits den Fuß der Treppe erreicht. Sie konnte dem Ganzen nicht länger zuhören. Sie riss die Haustür auf und rannte zu ihrem Truck. Sie sprang hinein und drehte den Schlüssel in der Zündung. Tränen strömten jetzt ihre Wangen hinab. Doch sie ignorierte sie, genauso wie sie den Schmerz ignorierte, der sich anfühlte, als würden hundert Messer in ihr Herz gestochen.

# 32

Eros fluchte, als er Psyche in ihrem Truck davonfahren hörte. Er würde ihr folgen, doch zuerst musste er sich um ein Problem kümmern: Gloria.

Er marschierte zurück ins Schlafzimmer und funkelte seine nicht willkommene Besucherin an. „Bedeck dich, um Himmels willen!“ Ihr nacktes Fleisch erregte ihn nicht. In der Tat stieß es ihn ab.

„Hey, Babe, ich dachte, dass du glücklich wärst, mich zu sehen“, schnurrte sie.

„Sehe ich glücklich aus?“, biss Eros heraus und sah sie finster an.

Gloria wich zurück und zog die Decke über ihren nackten Körper.

„Wie zum Teufel bist du hier hereingekommen?“

„Ich hörte, dass du dich immer noch nach mir verzehrst. Und da ich wieder Single bin …“ Sie winkte mit ihrer ringlosen Hand. „Ich wollte dich überraschen.“

„Wach auf, Gloria! Das mit uns war vor vierzehn Monaten vorbei! Und was das Verzehren angeht, bilde dir ja nichts ein!“ Hatte sie wirklich gedacht, er würde sie zurücknehmen? „Was für Wahnvorstellungen hast du, zu glauben, du könntest einfach wieder in mein Leben zurück marschieren nach allem, was du getan hast?“

Sie schmollte, eine Geste, die er sie schon oft hatte machen sehen. Er erkannte sie jetzt als die theatralische Vorstellung, die sie war. „Ich glaube dir nicht.“ Sie zeigte zur Tür. „Du kannst diese Frau doch unmöglich wollen. Wir haben eine gemeinsame Vergangenheit. Was kann sie schon haben, was ich nicht habe?“

„Sie hat mehr Klasse und Ehrlichkeit in ihrem kleinen Finger als du in deinem gesamten Körper! Und ich liebe sie mehr, als ich je zuvor jemanden geliebt habe.“ Die Worte waren ausgesprochen, bevor er wirklich wusste, was er sagte. Als wäre es Schicksal.

Scheinbar entsetzt, weiteten sich Glorias Augen. „*Die* liebst du?“ Sie starrte ihn an, als könnte sie ihm nicht glauben. „Aber er sagte, dass du mich zurückhaben willst.“

Misstrauen kam sofort in ihm hoch. „Wer?“

Gloria schaute schnell weg und wickelte die Laken um ihren Körper, während sie ihre Beine aus dem Bett schwang. Doch Eros hatte nicht die Absicht, die Frage fallen zu lassen. Seine Neugier war geweckt. Irgendetwas stimmte hier nicht. Er ging auf Gloria zu, als sie gerade aufstand, und blockierte ihr den Weg.

„Wer hat diese Sache angezettelt?“

„Man kann niemandem mehr trauen“, murmelte sie vor sich hin.

„Wer?“, brüllte Eros so laut, dass die Wände fast bebten.

Gloria wich zurück und fiel beinahe aufs Bett zurück, sichtlich entsetzt über seinen Wutanfall. Sie zog die Laken enger um ihren Körper. „Ich erinnere mich nicht an seinen Namen.“ Sie fuhr mit einer Hand ihre Schläfe entlang. „Ich erinnere mich eigentlich an fast überhaupt nichts.“

„Wie praktisch!“, knurrte er. „Rede oder ich lasse dich wegen Hausfriedensbruchs verhaften.“

„Bitte, du musst mir glauben. Ich hatte nichts Böses im Sinn. Ich traf diesen Mann in einer Bar. Er hat mich angemacht.“ Sie zuckte mit den Schultern. „Ich war einsam. Du weißt schon, nach der Scheidung.“

Dass sie geschieden war, war ihm neu. Scheinbar hatte der Kerl, den sie geheiratet hatte, schließlich die wahre Gloria, die Frau, die nur auf Geld aus war, erkannt und sie abserviert.

„Was wollte er?“

„Er war nett zu mir “, sagte sie in einem defensiven Ton. „Und er war sehr gut aussehend.“

„Was noch?“, fragte Eros ungeduldig.

„Ich erinnere mich nicht an viel. Ich glaube, wir hatten Sex. Ich bin mir ziemlich sicher.“ Gloria runzelte die Stirn. „Aber dann fing er an, über dich zu sprechen und dass du immer noch Single wärst. Und dich noch nach mir verzehrst.“

Eros schnaubte angewidert. „Lügen.“

„Jetzt erinnere ich mich. Er sagte, dass, wenn ich ihm einen Gefallen täte, nur einen, dann würde er mich dafür belohnen.“

„Geld?“

Sie nickte. „Er war reich. Das konnte ich sehen. Er sagte, dass er jemanden wie mich brauchte. Und wenn ich hier in deinem Haus auftauchen würde, um herauszufinden, ob du noch Gefühle für mich hast, würde ich ihm damit einen großen Gefallen tun.“

„Was du also vorhin gesagt hast, war gelogen.“

Gloria schob ihr Kinn nach oben. „Ich nahm nur an, dass es bedeutete, dass du mich immer noch liebst. Ich meine, wenn er es doch herausfinden wollte.“

„Wirklich?“ Eros hatte sie nicht für so naiv gehalten. „Und das hast du aus der Tatsache gefolgert, dass er dich gefickt hat? Und dann von dir erwartete, dass du in mein Bett steigst? Nackt? Wach doch auf!“

Ihre Lippen bebten. „Ich bin mir nicht sicher. Ich erinnere mich nicht genau.“ Sie rieb wieder ihre Schläfe. „Ich weiß nicht einmal, wie ich hergekommen bin. Nachdem ich sagte, dass ich es tun würde, tranken wir noch etwas und danach erinnere ich mich an nichts mehr, bis die Tür aufging und diese Frau hereinkam.“

„Er hat dir Drogen gegeben.“ Eros musste kein Detektiv sein, um diese Schlussfolgerung zu ziehen. Und er hatte bereits einen Verdacht hinsichtlich des Täters. „Beschreib ihn mir.“

Sie zuckte mit den Schultern. „Sehr attraktiv. Möglicherweise Ende dreißig.“

„Dunkles Haar?“

Sie nickte.

„Was hatte er an?“

„Armani. Aktuelle Kollektion. Nicht das billige Zeug, das sie in Outlets verkaufen. Seine Kleidung war qualitativ hochwertig.“ Und Gloria kannte sich mit Designerkleidung aus. So machte sie reiche Männer aus.

Und Eros erkannte jetzt, von wem sie sprach. Zeus! Er war im Stande, das alles zu inszenieren, um ihn und Psyche auseinanderzubringen.

„Dieser kranke Bastard!“, fluchte er und wandte sich der Tür zu. Dann hielt er einen kurzen Moment inne. „Zieh dich an und verlasse mein Haus. Und komm mir und Psyche nie wieder nahe oder ich zerstöre dich! Ich schwöre es!“

Er eilte nach unten. Er musste Psyche finden und ihr jetzt die Wahrheit über sich beichten. Das war die einzige Möglichkeit, ihre Beziehung zu retten. Und er musste ihr noch etwas anderes gestehen: dass er sie liebte.

# 33

Psyche wischte sich die Tränen aus dem Gesicht und fuhr weiter. Wie konnte sie nur so blind gewesen sein? Wie konnte sie nicht gesehen haben, dass sie nur ein Trostpflaster für Eros war? Warum hatte sie zu Beginn nicht auf ihr Bauchgefühl gehört und zugelassen, wider besseres Wissen eine Beziehung einzugehen? Und warum hatte sie ihn so nahe an sich herangelassen?

Ein Schluchzen riss sich aus ihrer Brust, als sie in ihre Straße bog. Ein erschrockenes Keuchen folgte und sie stieg auf die Bremse. Ihr Truck kam nur Zentimeter vor einem Mann zum Stillstand, der mitten in der Einbahnstraße stand. Schock raste durch sie, während sie im grellen Schein der Sonne blinzeln musste. Es war der Fremde von zuvor. Derselbe Mann, der ihr mitgeteilt hatte, dass Eros sie betrog.

Ihr Herz donnerte in ihrer Brust, als der Mann zur Fahrerseite ging und die Tür öffnete.

„Also haben Sie es selbst gesehen", sagte er ohne einen Gruß.

„Lassen Sie mich in Ruhe!" Sie war nicht in der Stimmung, mit ihm zu sprechen, und langte nach dem Türgriff, um die Tür zuzuschlagen. Doch er hielt sie fest, sodass sie sie keinen Zentimeter bewegen konnte. Er war zu stark. Sofort stieg Furcht in ihr auf. „Was wollen Sie?"

Der Mann grinste. „Da Sie so fragen …" Sein Lächeln wurde plötzlich kalt. „Ich will, dass Sie mit mir kommen."

„Sie müssen verrückt sein, wenn Sie denken, dass ich mit Ihnen komme", knurrte Psyche und trat wieder aufs Gaspedal. Doch die Reifen drehten durch, als würde ihr Truck im Schnee oder im Schlamm feststecken. Nur dass es keinen Schnee oder Schlamm auf der Straße gab. „Was zum Teufel?"

„Sie dachten wirklich, dass Sie mir entkommen könnten?" Er warf seinen Kopf zurück und lachte. „Vielleicht ist es an der Zeit, dass Sie herausfinden, mit wem Sie es zu tun haben."

Als er sich näher beugte, wich sie zurück. Mit zitternden Händen löste sie den Sicherheitsgurt, um sich zu befreien, damit sie über den Beifahrersitz fliehen konnte, doch der Fremde hatte bereits ihre Schultern gepackt und zog sie aus dem Truck.

„Lassen Sie mich los!", schrie sie, doch ihre Stimme klang in ihren eigenen Ohren bestenfalls wie ein Flüstern. Sie versuchte es noch einmal. „So hilft mir doch jemand!"

„Niemand kann Sie hören", behauptete er. „Ich allein treffe jetzt die

Entscheidungen. Sie tun, was ich sage."

„Nein!", schrie sie aus voller Kehle und schaute verzweifelt die Straße auf und ab. Doch sie war alleine. Niemand kam ihr zu Hilfe.

„Sie sind wirklich eine Kämpferin. Vielleicht ist es das, was Eros so an Ihnen mag. Lassen Sie uns herausfinden, was er bereit ist zu opfern, um Sie zurückzubekommen."

Psyche wehrte sich gegen seinen Griff und wand sich in alle Richtungen. Sie trat sogar mit dem Fuß gegen sein Schienbein, womit sie sich ein spottendes Lachen einhandelte.

„Eine richtige Wildkatze." Ihr Angreifer lachte leise. „Ich frage mich, ob Sie im Bett auch so sind."

Während die Worte einsanken, schoss Panik in ihr empor und Adrenalin floss durch ihre Adern. Sie würde sich nicht von diesem Mann entführen und vergewaltigen lassen. Sie musste ihn hier und jetzt bekämpfen. Sie erinnerte sich an den Selbstverteidigungskurs, den sie im College besucht hatte. Und obwohl das schon lange her war, versuchte sie anzuwenden, woran sie sich erinnerte.

Psyche riss ihr Knie nach oben, doch bevor es die Eier ihres Angreifers treffen konnte, drehte dieser sich zur Seite und presste sie gegen das Auto. Er brachte seinen Kopf nahe an ihren und kniff die Augen missbilligend zusammen.

„Ich werde dieses kleinen Spiels allmählich müde. Zeit zu gehen."

Bevor sie wusste, was er vorhatte, spürte sie, wie sie in die Luft gerissen wurde. Schwerelosigkeit umhüllte sie und ihr Herz rutschte ihr in die Knie. Übelkeit überwältigte sie, während es sich anfühlte, als wäre sie in einen Trockner geworfen worden, der sich um sie drehte.

Sie schrie.

~ ~ ~

Eros teleportierte in Psyches Wohnung, denn er hatte erwartet, dass sie, nachdem sie Gloria in seinem Bett vorgefunden hatte, dorthin flüchten würde. Gerade als er dort ankam, hörte er einen Schrei von der Straße kommen. Er lief zum Fenster und starrte hinaus. Psyches Truck stand mit offener Fahrertür mitten in der schmalen Einbahnstraße. Doch weit und breit kein Zeichen von Psyche. Ohne überhaupt darüber nachzudenken, ob jemand ihn möglicherweise sehen könnte, teleportierte er zur Straße hinunter.

„Psyche!", schrie er und wirbelte herum, wobei er seinen Blick überall schweifen ließ. Im Truck, auf dem Beifahrersitz, lag Psyches Handtasche. Die Schlüssel steckten noch in der Zündung und der Motor lief. „Psyche!"

Er war zu spät gekommen. Sie war weg.

Eros blickte finster zum Himmel hinauf und hob seine geballte Faust an.

„Du –“

Ein flammender Blitz spaltete den Himmel und zischte auf seinem Weg zur Erde durch die Luft. Er traf den Truck und bewegte sich schnell über ihn und brannte somit eine Mitteilung in die Motorhaube.

Eros starrte darauf.

*Schieß deine Pfeile oder Psyche gehört mir. Z.*

Zeus!

In dem Moment, indem er die Mitteilung gelesen hatte, lösten sich die Nachricht und der Blitz, der sie geschrieben hatte, in Luft auf und ließen den Wagen so unversehrt wie zuvor zurück.

„Du verdammter Bastard!“, fluchte Eros. Wut tränkte jede seiner Zellen. „Krümm ihr ein Haar und ich werde dir die Gliedmaßen nacheinander ausreißen!“

Als Antwort erschien eine dunkle Wolke am Himmel über ihm und aus dem Nichts ergoss sich ein tropischer Regenguss auf Eros und den Truck, während die Umgebung staubtrocken blieb. Eros knurrte, schüttelte das Wasser ab und trocknete sich, indem er einmal um seine eigene Achse wirbelte. Er hasste es, wenn Zeus seine Überlegenheit zur Schau stellte.

„Glaubst du wirklich, dass du mir einfach deinen Willen aufzwingen kannst?“, zischte er. „Überleg’s dir lieber zweimal! Denn dieser Kampf ist noch nicht vorbei.“

Lautes Hupen brachte ihn dazu, sich umzudrehen. Ein Auto stand hinter Psyches leerem Truck. Der Fahrer streckte den Kopf aus dem Fenster.

„Sie blockieren die Straße!“, rief der Mann.

Voller Wut wollte Eros den Mann anschreien, doch dann besann er sich. Er war nicht auf den Fahrer wütend, sondern auf Zeus. Entschuldigend hob er seine Hand, sprang in Psyches Truck, schlug die Tür hinter sich zu und fuhr los.

Er benötigte jegliche Hilfe, die er bekommen konnte. Und er wusste, wer ihm helfen würde.

# 34

Als Eros in Tritons und Sophias Privatwohnung im zweiten Stock des Olympus Inn ankam, waren seine Freunde schon versammelt.

„Zeus hat Psyche entführt“, sagte Eros ohne Präambel. „Er lässt sie nicht frei, es sei denn, ich verschieße wieder meine Pfeile.“

Alle drei fluchten, doch sahen ihn gleichzeitig schuldig an. Damit bestätigten sie, was er bereits vermutet hatte. „Er hat euch gebeten, mich mit ihr zu verkuppeln, stimmt’s? Damit er sie mir wegnehmen kann, sobald ich mich in sie verliebe.“

Hermes, Triton und Dio tauschten flüchtige Blicke aus. Dann rückte Dio schließlich damit heraus. „Er hat uns gedroht. Aber ich schwöre, dass wir nicht wussten, was er vorhatte.“

Triton trat vor. „Hör zu, Eros. Er hat die Fingerzangen angesetzt. Er drohte, uns zu verbannen. Ohne unsere Frauen und Kinder.“

Eros rang nach Luft. „Dieser Wichser!“

„Er sagte, dass wir sie verlieren würden, wenn wir dich nicht dazu bringen können, deine Pflicht zu erledigen. Er gab uns einen Monat. Wir hatten keine Wahl.“ Triton zeigte auf seine zwei Freunde. Beide nickten. „Wir dachten, dass sich deine Einstellung zur Liebe wieder ändern würde, wenn du eine Frau kennenlernen und dich verlieben würdest. Aber ich schwöre, dass wir nicht wussten, dass er sie dir wegnehmen wollte. Damit hatten wir nichts zu tun.“

Dionysos fügte hinzu: „Wenn wir das gewusst hätten –“

„Ich habe es vermutet“, unterbrach Hermes.

Eros wirbelte seinen Kopf zu ihm und biss die Zähne zusammen. Seine Freunde taten es ihm gleich. „Du hast was getan?“

Hermes hob verteidigend seine Hände. „Vor ein paar Tagen hat er mich zu sich gerufen. Ich teilte ihm mit, dass zwischen dir und Psyche alles gut verlief und dass alles klappen würde. Aber er wollte nicht auf mich hören. Er sprach von Psyche als Druckmittel.“

Eros sprang Hermes an und schleuderte ihn gegen die Wand, wo er ihn festnagelte. „Und du hast mich nicht gewarnt?“

„Zeus hätte es herausbekommen, wenn ich es dir gesagt hätte“, verteidigte sich Hermes. „Das konnte ich nicht riskieren.“

„Ein toller Freund bist du!“, fluchte Eros.

„Das bedeutet jedoch nicht, dass ich sie nicht beschattet habe.“

Eros ließ ihn los und schaute ihn argwöhnisch an. „Beschattet?“

Hermes verdrehte die Augen. „Schaust du keine Krimis an?“ Er blies seinen Atem hinaus. „Psyche hinterlässt Brotkrumen, die selbst für Zeus fast unmöglich zu finden sind."

Dionysos trat näher und schnaubte verärgert. „Hermes, tu uns einen Gefallen und sprich Englisch oder Griechisch, Hauptsache eine Sprache, die wir verstehen."

„Grimms Märchen, jemand?" Hermes machte eine Pause, um auf eine Reaktion zu warten, dann schüttelte er den Kopf. „Hänsel und Gretel. Ach, vergesst es. Offensichtlich schätzt ihr Märchen nicht so wie ich. Penny hätte verstanden, worauf ich hinauswill."

„Können wir endlich zum Punkt kommen?", knurrte Eros und wurde immer ungeduldiger. „Jede Minute, die wir hier vergeuden, ist eine Minute, in der Zeus seine schmutzigen Pfoten auf meine Frau legen kann."

Einen Augenblick lang herrschte Stille im Raum, dann fragte Triton: „Dann ist es also ernst zwischen dir und Psyche."

Er blickte Triton in die Augen und sah Besorgnis darin. Eros nickte.

„Dann tun wir alles in unserer Macht Stehende, dir zu helfen, sie zurückzubekommen", sagte Triton und zeigte auf Hermes und Dio. „Richtig, Jungs?"

Die anderen beiden stimmten zu.

„Danke", sagte Eros. „Und damit ihr es wisst, als ich gemerkt habe, dass ihr versucht, mich mit ihr zu verkuppeln, bat ich sie, sich als meine Freundin auszugeben, um mir euch von der Pelle zu halten. Ich wollte euch beweisen, dass ihr mich nicht austricksen könnt. Aber ich bin ihr stattdessen verfallen."

„Wie wusstest du –"

Eros unterbrach Triton: „Ach bitte! Ich bin nicht von gestern." Als Triton Anstalten machte, wieder zu sprechen, stoppte Eros ihn mit einer Handbewegung. „Ich war wirklich sauer auf euch. Und ehrlich gesagt war ich nicht in der Stimmung, euch gewinnen zu lassen. Ich war entschlossen, es euch heimzuzahlen, indem ich euch mit euren eigenen Waffen schlug. Aber Psyche, sie ist etwas Besonderes, wisst ihr. Sie geht mir unter die Haut." Er seufzte. „Egal, es ist nicht mehr wichtig, was ihr gemacht habt. Ich habe jetzt ein größeres Problem." Dann wandte er sich wieder an Hermes. „Wegen der Brotkrumen …"

„Feenstaub, um genau zu sein", warf Hermes ein.

„Brillant!", sagte Dio.

Eros musste zustimmen. „Wir können damit jede ihrer Bewegung nachverfolgen. Wir sind in der Lage herauszufinden, wohin er sie gebracht hat."

Hermes hob seine Hand. „Moment mal. Nicht so schnell. Zuerst müssen wir eine Fee rufen, um uns zu führen. Und wenn wir wissen, wohin er sie gebracht hat, können wir nicht einfach hineinmarschieren und sie uns schnappen."

„Aber jede Sekunde –"

Hermes legte seine Hand auf Eros' Brust. „Ich weiß. Jede Sekunde zählt, aber sogar Zeus braucht ein wenig Zeit, um seine Verführungskünste wirken zu lassen. Und ich habe bemerkt, wie Psyche dich ansieht. Sie wird nicht in sein Bett steigen, nur weil er charmant und gut aussehend ist. Psyche mag dich."

„Sophia sagte das auch", fügte Triton hinzu.

Eros schüttelte den Kopf und fuhr zitternd mit einer Hand durch sein Haar. „Aber das ist es ja: Psyche denkt, dass ich sie betrogen habe."

„Warum um Hades' willen sollte sie so was denken?", fragte Triton.

„Weil sie Gloria nackt in meinem Bett vorgefunden hat."

Die Kinnladen seiner drei Freunde klappten auf. Die drei Götter sahen ihn an, als hätte er den Verstand verloren.

„Du bist wieder mit Gloria zusammen?", fragte Dio mit erhobener Stimme. „Bist du absolut dämlich?"

„Was zum Teufel!", rief Hermes. „Nach allem, was du wegen ihr durchgemacht hast? Das ist einfach verrückt!"

„Ich habe nichts gemacht! Verdammt nochmal! Hört ihr mir endlich zu?"

Schweigen senkte sich über den Raum.

Eros atmete aus und nahm dann einen tiefen Atemzug. „Zeus hat Gloria ausgetrickst und sie in mein Bett gelegt, während ich draußen am Jacuzzi gearbeitet habe. Er muss zu Psyche gegangen sein und ihr geraten haben, nach Hause zu kommen, denn sie ist mitten am Nachmittag aufgetaucht und ins Schlafzimmer gegangen. Dort hat sie Gloria vorgefunden. Ich hatte keine Gelegenheit, etwas zu erklären. Verdammt, ich musste Gloria erst befragen, um herauszufinden, was geschehen war. Sobald mir klar wurde, dass Zeus dahinter steckte, teleportierte ich zu Psyches Wohnung. Aber Zeus hatte sie sich bereits geschnappt und mir eine seiner *Mitteilungen* hinterlassen."

Hermes ließ die Schultern hängen. „Oh, du meinst …" Er machte eine wirbelnde Handbewegung. „… eine seiner brennenden Blitzmitteilungen?"

Eros nickte.

„Die habe ich schon immer gehasst", knurrte Hermes. „Drama Queen!"

Dio legte eine Hand auf Eros' Schulter, was ihn veranlasste, den Kopf zur Seite zu drehen, um seinen Freund anzusehen.

„Sorge dich nicht, wir helfen dir." Dann wandte sich Dio an Hermes. „Lass uns eine Fee rufen und loslegen."

Hermes suchte bei Eros nach Bestätigung. „Ich nehme an, dass es außer Frage steht, Zeus' Bedingungen Folge zu leisten."

Eros atmete tief ein, bereit, eine Flut von Beleidigungen aus seiner Kehle strömen zu lassen, als Hermes seine Hand hob. „Wollte mich nur vergewissern, dass du nicht klein beigibst."

„Niemals", sagte Eros. „Dieses Mal ist er zu weit gegangen. Niemand stiehlt mir die Frau, die ich liebe."

Es gab keine Zeit mehr zu verlieren. Und nicht nur weil Zeus gerade mit seiner Frau spielte, um ihn zu verletzen. Nein, jede Minute, die Psyche in dem Glauben verbrachte, dass Eros sie betrogen hatte, fügte ihr unbegründeten Schmerz zu. Und so etwas durfte sie nicht empfinden. Er musste sie finden und ihr gestehen, dass er sie liebte. Er musste ihr sagen, dass sie die einzige Frau war, die er in alle Ewigkeit lieben würde.

# 35

Die Übelkeit hatte nachgelassen und das Schwindelgefühl aufgehört, doch das bedeutete nicht, dass alles wieder normal war. Ganz und gar nicht. Psyche hatte keine Ahnung, wo sie war, noch wie sie hierhergekommen war. Es war dunkel, obwohl sie in der Ferne funkelnde Lichter sehen konnte. Eine leichte Brise lag in der Luft und sie zitterte unwillkürlich. Unter ihren Füßen verspürte sie wieder festen Boden.

Psyche riss sich von ihrem Entführer los und blickte ihn finster an. „Wo bin ich?"

Er machte eine ausgedehnte Armbewegung und plötzlich erhellten noch mehr Lichter die Umgebung, als hätte er mit seinem Arm einen Schalter betätigt. „Willkommen auf dem Olymp, der Heimat der Götter."

Ungläubigkeit ließ ihr Herz schneller schlagen. Sie schaute sich um. Sie stand auf einer Terrasse aus weißem Marmor. Um sie herum und zu ihren Füßen lagen üppige Hügel, die von Lichtern nur so schimmerten. Sie kamen von riesigen Villen, die in dieser fruchtbaren Schönheit eingebettet waren. Über ihr funkelte das Sternendach.

„Ich bin Zeus. Gott aller Götter", verkündete ihr Entführer.

„Nein", murmelte sie leise und fasste sich an die Brust. „Nein, das kann nicht sein."

„Ist es aber."

Wie bei einer schnellen Diavorführung erschienen Bilder vor ihrem geistigen Auge und erinnerten sie an die Dinge, die ihr Misstrauen geweckt hatten: die griechischen Namen von Eros und seinen Freunden, sein Bogen, Hermes' Sandalen, der Wein, den Dio ständig einschenkte, die griechischen Bücher und Kunstwerke in Eros' Haus. Alles tauchte vor ihr auf.

„Sie wissen, dass ich die Wahrheit sage, nicht wahr?", fragte Zeus jetzt und senkte seinen Kopf zu ihr.

Instinktiv wich sie zurück und schüttelte den Kopf in der Hoffnung, dass, wenn sie das Offensichtliche nicht bestätigte, es nicht wahr sein würde.

„Sagen Sie es", verlangte Zeus.

Ihre Lippen bebten. Sie versuchte, sie zusammenzupressen. Doch sie bewegten sich, als hätte jemand anderer die Kontrolle über sie. Als zwänge Zeus sie zu sprechen. „Eros ist der Gott der Liebe."

Als sie ihre eigenen Worte hörte, riss sich ein Schluchzen aus ihrer Brust. Sie hatte sich in den Gott der Liebe verliebt.

„Ja", bestätigte Zeus. „Und er benutzt Sie. So wie er alle Frauen benutzt.

Sie waren nur ein Spielzeug."

„Nein!", protestierte sie, doch die Erinnerung an Eros' Ex-Freundin, nackt in seinem Bett, erstickte ihr verzweifeltes Leugnen.

„Er ist Ihre Tränen nicht wert."

Sie fühlte Zeus' Hand auf ihrer Wange und stellte erst dann fest, dass Tränen über ihr Gesicht strömten.

„Warum bin ich hier?"

Es gab so viele Fragen, die sie gleichzeitig stellen wollte. Sie hatte nie an Götter oder Mythologie geglaubt. Hatte nie gedacht, dass darin auch nur ein Fünkchen Wahrheit liegen könnte. Doch sie konnte die Tatsache nicht länger ignorieren, dass dieser Mann, dieser Gott, sie von den Straßen Charlestons gerissen und auf magische Weise an diesen Ort gebracht hatte, der am anderen Ende der Welt lag.

„Was wollen Sie von mir?", fragte sie nun und warf ihm einen herausfordernden Blick zu. Wenn dies wirklich Zeus war, dann war ihr Schicksal bereits besiegelt und es machte keinen Sinn, die Sache anzufechten. Doch sie musste wissen, warum. Sie musste verstehen, was geschah.

Er zeigte auf die Glastüren hinter sich. „Kommen Sie herein."

Sie ging in den Palast, ohne auch nur den geringsten Widerstand zu leisten. In dem opulenten Gebäude war es kühl und ruhig. Die Wände waren mit Wandmalereien verziert und in der Decke ließen große Oberlichter den Schein der Sterne herein. Gedämpftes indirektes Licht gab ein warmes Leuchten ab, und das Geräusch ihrer Schritte hallte vom Marmor unter ihren Füßen wider.

„Etwas zu trinken?", fragte Zeus.

Sie zuckte zusammen und wirbelte herum, da sie nicht gehört hatte, dass er sich ihr genähert hatte.

Er setzte ein selbstgefälliges Grinsen auf. Dann schnippte er mit den Fingern. „Diener!"

Aus dem Nichts erschienen drei winzige Geschöpfe vor Zeus, die wie kleine Hubschrauber schwebten. Psyche schlug sich die Hand vor den Mund, um einen Schrei zu unterdrücken. Ungläubig blickte sie genauer hin, während ihr Puls donnerte. Die drei sahen aus wie … naja, wie Tinkerbell aus Peter Pan: kleine bunte puppenähnliche Geschöpfe mit Flügeln und zarten Gesichtszügen.

„Oh mächtiger Zeus, Gott aller Götter, wie können wir Euch dienen?", sagten die drei im Einklang, ihre Stimmen klangen wie sanfte Musik.

„Ambrosia", befahl er und entließ sie mit einem Wink seiner Hand. Sie lösten sich in Luft auf.

Psyche bemerkte Zeus' Blick. Er lächelte unerwartet und deutete auf die Stelle, an der die drei Geschöpfe erschienen waren. „Feen. Die Bediensteten der Götter."

Sprachlos nickte Psyche. Mit jedem Moment wurde die Wahrheit schwieriger zu leugnen. Sie war auf dem Olymp, Zeus hatte sie entführt, und

Eros, ihr Freund, war der Gott der Liebe.

Sie hob ihr Kinn an und versuchte, tapfer zu sein. „Sie haben meine Fragen nicht beantwortet.“

Zeus ließ seine Augen über sie schweifen und der prüfende Blick ließ sie erzittern. „Nein, habe ich nicht.“

Zwei der Feen erschienen plötzlich wieder. Jede trug ein Glas, das so groß wie die Fee selbst war. Die Gläser enthielten eine purpurrote Flüssigkeit.

„Ah, unsere Getränke“, verkündete Zeus und griff nach den Gläsern. Die Feen verbeugten sich und verschwanden.

Er reichte ihr ein Glas und Psyche nahm es, trank jedoch nicht davon. Es hätte mit Drogen versetzt sein können. Und sie musste einen klaren Kopf behalten.

Zeus nahm ein Schlückchen, dann nickte er zu ihrem Glas. „Wenn ich Sie hätte vergiften oder betäuben wollen, hätte ich das bereits getan. Trinken Sie.“

Sie zögerte, wusste jedoch, dass er recht hatte. Wenn er die Macht hatte, sie zu diesem Ort zu transportieren und Feen heraufzubeschwören, hatte er auch die Macht, sie zu betäuben oder zu töten, wenn er wollte. Sie hob das Glas an ihre Lippen und nippte zögerlich. Die Flüssigkeit schmeckte nach allem und nach nichts. Sie nahm einen weiteren Schluck. Nein, sie schmeckte nach Wein. Und Schokolade. Und Champagner und Kaffee und Limonade. Sie runzelte die Stirn. „Was zum –“

„Ambrosia schmeckt immer genau nach dem, was man möchte“, unterbrach Zeus.

„Können Sie meine Gedanken lesen?“, fragte sie.

Er schüttelte seinen Kopf. „Ich interpretiere einfach Ihren Gesichtsausdruck. Da steckt keine große Magie dahinter. Sie tragen Ihre Gefühle offen zur Schau.“

Psyche blickte ihn finster an. „Gut, was denke ich jetzt?“, knurrte sie, verärgert, dass er ihr immer noch nicht gestanden hatte, warum er sie entführt hatte.

Zeus warf seinen Kopf zurück und lachte.

Psyche stellte ihr Glas so hart auf den Tisch neben einer Liege, dass etwas von dem Ambrosia über den Rand des Glases schwappte. „Gut! Dann beantworten Sie meine Fragen also nicht!“, flippte sie aus. „Ich meine, warum denn auch? Ich bin ja nur eine Frau, mit der Sie und die anderen Götter spielen. Ich nehme an, dass Hermes, Triton und Dionysos auch Götter sind und Bescheid wussten. Nur zu, machen Sie sich über mich lustig. Dann können Sie ja sehen, ob es mir etwas ausmacht!“

Zeus’ Gesichtsausdruck wurde ernst. „Natürlich macht es Ihnen etwas aus. Sehr viel sogar.“ Er zeigte auf ihre Augen. „Ihre Tränen verraten Sie.“

„Bereitet es Ihnen Vergnügen, mir wehzutun?“

„Ich möchte nicht Sie verletzen, sondern Eros.“ Seine Stimme wurde jetzt kalt. „Er hat mir unrecht getan. Und dafür muss er zahlen. Und wenn das bedeutet, dass ich ihm sein neuestes Spielzeug wegnehmen muss, bis er tut, was ich von ihm verlange, dann sei es so."

Sie war also nur ein Mittel zum Zweck. „Und sobald er tut, was auch immer Sie von ihm wollen?"

„Sind Sie nicht neugierig, was es ist, was ich von ihm will?"

Psyche schüttelte den Kopf. Sie wollte Zeus nicht die Genugtuung geben, dass er tatsächlich ihre Neugier geweckt hatte. Stattdessen formulierte sie ihre Frage neu. „Was geschieht danach mit mir?"

Zeus zuckte mit den Schultern. „Das hängt völlig von Ihnen ab."

Das bezweifelte sie. „Wieso?"

Zeus kam näher, griff nach einer Locke ihres Haares und wickelte sie um seinen Finger. „Ich bin immer gerne gewillt, Optionen anzubieten", sagte er langsam und beugte sich zu ihr.

Ihr Herz hämmerte bis in ihre Kehle und sie rang nach Luft.

Er lächelte. „Ich kann Ihnen versichern, dass keine Frau mein Bett je unbefriedigt verlassen hat. Und das werden Sie ebenfalls nicht."

Psyche zuckte zurück „Wie können Sie es wagen? Ich würde nie mit Ihnen schlafen!"

„Wirklich?" Er grinste verschmitzt. „Nicht einmal, um Eros den Betrug mit seiner Ex heimzuzahlen?"

„Wie tief, denken Sie, würde ich –"

Er schüttelte den Kopf. „Ich bin sehr charmant und viel mächtiger, als Eros es je sein könnte. Würden Sie sich wirklich die Gelegenheit entgehen lassen, den Gott der Götter glücklich zu machen und unsagbare Vorteile zu ernten, indem Sie einfach nur ein paar Stunden in meinem Bett verbringen?"

Ihre Kinnlade klappte bei diesem unverschämten Kommentar auf. „Wenn das Ihr bester Versuch ist, mich zu verführen, dann –"

Er war plötzlich nur Zentimeter von ihr entfernt, obwohl sie nicht gesehen hatte, dass er sich bewegt hatte. „Was dann?" Seine Stimme war jetzt anders, verführerisch, beschwörend. Ein prickelndes Gefühl kroch ihre Wirbelsäule hinauf.

„Hören Sie auf", würgte sie heraus.

„Warum? Weil Sie in Versuchung geraten?" Er lachte leise in ihr Ohr. „Oder weil Sie auf Eros sauer sind und ihn verletzen möchten? Wie wäre es, wenn wir ihn gemeinsam verletzen?"

Mit ihrer ganzen Kraft schob sie ihn zurück und streckte dann ihre Arme aus, sodass er nicht noch einmal näher kommen konnte. Etwas an Zeus' Worten hatte plötzlich den Nebel in ihrem Verstand geklärt. „Eros liegt nichts an mir, sonst hätte er nicht mit seiner Ex geschlafen." Sie nahm einen tiefen Atemzug. „Also würde es Eros nicht verletzen, wenn ich mit Ihnen schlafe. Die einzige Person, die das verletzen würde, bin ich! Und ich schlafe nicht mit einem Fremden, nur um mich zu rächen. Berühren Sie mich noch einmal und ich trete Ihnen in die Eier.“

Mit hochgezogenen Augenbrauen starrte er sie einen langen Augenblick an. „Eine Frau mit Prinzipien, wie ich sehe. Sehr schade. Obwohl es Ihnen als Frau selbstverständlich erlaubt ist, Ihre Meinung zu ändern. In der Zwischenzeit muss ich Sie jedoch unter Verschluss halten. Ich kann Eros nicht erlauben, einfach hier hereinzumarschieren und Sie zurückzuteleportieren. Das würde den Zweck verfehlen.“ Er grinste.

Bevor Psyche noch weiter protestieren oder etwas sagen konnte, packte Zeus sie.

„Nein!“, schrie sie, doch es war zu spät.

# 36

Eros starrte die Fee an, die einige Meter vor ihm schwebte, während er in Tritons Wohnung auf und ab ging. „Bist du sicher?“

Das kleine Geschöpf nickte. „Ja, oh mächtiger Gott Eros. Der Feenstaub hinterlässt eine deutliche Spur.“

Er machte eine ungeduldige Handbewegung. „Hören wir mit diesem *mächtig dieses und mächtig das* auf. Du kannst gehen.“ Die Fee verschwand und Eros wandte sich an seine Freunde. „Das erschwert alles.“

Hermes zog eine Augenbraue hoch. „Würde ich auch sagen!“

„Ich hatte keine Ahnung, dass unter Zeus’ allsehendem Auge eine geheime Kammer liegt“, warf Dio ein.

Eros fluchte und Hermes legte eine Hand auf seine Schulter. „Ich auch nicht, aber das ergibt Sinn. Wenn niemand von deren Existenz weiß, dann weiß auch niemand, wie man hineingelangt. Das muss bedeuten, dass du nicht einfach hineinteleportieren und jemanden rausholen kannst. Dort hatte er vermutlich auch alle anderen Frauen versteckt, die er über die Jahrhunderte hinweg entführt hat, und sie dort behalten, bis er ihrer müde wurde.“

„Fuck!“ Eros fuhr sich mit der Hand durchs Haar, während sich in seinem Kopf alles drehte, um einen Weg zu finden, Psyche zurückzubekommen. „Denkt nach, Jungs! Wie kommen wir dort hinein? Wie öffnen wir dieses verfluchte Auge, damit wir Psyche da rausholen können?“ Es musste einen Weg geben.

„Leider stehen bestimmte Sachen nicht in unserer Macht“, sagte Dio. „Deshalb müssen wir auch immer vor Zeus katzbuckeln. Vielleicht können seine Brüder helfen.“

Eros schüttelte den Kopf. „Hades wird sich nicht einmischen. Er verlässt seine Höhle nicht.“ Er blickte zu Triton, der seinen Kopf auf eine Frage hin schüttelte, die Eros nicht einmal gestellt hatte.

„Wenn wir meinen Vater zum Olymp schicken, um uns zu helfen, riecht Zeus den Braten. Er würde wissen, dass Poseidon auf unsere Bitte hin handelt. Er würde ihn nicht nahe genug heranlassen, dass er eine Möglichkeit hätte, das Auge zu öffnen – wenn er es überhaupt könnte, was sowieso fraglich ist. Das Auge reagiert vermutlich nur auf Zeus’ Befehl.“

„Wer sonst soll uns dann helfen?“, fragte Eros.

Für einen kurzen Augenblick herrschte Stille im Raum. Diese wurde plötzlich durch das Klingeln eines Handys gestört. Mit einem entschuldigenden Blick zog Hermes sein Telefon aus der Hosentasche und nahm ab.

„Hey, Baby, was ist los?“ Er hörte ein paar Sekunden zu und sagte dann: „Es tut mir leid, aber Eros braucht mich im Augenblick. Kannst du nicht Hera bitten, ein paar Stunden lang auf ihn aufzupassen?“

Bei der Erwähnung von Heras Namen warf Eros Hermes einen Blick zu. „Das ist es! Sie ist fast so mächtig wie Zeus. Und er würde sie nie verdächtigen, weil er weiß, dass sie mich nicht leiden kann. Warum sollte sie mir also helfen?“

Hermes kniff die Augen zusammen. „Was?“

Doch Eros antwortete nicht, sondern schnappte sich stattdessen Hermes’ Handy und hielt es an sein Ohr. „Penny?“

„Eros?“, fragte Penny verwirrt.

„Beim Abendessen in eurem Haus, als Hera aufgetaucht ist und du und Psyche in der Küche waren, wie war da Heras Einstellung Psyche gegenüber?“

„Einstellung?“

„Ja, war sie feindselig ihr gegenüber?“

„Oh! Nein, überhaupt nicht. Ich glaube sogar, dass Hera durchaus von ihr entzückt war, besonders als sie zufällig hörte, wie Psyche sagte, wie schön Hera doch ist. Du kennst Hera: Wenn eine andere Frau ihr ein Kompliment macht, entwickelt sie sofort eine Schwäche für sie.“

„Danke, Penny. Das wollte ich hören.“ Er legte auf und warf das Handy Hermes zu, der es auffing.

„Hey, ich habe gerade mit meiner Frau gesprochen.“

„Ruf sie später zurück“, sagte Eros. „Aber zuerst müssen wir mit Hera sprechen. Wir brauchen ihre Hilfe.“

Triton kratzte sich am Kopf. „Hast du nicht gerade etwas gesagt wie *warum sollte Hera mir helfen, wenn sie mich nicht leiden kann*?“

„Sie will vielleicht nicht mir helfen, aber sie mag Psyche. Sie wird ihr helfen.“ Davon war er überzeugt. „Holen wir sie hier runter und erklären ihr die Situation.“ Eros hob seinen Kopf in Richtung Himmel und rief: „Hera, oh Muttergöttin –“

„Oder wir könnten sie einfach auf dem Handy anrufen. Ich glaube, das ist ihr lieber“, meinte Dio trocken und zog sein Handy heraus. „Ich habe sie auf Schnellwahl.“

Eros verdrehte die Augen. „Dann machen wir es eben auf deine Weise.“

„Hera“, sagte Dio bereits in sein Telefon, „Psyche benötigt deine Hilfe. Kannst du mich bei Triton treffen?“

Dio hatte kaum das letzte Wort ausgesprochen, da tauchte Hera auch schon, gekleidet in eine einfache lange, weiße Tunika, mitten in Tritons Wohnzimmer auf.

Sie blickte kurz zu Eros, dann zu seinen drei Freunden und sagte, „Oh toll, meine vier Lieblingsleute. Also nehme ich an, Psyche zu erwähnen, war nur ein Trick, damit ich komme.“

Eros machte einen Schritt auf sie zu. „Nein, war es nicht. Dein Ehemann hat sie entführt. Und ich will sie zurückhaben.“

Hera wirkte nicht überrascht. Schließlich war Zeus bekannt dafür, Frauen zu entführen, wann immer es ihm gefiel. „Ich nehme an, dass ihr wisst, wo er sie festhält?“

Eros nickte.

„Was hält euch dann davon ab, dorthin zu teleportieren und sie zurückzuholen?“

„Er hält sie in einer geheimen Kammer unter seinem allsehenden Auge fest.“

Hera zog eine Augenbraue hoch. „Da hat er also all die Jahre seine Flittchen versteckt! Dieser hinterhältige, miese –“

„Hera“, unterbrach sie Eros, „so sehr ich dir auch zustimme, die Zeit ist knapp. Wir müssen wissen, wie man das Auge öffnet und in die Kammer gelangt, um Psyche zu befreien. Du bist meine einzige Hoffnung.“

Hera zögerte.

„Bitte“, flehte Eros. „Ich liebe sie.“

Langsam bildete sich ein Lächeln auf Heras Lippen. „Oh. Eine Sterbliche hat dich also letztendlich in die Knie gezwungen. So sehr, dass du mich bitten würdest, dir zu helfen. Dachte nie, dass ich das je erleben würde.“

Sie blickte zielgerichtet zu Boden und Eros hatte keine Wahl, als auf ihren indirekten Befehl einzugehen. Er fiel auf die Knie und senkte den Kopf. „Ich bitte dich. Hilf mir, sie zu befreien.“

„Ich hoffe, du weißt, was du von mir verlangst“, sagte sie.

Eros stand langsam auf. „Kannst du es tun?“

Hera nickte. „Wir müssen das allsehende Auge austricksen, damit es glaubt, dass Zeus derjenige ist, der es öffnen will. Sobald es offen ist, bedarf es nur noch eines Vertrauenssprunges.“

„Wie wirst du das Auge öffnen?“, fragte Dionysos neugierig.

„Ich brauche etwas, das Zeus gehört, um es auszutricksen“, sagte sie.

Hermes zuckte mit den Schultern. „Was zum Beispiel?“

„Seinen Samen.“

„Igitt!“, stieß Eros angewidert hervor.

Hera begegnete seinem Blick. „Nun stell dir vor, wie ich mich fühle.“

# 37

Sich in einem Wandschrank in Zeus' Arbeitszimmer zu verstecken und zuzuhören, wie Hera ihren Ehemann in der Kammer nebenan verführte, war nicht gerade das Angenehmste, was Eros je getan hatte. Doch um Psyches Sicherheit willen ertrug er das Stöhnen und Seufzen aus dem Raum nebenan. Es fühlte sich wie eine Ewigkeit an, bis sich die Tür des Wandschrankes schließlich öffnete und Hera mit zerzaustem Haar und zerrissener Tunika vor ihm erschien. Unwillkürlich zog er eine Augenbraue hoch.

Heras Gesicht war gerötet und dem befriedigten Leuchten nach zu urteilen, das sie umgab, war sie nicht sonderlich unglücklich über das, was sie hatte tun müssen.

Als sich ihre Blicke trafen, kniff Hera die Augen zusammen. „Du schuldest mir was. Vergiss das nicht."

„Ich stehe für immer in deiner Schuld." Eros trat aus dem Wandschrank heraus.

„Beeil dich, wir haben nur einige Minuten, bevor er wieder regsam genug ist, um zu wissen, dass ich verschwunden bin." Sie eilte zu der spiegelähnlichen Scheibe im Boden und bückte sich.

Eros war direkt hinter ihr und sah zu, wie sie ihre Hand über den Rand der großen Scheibe rieb. Die spiegelnde Oberfläche veränderte sich und zeigte plötzlich die Erde darunter an. Hera stand auf.

„Es ist offen. Mehr kann ich nicht tun", sagte sie. „Jetzt liegt es an dir."

Eros sah in das Auge hinab. „Ich kann keinen Raum sehen."

„Du musst einfach springen und darauf vertrauen, dass es einen gibt. Liebst du sie?"

„Ja."

„Dann spring."

Er blickte Hera an und ihre Augen trafen sich einen Augenblick lang. Er wusste nicht, was ihn erwartete, doch dieses Risiko musste er eingehen. Psyche war es wert.

Eros trat in die Mitte des Auges und fiel hinab. Zu seiner Überraschung landete er nur eine Sekunde später sanft auf beiden Füßen. Um ihn herum war nur Glas. Ein gläserner Boden und gläserne Wände, ein Raum, der in den Wolken hing.

Eros drehte sich herum und suchte die Behausung ab. Es gab weiche Teppiche, ein bequemes Sofa und mehrere Sessel, kleine Tische und ein Bett. An einer Seite führte eine Tür zu einem zweiten Raum, doch dieser war von

Milchglas umhüllt, um Privatsphäre zu schaffen. Höchstwahrscheinlich ein Badezimmer. Aber er ging nicht darauf zu, denn auf dem Bett lag die Frau, die er mehr als alles andere im Leben wollte.

„Psyche!"

Sie schreckte hoch, völlig bekleidet, die Haut um ihre Augen gerötet. Er lief zu ihr. „Ich bin jetzt hier, meine Schöne, ich bin hier."

Psyche schrie auf und wich gegen das Kopfteil zurück. „Wie konntest du nur?"

„Psyche, bitte, ich erkläre dir später alles. Wir müssen von hier weg." Er griff nach ihr, doch sie wehrte sich.

„Du hast mich betrogen!"

Eros schloss seine Arme um sie und drückte sie gegen seine Brust. „Habe ich nicht. Das war alles Zeus' Plan. Bitte, ich erkläre dir alles später. Ich beantworte jede deiner Fragen, aber wir müssen verschwinden, bevor Zeus feststellt, dass ich dich hier raushole."

Psyche hob ihren Kopf und starrte ihn an. „Ich kann nicht noch mehr Lügen ertragen."

Eros strich mit seinen Fingern über ihre Wange. „Ich werde dich nie wieder anlügen."

Langsam nickte sie.

Eros hob den Kopf und streckte einen Arm nach oben, während er Psyche mit dem anderen festhielt. „Hera! Hol uns hier raus."

Von der Glasdecke griff eine Hand in den Raum. Eros umklammerte sie und spürte, wie er und Psyche in die Luft gehoben wurden. Einen Sekundenbruchteil später landeten er und seine kostbare Fracht in Zeus' Arbeitszimmer.

Hera blickte nervös über ihre Schulter. „Verschwindet! Jetzt! Er wacht auf."

„Danke", sagte er zu Hera, bevor er beide Arme um Psyche wickelte und sie wegteleportierte.

~ ~ ~

Noch etwas desorientiert dadurch, durch den Weltraum gewirbelt worden zu sein – denn genauso hatte es sich angefühlt –, hielt Psyche sich an Eros' Schultern fest, um ihr Gleichgewicht wiederzuerlangen. Doch das war nicht notwendig: Sie waren bereits wieder in Eros' Wohnzimmer in Charleston gelandet, wo die Sonne gerade unterging. Psyche verspürte wieder festen Boden unter ihren Füßen und atmete erleichtert aus.

Ihre Tortur war vorbei und obwohl sie nur wenige Stunden gedauert hatte, waren jene Stunden die längsten in ihrem ganzen Leben gewesen.

Psyche löste sich aus Eros' Armen, was dieser nur widerwillig zu erlauben schien, und legte eine Hand auf ihre Schläfe, um das plötzliche

Schwindelgefühl abzuwenden.

„Du gewöhnst dich daran, wurde mir gesagt. Sophia, Ari und Penny genießen Teleportieren mittlerweile wirklich sehr“, sagte Eros.

„Mich daran zu gewöhnen würde bedeuten, dass ich mich wieder von dir teleportieren lasse, was nicht geschehen wird!“, sagte sie verkrampft. „Ich gehe nirgends mehr mit dir hin, bis ich die Wahrheit erfahre. Du hast mich bei allem belogen. Wer du bist, unsere Beziehung, alles. Die anderen Frauen –“

Eros nahm ihre Hand und stoppte sie. „Nein. Es gab keine anderen Frauen. Ich habe dir die Wahrheit gesagt, als ich sagte, dass wir von dem Moment an exklusiv waren, als wir uns kennengelernt haben. Nichts hat sich seit damals geändert. Ich habe seither keine andere Frau berührt und nicht einmal an eine gedacht.“

„Dann erkläre mir die nackte Frau in deinem Bett! Sie ist nicht einfach von selbst dort aufgetaucht!“

Eros bewegte seinen Kopf von einer Seite zur anderen. „Nein, sie hatte Hilfe. Zeus setzte sie dort ab, um einen Keil zwischen dich und mich zu treiben. Und dann muss er es irgendwie eingerichtet haben, dass du zu Hause auftauchtest und sie fandest.“

„Er kam in mein Geschäft. Er zeigte mir ein Foto.“

„Na, das erklärt die Sache. Ich hatte keine Ahnung, dass sie hier war. Ich sah sie erst, als du sie sahst. Glaub mir.“

Erleichterung erfüllte sie, doch sie hatte noch weitere Fragen und jetzt war der perfekte Zeitpunkt. „Warum sollte Zeus so etwas tun?“

„Um mich zum Handeln zu zwingen“, sagte Eros kryptisch.

„Das verstehe ich nicht.“

„Indem er dich dazu brachte, an meiner Treue zu zweifeln und dich dann entführte, stellte er sicher, dass ich alles tun würde, um dich zurückzubekommen, bevor er deine Gefühle für mich zerstören konnte und … und …“ Eros warf ihr einen vorsichtigen Blick zu.

„Und was?“

Eros’ Brust hob sich und er fragte schließlich: „Hat er dich angefasst?“

Psyche erstarrte.

Eros’ Kiefer verkrampfte sich sichtlich und er ballte seine Hände zu Fäusten. „Ich werde ihn in eine Million Stücke zerreißen!“

„Nein, er hat mich nicht angefasst.“

Eros ließ seine Augen über sie schweifen, als suchte er nach einem äußerlichen Zeichen, dass Zeus sie berührt hatte.

„Er versuchte, mich zu verführen und sagte mir, wie viel mächtiger als du er ist. Und wie viel besser im Bett.“

Ein Knurren entkam Eros’ Kehle. „Dieser verdammte –“

Psyche legte ihre Hand auf seinen Unterarm und unterbrach ihn. „Er ist ein Wichtigtuer und selbst wenn er der letzte Mann auf dieser Welt wäre, würde ich mich nicht von ihm berühren lassen. Er würde mich zwingen müssen."

Sie war kaum fertig mit ihrer Aussage, als Eros sie an sich zog und fest umarmte. Sie erlaubte es für einen Augenblick, dann schob sie ihn zurück. „Du hast mir immer noch nicht alles gesagt."

Eros wich einen Schritt zurück und nickte. „Du hast recht. Aber wir haben nicht viel Zeit. Zeus wird nicht aufgeben. Und ich muss wissen, dass du auf meiner Seite bist. Also frag mich, was du wissen willst und ich antworte dir."

„Warum hast du mir nicht gesagt, wer du bist, als wir beschlossen haben, exklusiv zu sein?"

„Ich wünschte, ich hätte es dir sagen können, aber einem Menschen zu offenbaren, dass ich ein Gott bin, wäre streng von Zeus bestraft worden. Ich musste warten, bis ich mir über meine Gefühle für dich und deine für mich sicher war."

Es gab ein Zögern in seiner Stimme und Psyche ließ ihre Augenlider fallen. Ohne ihn anzusehen, fragte sie: „Deine Gefühle?"

Sie spürte, wie er ihre beiden Hände in seine nahm. „Ja –"

Donner durchfuhr das Wohnzimmer und Zeus materialisierte sich vor ihnen. „Dachtest du, ich würde dich nicht finden?"

Eros schob Psyche sofort hinter sich und schirmte sie vom Gott der Götter ab. „Nein, aber ich dachte, dass du mir mehr Zeit geben würdest, Psyche alles zu erklären."

In einem eisigen Ton sagte Zeus: „Warum helfe ich dir nicht dabei?"

„Du hast schon genug geholfen!", knurrte Eros.

„Im Gegenteil." Er spähte an Eros vorbei zu Psyche. „Hat er Ihnen auch erklärt, warum ich Sie ihm wegnehmen musste?"

Psyche hielt sich an Eros' Schultern fest und zitterte unter Zeus' Blick.

„Gut, dann lassen Sie es mich Ihnen erklären. Ihr Freund hier hat sich geweigert, seine Pflicht als Gott der Liebe zu erfüllen und seine Pfeile zu verschießen. Über ein Jahr schon verlieben sich die Sterblichen nicht mehr. Es hat eine Krise nach der anderen in der Menschenwelt verursacht. Oder warum, denken Sie, läuft Ihr Geschäft so schlecht?" Er zeigte auf Eros. „Es liegt an ihm. Weil er beschlossen hat, nicht mehr an die Liebe zu glauben."

Zeus trat näher und neigte seinen Kopf zur Seite. „Ich musste einschreiten. Hätte er getan, was ich ihm aufgetragen hatte, dann hätte ich Sie nie entführen müssen. Es war seine Schuld. Aber ich gab ihm eine neue Chance, alles wiedergutzumachen, nicht wahr?" Er warf Eros einen herausfordernden Blick zu, bevor er Psyche wieder ansah. „Ich bot ihm an, Sie freizulassen, wenn er seine Pfeile wieder verschießt und seine Pflicht als Gott der Liebe erledigt. Und was tut er? Er fordert mich wieder heraus und schnappt Sie vor meiner Nase aus meinem Versteck! Und noch dazu mit Hilfe meiner eigenen Frau! So eine Frechheit!" Ein lautes Donnern knisterte durch die Luft. „Das ist deine letzte Chance, Junge! Verschieß deine Pfeile wieder, wie ich es dir gesagt habe, oder ich nehme sie dir für immer weg!" Zeus blickte Eros finster an.

Psyche spürte, wie Eros' Körper sich verkrampfte und wusste instinktiv, dass er nicht nachgeben würde.

„Nein“, sagte Eros ruhig. „Ich verschieße meine Pfeile nie wieder für dich.“

Ein Schluchzen rollte über ihre Lippen, doch Eros drehte sich bereits um und hob ihr Kinn an, sodass er sie richtig ansehen konnte. „Aber ich verschieße meine Pfeile für Psyche.“ Er lächelte sie an. „Weil du, meine Liebe, mich gelehrt hast, wieder zu lieben. Du hast mir gezeigt, was es bedeutet, jemanden so bedingungslos zu lieben, dass man alles für diese Person riskiert, selbst ohne zu wissen, ob diese Person diese Liebe erwidert.“ Er fuhr mit seiner Hand in ihr Haar. „Selbst wenn du mich nicht auf die Weise liebst, wie ich dich liebe, und selbst wenn du mir meine Lügen nie verzeihen kannst, werde ich dich immer lieben. Und um diese Liebe zu ehren, werde ich dafür sorgen, dass die Menschheit so eine Liebe auch kennt. Ich werde meine Pfeile benutzen, um ihnen zu helfen, sie zu finden.“

Psyche spürte Tränen in ihren Augen hochsteigen.

„Aber es gibt eine Person, auf die ich nie schießen werde. Auf dich, meine wunderschöne Psyche. Du hast den freien Willen, zu lieben, wen du lieben möchtest. Selbst wenn das nicht ich bin.“

Fassungslos über Eros' Liebeserklärung, konnte Psyche die Tränen nicht mehr zurückhalten. Der Gott der Liebe liebte sie? Bedingungslos? Sie warf sich in seine Arme.

„Ich liebe dich, Eros. Ich liebe dich“, würgte sie heraus, bevor sie seinen Mund auf ihrem spürte.

Sie klammerte sich an ihn, während er sie leidenschaftlich küsste. Sie wusste nicht, wie lange sie so dastanden und sich festhielten, bevor sie plötzlich sehr lautes Klatschen hörte – sehr langsames und lautes Klatschen.

Eros ließ sie los und blickte über seine Schulter.

„Wie nett“, kommentierte Zeus trocken. „Hoffentlich hast du nichts dagegen, wenn ich zuerst eine Demonstration deines Versprechens sehen möchte.“

Eros nickte. „Nichts einfacher als das. Ich hole meinen Pfeil und Bogen.“ Dann grinste er Psyche an. „Würdest du gerne den Gott der Liebe in Aktion sehen?“

„Ist das dein Ernst? Ich kann zusehen, wie du auf jemanden schießt, damit er sich verliebt?“

Er zwinkerte ihr zu. „Ich glaube, dass du diese Demonstration ganz besonders genießen wirst. Komm.“

# 38

Erleichtert und begeistert, dass Psyche genauso empfand wie er, beendete Eros seinen Telefonanruf, der dazu diente, das erste Paar zusammenzubringen, das er vorhatte zu verkuppeln.

Psyche starrte ihn mit offenem Mund an. „Warum hast du das getan?“

„Du meinst so getan, als wäre ich Waynes Arbeitgeber, indem ich seine Stimme imitiert habe?“ Er zuckte mit den Schultern. „Ich muss auf beide Menschen schießen, während sie zusammen sind, damit sie sich ineinander verlieben und nicht in jemand anderen. Und das war die schnellste Weise, um sicherzustellen, dass das besagte Paar sich in ein paar Minuten trifft.“ Er blickte zu Zeus, der mit vor der Brust verschränkten Armen wartend dastand. Er schaute etwas verärgert drein. „Du hast nicht spezifiziert, wen ich zusammenbringen sollte.“

„Sehr clever“, knurrte Zeus. „Aber ich nehme an, das muss reichen.“

Eros ergriff seinen Bogen, schlang seinen Köcher über die Schulter und nahm Psyche bei der Hand. „Ich bin bereit.“ Er zog Psyche in seine Arme und nickte Zeus zu. „Wir sehen uns dort.“ Dann suchte er Psyches Augen. „Sieh einfach mich an und denk an nichts anderes.“

„Warum, was hast du –“

Doch sie konnte ihre Frage nicht einmal beenden, da sie bereits auf einem dunklen Balkon gegenüber des Gebäudes, zu dem er Wayne geschickt hatte, gelandet waren. Von dort aus hatten sie die perfekte Sicht auf eine Haustür auf der anderen Straßenseite.

„Du hast uns teleportiert“, sagte Psyche überrascht.

„Wurde dir dieses Mal schlecht?“

Sie schüttelte den Kopf. „Nein. Ich hatte nicht einmal die Möglichkeit zu kapieren, was geschah.“

Er lächelte. „Das ist gut. Denn das werden wir oft machen.“

„Das wird sich noch herausstellen“, sagte Zeus hinter ihnen.

Natürlich musste der Gott der Götter wieder einmal das letzte Wort haben. Doch Eros wusste, dass Zeus ihn und Psyche in Ruhe lassen würde, solange er seine Pflicht als der Gott der Liebe tat.

Es dauerte nicht lange, bis ein roter Mazda Miata vor dem Gebäude anhielt. Wayne sprang heraus und schlenderte zur Haustür, las dann die Namen auf den Türklingeln und klingelte. Es gab ein Knistern in der Luft, als Augenblicke später eine weibliche Stimme durch die Wechselsprechanlage drang.

„Ja?“

„Miss Brandeis, hier ist Wayne von Kevins fahrbaren Untersätzen. Ich habe eine Lieferung für Sie.“

„Eine Lieferung?“

„Ja, ich bringe einen Mazda Miata. Er wurde für Sie von einem Mr. ...“ Er zögerte und zog einen Notizblock heraus, dann schüttelte er den Kopf. „Sorry, ich kann den Namen nicht lesen. Aber er ist für Sie bestimmt. Und bereits bezahlt.“

„Ich komme runter.“

Eros ließ Psyche los und zog einen Pfeil aus seinem Köcher, dann legte er ihn an die Sehne seines Bogens und wartete. Dreißig Sekunden später öffnete sich die Tür und sein Opfer erschien.

Psyche rang nach Luft. „Das ist Gloria, die Frau, die in deinem Bett war.“

„Ja“, bestätigte Eros und zielte. Er ließ die Sehne los und der Pfeil zischte durch die Luft. Er traf Wayne direkt in den Hintern, doch der arme Trottel spürte es nicht einmal, weil sich der Pfeil beim Auftreffen in Luft auflöste.

„Du sorgst dafür, dass deine Ex und mein Ex sich ineinander verlieben?“, murmelte Psyche.

„Sie verdienen einander, denkst du nicht auch?“, fragte Eros verschmitzt grinsend, während er einen zweiten Pfeil aus seinem Köcher zog und zielte. Er wartete einige Sekunden, bis Gloria um das Auto herumging und es bewunderte. Als sie Eros den Rücken zukehrte und die Autotür öffnete, schoss er ihr in den Rücken. Dann senkte er seine Arme und wandte sich an Zeus. „Zufrieden?“

„Ich hoffe, du hast nichts dagegen, wenn ich ein paar Minuten warte, oder?“, antwortete Zeus und beobachtete die zwei Sterblichen weiter.

Doch Eros wusste bereits, dass seine Magie funktionierte. Wayne hielt galant die Tür für Gloria auf, die jetzt mit den Wimpern klimperte und kokett den Kopf neigte.

„Oh mein Gott, sie flirten miteinander!“, flüsterte Psyche.

„Und in ungefähr einer halben Stunde landen sie zusammen im Bett und sind von da an unzertrennbar“, prophezeite Eros. Er warf Zeus einen Seitenblick zu. „Ich hoffe, dich stört es nicht, wenn ich nicht weiter zusehe.“

„Wie auch immer“, sagte Zeus und drehte den zwei Frischverliebten den Rücken zu. „Ich nehme an, dass du deine Lektion gelernt hast. Ich erwarte, dass du sie nie vergisst, oder du weißt genau, was du verlieren wirst.“ Zeus blickte zu Psyche, wartete jedoch nicht auf eine Antwort, und teleportierte stattdessen weg.

Eros atmete erleichtert auf und lächelte dann Psyche an. „Endlich allein.“

Psyche zeigte auf den Balkon, auf dem sie standen. „Nicht gerade, was ich Privatsphäre nennen würde.“

„Lass mich das korrigieren.“ Er zog sie mit seinem freien Arm an sich und hielt sie fest. „Zeit, nach Hause zu gehen.“ Er presste seine Lippen auf ihre und küsste sie.

~ ~ ~

Als Eros ihre Lippen wieder freigab, spürte Psyche festen Boden unter den Füßen und öffnete die Augen. Sie waren wieder in Eros’ Haus – besser gesagt, in seinem Schlafzimmer. Instinktiv löste sie sich aus seiner Umarmung. Eros legte seinen Bogen und Köcher auf einen Sessel und betrachtete sie, bevor er nickte.

„Wir wurden vorhin unterbrochen“, fing er an. „Es gibt noch viele Dinge, die ich dir erklären muss. Ich möchte alles gestehen. Jede kleine Notlüge. Ich habe keine Geheimnisse mehr vor dir.“

Überrascht, dass ihm klar war, dass sie immer noch Fragen hatte, nickte Psyche. „Ich kann noch nicht einmal ansatzweise verstehen, was vor sich geht. Was echt ist und was nicht.“

Eros lachte unerwartet. „Es ist alles echt und ich kann es nicht erwarten, dir meine Welt zu zeigen und dich meiner Familie und meinen Freunden vorzustellen.“

„Ich glaube, ich kenne bereits einige deiner Freunde. Triton, Dio, Hermes. Alle Götter.“

„Ja, und du kennst Aphrodite.“

Psyche zögerte. „Sie ist keine Freundin, oder?“ Denn nun da sie wusste, dass sie alle Götter waren, erinnerte sie sich an etwas aus der griechischen Mythologie. Aphrodite war eine Göttin, aber sie konnte sich nicht erinnern, wie sie zu Eros stand, noch daran, wer ihr Geliebter war.

Er schüttelte den Kopf. „Nein, sie ist meine Mutter.“

Erleichtert und gleichzeitig überrascht sagte Psyche: „Aber sie ist so jung!“

„Alle Götter können wählen, wie jung oder wie alt sie aussehen möchten. Meine Mutter ist in dieser Hinsicht wie andere Frauen. Sie möchte ewig jung aussehen. Es tut mir leid, dass ich dich wegen ihr anlügen musste. Aber hätte ich sie als meine Mutter vorgestellt, hättest du mir nie geglaubt.“

Nein, hätte sie nicht. Aber jetzt kannte sie die Wahrheit „Und all das hier, dass du hier lebst anstatt dort, wo Zeus lebt …“ Sie zeigte ausladend auf sein Haus. „Ist das nur vorübergehend?“ Würde er sie eines Tages verlassen? Und sie hier zurücklassen?

„Ich habe eine Villa auf dem Olymp, nicht viel anders als Zeus’ Palast, in der ich mich ab und zu aufhalte, aber ich lebe lieber hier. Meine Freunde sind hier. Sie sind alle mit sterblichen Frauen verheiratet. Sie haben Kinder mit ihnen.“ Er trat näher, sodass er nur einen halben Meter von ihr entfernt war. Seine Augen wurden blauer, als er tief in ihre blickte. „Ich will, was sie haben. Eine sterbliche Frau, die mich liebt und mir Kinder schenkt. Eine Frau, die ich anbeten kann. Eine Frau, die mein Herz in ihren Händen hält und es behütet.“

Ihre Stimme zitterte, als sie die Frage stellte, die an ihr nagte, seitdem er ihr gesagt hatte, dass er sie liebte: „Wie lange?“

„Bis in alle Ewigkeit.“

Psyche hob ihre Hand an seine Wange und berührte sie. „Aber die Götter sind unsterblich, oder? Sie müssen schon Jahrhunderte alt sein.“

„Jahrtausende“, korrigierte Eros sie, legte seine Hand über ihre und drückte sie an seine Wange. „Und ich möchte die nächsten Jahrtausende nicht alleine verbringen.“

„Aber –“

Er legte einen Finger auf ihre Lippen, um sie vom Sprechen abzuhalten. „Ich teile meine Unsterblichkeit mit dir.“

Ihr Mund öffnete sich vor Schock und die Luft strömte aus ihrer Lunge. „Das kannst du tun?“

Eros lachte leise. „Er wäre schon doof, ein Gott zu sein, wenn ich nicht in der Lage wäre, die Frau, die ich liebe, unsterblich zu machen, oder nicht?“

Sie musste einfach kichern, während sich Freudentränen in ihren Augen sammelten. „Ja, ich glaube, es ist gut, ein paar Tricks im Ärmel zu haben.“

Schelmisches Funkeln flackerte in seinen Augen. „Apropos Tricks. Wie wäre es, wenn wir es uns ein bisschen bequemer machen?“ Er zeigte aufs Bett. „Ich muss dich unbedingt nahe an mir spüren.“

Psyche schob ihre Hand an seinen Nacken und zog sich näher an ihn. „Ich muss dich auch spüren.“

„Gut.“ Eros ließ sie plötzlich los und schnippte mit den Fingern.

Kühle Luft wehte gegen ihre Haut und sie sah an sich hinab. Zu ihrer Überraschung war sie splitterfasernackt.

„Was –“ Sie wirbelte ihren Kopf zurück zu Eros und ertappte ihn, wie er sie angrinste. „Warst du das?“

Er schnippte erneut mit den Fingern und vor ihren Augen verschwand auch seine Kleidung, und er stand genauso nackt vor ihr. „Nenn mich ungeduldig.“

Psyche ließ ihren Blick zu seiner Leiste fallen. „Und bereit“, fügte sie mit einem Grinsen hinzu.

„Ist das eine Beschwerde?“, fragte er und griff nach ihr.

Sie ging in seine Arme und schmiegte ihren nackten Körper an seinen. „Willst du, dass ich mich beschwere?“

„Ich will hören, wie du stöhnst und dein Vergnügen kundmachst. Kannst du das für mich tun?“ Er strich mit seinen Lippen über ihre und presste seine Hüften an sie, um seinen harten Schwanz an ihren Bauch zu reiben.

„Solange du mit mir Liebe machst, wirst du nichts anderes hören“, versprach sie und küsste ihn.

~ ~ ~

Psyches Lippen waren auf seinen, ihr nackter Körper war an seine Haut geschmiegt und Eros fühlte sich glücklicher denn je zuvor in seinem langen Leben. Er war jetzt davon überzeugt, dass die Parzen ihm wirklich Psyche in den Weg gelegt hatten, weil sie füreinander bestimmt waren. Er würde ihre Weisheit nicht in Frage stellen. Er fühlte Psyches Liebe und wurde sich bewusst, wie sich seine Gefühle für sie mit jeder Sekunde vervielfachten.

„Ich mache dich zu meiner eigenen privaten Göttin“, versprach er ihr und hauchte die Worte gegen ihre Lippen, bevor er sie hochhob und zum Bett trug. Dort legte er sie sanft auf die Matratze und stützte sich dann über ihr ab.

Sie hob ihre Augenlider und blickte in seine Augen. „Ich kann nicht glauben, dass der Gott der Liebe mich liebt.“

Er übersäte ihren Hals und ihre Schultern mit Küssen. „Dann muss ich dir wohl zeigen, wie sehr der Gott der Liebe dich liebt.“

Er drückte ihre Schenkel auseinander und machte Platz für sich. Psyche legte ihre Beine um seine Oberschenkel, um ihn näher an sich zu ziehen.

„Ja, vielleicht solltest du das tun.“ Sie leckte ihre Unterlippe und zog sie zwischen ihre Zähne, eine Geste, die seinen Schwanz erwartungsvoll zucken ließ.

Eros brachte seinen Unterleib zu ihrem und richtete seine Erektion auf ihr Zentrum aus, stieß nach vorne und teilte ihre Schamlippen mit seiner knolligen Schwanzspitze. Der Kontakt ließ ihn erzittern. Feuchtigkeit begrüßte ihn und lud ihn ein, reibungslos tiefer einzutauchen, bis er fast bis zur Hälfte in ihrer Hitze vergraben war.

Er sah ihr weiter in die Augen und erkannte mit männlicher Befriedigung, wie ihre Wimpern flatterten, als er langsam ganz in sie eindrang. Ein Atemzug rollte über ihre geöffneten Lippen und verwandelte sich in ein Stöhnen.

„Ja, meine Göttin“, flüsterte er ihr zu. „Das will ich von dir hören.“

Langsam begann er, sich in ihr zu bewegen, wobei er sich leicht zurückzog und dann wieder in sie eintauchte und sie so die volle Länge seines harten Schafts spüren ließ, ohne dabei der Versuchung nachzugeben, sie hart und schnell zu reiten. Heute Nacht ging es nicht um hart und schnell. Heute Nacht ging es darum, ihre Liebe mit einem zarten Liebesspiel zu feiern, um eine Verbindung zu schaffen, die nur Liebende, die vom Schicksal erkoren wurden, kannten.

Eros griff nach Psyches Händen und umklammerte sie. Dann beobachtete er, wie sie voller Zuneigung ihre verbundenen Hände betrachtete. Er spürte, wie seine Lippen sich zu einem Lächeln nach oben zogen. Psyche wandte ihr Gesicht wieder zu ihm und sah ihm in die Augen. Ein Schimmer aus Feuchtigkeit bedeckte ihre Iris und er konnte sein Spiegelbild darin sehen.

„Ich liebe dich“, hauchte sie mit gerade genug Atem, um ihren Worten Stimme zu verleihen. Doch selbst wenn sie die Worte nicht gesagt hätte, wäre es egal gewesen, da ihr Herz nun offen vor ihm lag. Er konnte es lesen, so wie er hoffte, dass auch sie seines lesen konnte.

„Bis in alle Ewigkeit", antwortete er. Er brachte ihre Hand zu seinem Herzen und drückte sie dagegen. „Das gehört dir. Und nur dir alleine."

Eine Träne rollte aus ihrem Auge. Er küsste sie weg und vergrub sein Gesicht in ihrer Halskuhle, wo er jeden Zentimeter ihrer Haut küsste, während sich weiter unten seine Hüften in einem langsamen und zarten Rhythmus bewegten.

Er konnte nicht sagen, wie lange sie so verbunden blieben, wie lange er seinen schmerzenden Schaft in sie trieb oder wie lange sie sich küssten und sich in den Armen lagen. Es war nicht von Bedeutung, denn nur das Glück war wichtig, das sie wie eine schützende Decke umhüllte. Er hatte noch nie so geliebt, mit solcher Sanftheit und solcher Geduld. Er hatte nie gedacht, dass es möglich war, während eines solch langsamen und sanften Liebespiels Lust und Leidenschaft zu empfinden. Doch jetzt verspürte er es, genau wie er wusste, dass Psyche es spürte, denn er erkannte nun die Zeichen ihres nahenden Höhepunktes. Langsam baute sich dieser auf und Eros passte sein Tempo an ihren Körper an.

„Eros!", rief sie plötzlich. „So nahe."

„Ich bin bei dir, meine Schöne", versicherte er ihr und tauchte tiefer und härter in sie, um ihr zu geben, was sie brauchte.

Ihre inneren Muskeln packten ihn und drückten ihn wie ein Schraubstock. Er wusste, dass er nur noch Sekunden hatte. Als er spürte, wie Psyche sich unter ihm verkrampfte, ließ er seine Selbstbeherrschung fallen. Er kam stärker, als er je gekommen war und ergoss seinen Samen in ihrer Scheide, während er weiter in sie stieß, bis Psyche sich unter ihm beruhigte.

Schwer atmend stützte er sich über ihr ab.

„Wird es immer so sein?", fragte sie und starrte ihn an.

„Nein. Noch viel besser."

Und das war ein Versprechen, das er auf jeden Fall halten würde.

# EPILOG

*Valentinstag – ein Jahr später*

Eros hielt Psyches Hand und wanderte die Hauptstraße in Charleston hinunter, während sie zusammen die Früchte seiner Arbeit bewunderten. Unter dem Dach eines sternenklaren Himmels schlenderten Liebespaare die Straßen entlang, wo die Restaurants ihre Türen und Fenster geöffnet und Tische und Stühle auf die Bürgersteige gestellt hatten, um heute Abend alle Gäste unterzubringen. Nicht ein einziger Tisch war leer.

In den letzten elf Monaten hatte Eros viele Überstunden gemacht. Jeden einzelnen Tag war er mit Pfeil und Bogen unterwegs gewesen, um die richtigen Leute zusammenzubringen und dafür zu sorgen, dass sie sich verliebten. Und jede Nacht war er nach Hause gekommen, um Zeit in den Armen seiner eigenen Liebe zu verbringen: Psyche. Psyche hatte sich kein einziges Mal über seinen anstrengenden Zeitplan beschwert. Tatsächlich war sie selbst sehr beschäftigt gewesen. Ihr Blumengeschäft lief gut, so gut, dass sie Personal zur Unterstützung hatte einstellen müssen. Jeder wollte Blumen für seine neue Liebe. Die Wirtschaft florierte und ihr Geschäft war keine Ausnahme, denn die Menschen verliebten sich und schmiedeten Pläne für die Zukunft.

Und heute war der eine Tag im Jahr, an dem das alles zu sehen war, selbst wenn man nicht danach suchte.

Eros neigte seinen Kopf zu Psyche. „Ich habe eine Überraschung."

Sie wandte sich zu ihm. „Für mich?" Sie lachte leise. „Sag mir, dass du es geschafft hast, uns einen Tisch für heute Abend zu besorgen, denn ich muss zugeben, dass ich so beschäftigt war, dass ich vergaß, einen zu reservieren."

Er lachte. „Keine Sorge, ich habe ein ganz spezielles Dinner geplant, aber das ist nicht die Überraschung." Er zog an ihrer Hand. „Komm. Hier entlang." Er führte sie in eine Seitengasse und bog dann in die nächste Straße. Auch hier bewirteten die Restaurants Liebespaare. In der Mitte des Blocks stoppte er, packte Psyches Schultern und drehte sie so, dass sie über die schmale Straße zum Restaurant gegenüber sehen konnte.

„Erkennst du die Frau am Tisch auf dem Balkon?"

Einige Sekunden vergingen, dann sagte Psyche aufgeregt: „Mrs. Lloyd. Oh mein Gott!"

Eros lächelte und folgte ihrem Blick. An einem Tisch für zwei saß die alte Dame, für die Psyche das Grab ihres Ehemanns kostenlos bepflanzt hatte. Aber sie war nicht allein. Ihr gegenüber saß ein vornehmer älterer Herr. Er blickte sie bewundernd an.

Psyche drehte den Kopf, um Eros anzusehen, während ihre Hand die seine fest umklammerte. „Das hast du gemacht?“

Er nickte. „Sie liebt Albert immer noch. Das wird sie immer tun. Aber sie liebt auch diesen Mann. Er tut ihr gut. Sie ist mit ihm sehr glücklich und er mit ihr. Ihr wird es nie wieder an etwas fehlen.“

„Danke, danke.“ Psyches Augen wurden feucht und sie schniefte. „Sieh, was du mir antust. Ich bin eine Gießkanne.“

Eros lachte und lehnte sich von hinten zu ihr. „Das sind nur die Hormone, meine Schöne.“ Dann legte er seine Hand auf ihren runden Bauch, wo sein Sohn groß und stark heranwuchs. „Noch zwei Monate und du bist wieder wie früher.“ Er küsste ihren Hals. „Obwohl ich nicht versprechen kann, dass dies deine letzte Schwangerschaft sein wird. Wir haben dieses große Haus, weißt du, so viel Platz für Kinder.“

Sie lachte leise. „Und ich nehme an, es hat nichts mit der Tatsache zu tun, dass du es einfach liebst, mich fett zu sehen, damit ich mich nicht viel bewegen kann.“

Eros grinste. „So sorge ich dafür, dass du mir nicht weglaufen kannst.“

Psyche legte ihre Hand über seine. „Ich gehe nirgends ohne dich hin.“

Genau in dem Moment kickte sein Sohn von innen gegen Psyches Bauch. „Das ist mein Junge. Er stimmt schon jetzt seinem Vater zu.“

Psyche lachte. „Ich glaube, er versucht, dir zu sagen, dass es Zeit ist, seiner Mutter etwas zu essen zu geben.“

Eros ließ sie los und nahm dann wieder ihre Hand. „Na gut.“ Er führte sie in die nächste Gasse und fand dort eine dunkle Ecke. Schnell sah er sich um und vergewisserte sich, dass niemand sie sah. Als er sich dessen sicher war, legte er seine Arme um Psyche und teleportierte sie weg.

Augenblicke später kamen sie auf der Terrasse von Eros’ Villa auf dem Olymp an. Hier war es immer noch dunkel, doch die Sonne würde in wenigen Stunden aufgehen. Seine Diener hatten ein Festmahl für sie vorbereitet und die Terrasse war mit jeder Pracht geschmückt, die die Götter zur Verfügung hatten: Glühwürmchen, um die Terrasse zu erhellen, ewige Flammen, um die kühle Luft zu verjagen und Stühle aus Wolken, so weich, dass sie sich wie Watte anfühlten.

Verzückt lächelte Psyche ihn an. „Du verwöhnst mich so sehr.“

Eros legte seine Hand unter ihr Kinn und brachte sein Gesicht ganz nahe an ihres. „Weil ich dich so sehr liebe.“

~ ~ ~

# ÜBER DIE AUTORIN

Tina Folsom ist gebürtige Deutsche und lebt schon seit über 25 Jahren im englischsprachigen Ausland, seit 2001 in San Francisco, wo sie mit einem Amerikaner verheiratet ist.

Tina ist schon immer ein bisschen herumzigeunert und hat in vielen verschiedenen Orten gelebt: nach Lausanne in der Schweiz, arbeitete sie kurzzeitig auf einem Kreuzfahrtschiff im Mittelmeer, verbrachte dann ein Jahr in München, bevor sie nach London zog. Dort ließ sie sich als Buchhalterin ausbilden. Aber die Wanderlust ergriff sie nach 8 Jahren in England, und sie zog über den großen Teich.

In New York war sie ein Jahr auf der berühmten Schauspielschule, der American Academy of Dramatic Arts. Danach blieb sie ein Jahr in Los Angeles, wo sie an der UCLA Drehbuchschreiben studierte. Dort lernte sie auch ihren Mann kennen, der in San Francisco lebte. So zog sie kurzerhand drei Monate später nach San Francisco.

Erst war sie dort als Buchhalterin und Steuerberaterin tätig. Sie machte sogar ihre eigene Kanzlei auf. Doch damit war sie noch nicht ganz zufrieden. Eine Zeit lang hatte sie ihr eigenes Immobiliengeschäft, aber das Schreiben vermisste sie sehr. Also fing sie im Herbst 2008 wieder damit an und schrieb ihren ersten Liebesroman.

Vampire haben es ihr schon immer angetan. Mittlerweile hat sie über 35 Bücher in Englisch sowie über drei Dutzend in anderen Sprachen (Französisch, Spanisch und Deutsch) herausgegeben.

Tina hört gerne von ihren Lesern. Schreiben Sie ihr doch einfach eine email: tina@tinawritesromance.com

http://facebook.com/TinaFolsomFans
Twitter: @Tina_Folsom
www.tinawritesromance.com

19420180R00121

Printed in Poland
by Amazon Fulfillment
Poland Sp. z o.o., Wrocław